名探偵総登場　芦辺拓と13の謎

芦辺拓（著）

装画：影山徹
挿絵：えのころ工房

INTRODUCTION

本書は私の著書七十冊目、文庫化・再刊を入れると百一点目となります。これまで書いてきた作品は長編が三十、短編が二百三十余というところでしょうか。

一九九〇年に第一回鮎川哲也賞をいただいてから、まる三十年でこれですから、われながら歩みののろさにあきれるほかありませんが、それでも数多くのキャラクターたちと出会い、彼らの物語を書くことができたのは実に楽しいことでした。

今回、行舟文化さんのご厚意により、シリーズごとに一作を選び、短編集にまとめることになりました。「探偵小説三十年」という節目の年に、まさに念願の一冊が出せたのは望外の幸せです。どうか読者のみなさんにも、この「芦辺拓キャラクター見本帖」を楽しんでいただけますように！

目次

「芦辺探偵事務所」所員名簿

芦辺ワールドを代表する「日本一地味な探偵」

森江　春策　Morie Shunsaku

初登場の時は大学生、以後新聞記者を経て弁護士となり、最初は大阪のちに東京のそれぞれレトロ・ビルに事務所を構える。助手兼秘書の新島ともかや新聞社時代の同僚・来崎四郎、滝警部らが仲間で、ほかに少年少女探偵たちの後見役も務める。『裁判員法廷』シリーズから菊園綾子検事がライバルとなる。ミステリ界がキャラ萌え系美形探偵に席巻された一時期、美男子設定になったこともあったが、今また平凡な容貌に戻ったらしい。その地味さを逆手にとって、あらゆる場所や時代に出現するからご注目。

新島　ともか　Niijima Tomoka

ご存じ森江春策の助手兼秘書。初登場はシリーズ14作目にして第5長編『不思議の国のアリバイ』だから、今回収録の森江ものには未登場ながら、別作品で活躍してますのでお探しを。最近は個性のきつい菊園綾子検事に相棒の座を奪われ気味との説もあるが、和製ニッキー・ポーターの座は揺るがない。がんばれ新島ともか、負けるな新島ともか。

平田　鶴子

Hirata Tsuruko

大阪をこよなく愛する昭和初期の女学生で、レストラン王(のち破産)の娘。東京からやってきた新米新聞記者・宇留木昌介とのコンビで、さまざまな事件を解決する。何とそのほとんどが不可能犯罪。その後、戦中戦後をたくましく生き抜き、レストラン・ヒラタを再建、あわせて探偵たちのたまり場となるコーヒーショップ《謎譚亭》を営む。二つの時代をまたぎ、少女と老女の顔を持つ名探偵だ。

スタンドアローンな探偵たち代表ということで、今回は無収録ながらご登場願った激萌え必至の中学生探偵。退屈な日々を送っていた宝田光希のもとに降ってわき、日常の薄っぺらな壁の向こうの大冒険へといざなう。ほんとはすぴかの秘めたミッションや、二人の関係性についても語るはずだったのに、かなわなかったのは作者の非力ゆえ。ごめんね、すぴか&ミツキ。

降矢木　すぴか

Furiyagi Spica

自治警特捜

民間人出身の捜査官によるチーム。従来の警察組織とは全く別枠なだけに、取り扱う事件は奇抜な科学トリックを用いたものや、いくら惨劇がくり返されても存在が否定される連続殺人、人質の行方も自分が犯人であることも忘れてしまった誘拐事件など、既存の概念から外れてしまったものが多いのが特色だ。

滝儀一警部補
Taki Giichi

やや小柄で風采の上がらない30代の刑事。もじゃもじゃ頭によれよれのコートを着ているかどうかは定かではないが、どうやらそれっぽい。習作にのみ登場していたが、短編「殺人喜劇の時計塔」で高校時代の森江春策に遭遇、警部昇進後に再会して気の合う叔父甥のような関係になる。

坪井令夫警部
Tsuboi Norio

ラジオ界のレジェンド・つボイノリオ氏にそっくりな愛知県警の名刑事。ラジオドラマでは警部だが、小説ではフットワークを軽くしてもらうため警部補という設定になっている。発想は相当にとんでもないが、人情家で温かい人柄なのは、そっくりさんの影響に違いない。

ネオ少年探偵

八木沢水穂・桐生祐也・久村圭

小学校の忘れられた図書室を根城にする小五（のち六年）三人組。わが身を電送してどこへでも現われる復讐鬼、忽然と消え失せた古城、ミニチュア世界を操れば現実にも同じ事件が起きると豪語する犯人といった謎に、大人の助けなしで立ち向かう。少年少女探偵たちの物語を語る場があれば、いつでも元気な姿を見せてくれるだろう。

少年探偵　七星スバル

Nanahoshi Subaru

キャスケット帽にスカーフ、半ズボンにブーツといういでたちが可憐な少年探偵。かつてはその冒険が映画になったこともあるらしい。ある謎を追って物語から物語の中を駆け抜けていく、なんてことを平気でやってのける。その復活は、全く思いがけない形でなされるかもしれない。

曇斎　橋本　宗吉

Donsai Hashimoto Soukichi

江戸時代の大坂の蘭学者。傘の紋描き職人から頭の良さを見込まれて江戸に留学、たちまちオランダ語をマスターし、浪花の地に帰って医者と蘭学塾を開業。弟子の箕四郎や唐物商の娘・真知らを助手に庶民を悩ます怪事件を解決してゆく。だが、彼らの宿敵はとんでもない大物で……。

並木　五瓶

Namiki Gohei

「五大力恋緘」「楼門五三桐」などで知られる歌舞伎作家。はじめ五八と名乗って浜芝居の作者となり、やがて大舞台の台本を書くようになり、ついに江戸に進出。そこでの門下に後の鶴屋南北がいる。物語の力を信じ、合理主義を貫くがゆえに、どんな事件でも解決に導き、あざやかに幕を引いてしまう。

レジナルド・ナイジェルソープ
Reginald Nigelthorp

英米の探偵小説黄金時代にエラリー・クイーンやエルキュール・ポワロと並んで活躍した名探偵。代表事件は『グラン・ギニョール城』欧州篇。何と今も健在で、はるばる日本にもやってきた。どうやら彼にとって解きがいのある謎は、今や極東のこの国にしかないようだ。

乙名探偵
Otona Torutada

「これは他殺です」が口癖の、人呼んで《名探偵Z》。見た目もたいがいおかしいが、推理はもっと異常で、絶対にありえない真相を指摘すると、なぜかその通りになってしまうという、ある意味これ以上の名探偵はいないかもしれない怪人物。

花筐　城太郎
Hanagatami Joutarou

古風でセンセーショナルな探偵小説と、奇想天外で胸躍るジュヴナイルの世界を生きる名探偵。時代とともにそれらの世界は否定され忘れられるが、今度はしばしば現実世界に出張して、その夢のなさに押しつぶされそうになっている人々を救う。殺人喜劇王、怪盗万華鏡《カレイドスコープ》などのライバルがいるらしい。

殺人喜劇の鳥人伝説

――素人探偵・森江春策

今もって私のメイン探偵であり続けている森江春策君の誕生は一九七六年十一月、私が十八歳のときでした。彼は探偵小説という世界に読者を誘う案内人であり、だからみなさんがいろいろな種類の探偵小説を読むように、彼もまたさまざまな事件に出会うことになるのです。

その後いくつかの習作に彼を登場させ、あまりに地味な彼のありように扱いづらさを覚えたこともあり、第一回鮎川哲也賞に投じる長編を書くときに、探偵役を彼にすべきかどうか迷ったことを告白しておきます。それからさらに三十年、彼は飄々とした大学生であり新聞記者であり、やがて弁護士となり、ときに少年に立ち返りながら、怪奇な館から法廷、ときに歴史の現場に立ち、果ては異次元の世界にまで足を踏み入れてくれたのでした。そしてそれは、今後も続いていくのです。

1

彼は飛んでいた——寒風をつき、鉛色にたれこめた空を背にして。

眼下を飛び去ってゆく木々はみな雪をかぶり、まるでショコラをまぶしたクリーム菓子のようだし、遠くの山はまるで田舎饅頭《いなかまんじゅう》。自分がここまで甘党《あまとう》だったとは、人間、一度は空を飛んでみないと発見できない一面があるのかもしれない。いや、肝心の大発見を忘れてはならない。——生身の人間が空を飛べないなんて、とんだ嘘っぱちだという発見を。

(そもそも)

風切り音を耳に痛く感じつつ、彼は思うのだった。

空を飛ぶという人類数千年の夢が、オットー・リリエンタールまでかなわなかったというのがおかしい。毎夏、琵琶湖《びわこ》畔を賑わす「鳥人間コンテスト」では、相当にどうかと思うような形のグライダーや人力飛行機が、そこそこ空を飛ぶではないか。思うに、カミサマか自然の法則だかが前世紀のある日、それまでのタブーを〈解禁〉し、以来空気より重い器械の飛翔《ひしょう》が可能になったのに違いない。かくて空に飛行機は満ちた。そして……。

（そして、生身の人間による飛行は本日ただ今、この俺様をもって始まる。——そうとも！）

彼は笑った、高笑いした。その声は、我が身を文字通りの嚆矢《こうし》とした誇りに満ち、谷間一帯に谺《こだま》し続けた。

2

同じ日の正午過ぎ。山のふもとの駅に、一人の異貌《いぼう》の紳士が降り立った。

おりしも雲の裂け目から一条の光が射し込んでくるのと、その人物が名ばかりの〈駅前広場〉に長身を現わしたのとが同時だった。行き交《か》うバスや自転車に踏みしだかれ、こねあげられた泥と雪が日の光に照らし出されて、駅前はひどくみじめなものに映った。

広場の向こう、地方銀行や商店街が立て込んだ通りの北の果てには、雪化粧した小高い山がそびえている。異貌の紳士は腕時計に視線を落とし、軽くうなずくと、その山を見すえて舗道の一端に立った。

年は五十代後半、だが痩軀《そうく》ながら頑健な長身は、何歳かの引き算の必要を感じさせた。圧倒的なのは、その容貌だ。銀と漆黒入り乱れる長髪を鬣《たてがみ》のように撫でつけ、秀でた額と黒ぐろとした眉の下、太い鼻梁《びりょう》に載った眼鏡の奥では、異国的な眼が銀縁に収まりきれぬように見開かれていた。

だが、その口は困惑したように軽く突き出されていた。全身これ自信に満ちたこの紳士にも、何か当て外れなことがあったらしい。

駅の時計を見、腕時計を見直す。塑像《そぞう》のように石だたみを踏みしめていた靴底が二、三度足踏みし、ついに待ちきれなくなったというように車道に乗り出し、駅前交差点を渡ろうというそぶりを見せた——と、そのとき、

「《山上ロッジ》に行きはるんですか?」

予期せぬ方角からの、しかしどこか間の抜けた声に、紳士はコートをマントのようにひるがえし、振り返った。

振り返った先の、路端に横づけされた恐ろしく古風な国産乗用車から、若い男が満面に笑みを浮かべて、盛んに手を振っている。そのあまりに突拍子もない笑みに気を呑まれ、紳士はあわててうなずいた。と、若者はさらに邪気なく笑いかけながら、

「やっぱり。どうやら、このまま待ってても無駄みたいですよ……どうぞこっちへ、さあ!」

吸い寄せられるように、紳士はその車に歩み寄った。と、紳士が何か言いかけるより早く、

「いかんな、まだ濡れてる」

青年は、ダッシュボードにあった色鮮やかな布切れを広げると、頓狂な声をあげた。

だが、紳士のけげんそうな視線に気づくと、まだ泥汚れがどうとか、ぼそぼそと独語《どくご》して、

「やっぱりクリーニング屋へ……まあ、ええか、このまま外へ出しとけば乾くやろし」

青年は布切れをつかみ、あたふたと車を降りた。フロントに回り込むと、不器用な手つきでそれをヘッドライト脇にくくりつける。『仮名文字』——一瞬はためいた紺と赤の小旗に、紳士も知る新聞社名が染め抜かれていた。おや、と表情を動かした紳士に、若い男は屈託なく告げた。

「お待たせしました。出発します」


——全くもって、骨董品なみの車だった。屋根の代わりに幌がつき、車輪を泥よけが覆っている車というのではない。だが、国産車は十年前の車種さえ見かけぬことからすれば……。たとえるなら、往年の東宝スコープのカラー・ワイド画面で怪獣やら土屋嘉男の跳梁《ちょうりょう》する街を走っていたような、とでも言おうか。

「どうか、しはりましたか?」

「珍しいクルマだと思ってね」

だが実際、紳士がいぶかしんでいたのは、自分をこうしてここに座らせた、目前の青年の不思議な力だった。

そんな思いを押し隠しながら、紳士は熟練の奇術師の手さばきで内懐《うちふところ》から白いカードを弾き出すと、運転席に指し示した。

「申し遅れたが……私はこういうもんです」

弁護士　九鬼《くき》　麟一《りんいち》

事務所　大阪市北区中之島――

大大阪第一ビル２F

「へえ、中之島に事務所をお持ちですか」

青年は名刺を手にするなり、屈託のない声をいっそう明るくして、

「懐かしいな。こんなところで大阪の人に会うなんて」

「ま、私はあっちの出じゃないがね」

「奇遇です。大大阪第一って、あの重厚なモダン建築でしょう。あのそばは、子供の頃からよく通りました」

その心底うれしそうな声音は、紳士――九鬼弁護士に好感と興味を抱かせた。

青年は問われるままに、仮名文字新聞の地方支局に勤務し、最近この近辺の通信部へ単身〝飛ばされ〟てきたと自己紹介した。書く記事書く記事、警察発表や他紙と喰い違っていたのが睨まれたというのだが……。

「すまないが、もう一ぺん……」

九鬼弁護士は点《つ》けかけた煙草をそのままに、訊き返した。車はもう先刻から急勾配の山道にさしかかり、低速ギアのうなりが車室にこもっている。そのせいで、青年の名乗りをつい聞き落としてしまった。

「森江《もりえ》、です。森江、春策《しゅんさく》」

青年は、あくまで懇切丁寧《こんせつていねい》に答え、軽妙に骨董品を転がしてゆくのだった。

「そう、森江春策君でしたね。通信部詰めというと、やっぱり警察や市役所回りを一人でこなしているわけですか?」

「それもありますが」彼は苦笑した。「県版で『見直そう、あなたの町の標識・表示』なんて続きものをやるとかで、変な、または無意味な看板類を見つけて来い、と……」

道路の一方は、あくまで荒々しい岩肌。反対側には今発《た》ったばかりの町が南に見はるかせる。間に横たわる山腹は、雪の白さにいっそう凄愴《せいそう》さを加えた針葉樹にびっしり覆われている。九鬼弁護士はシートに身をゆだね、ゆったりと煙草を吸いつけながら、

「ところで……どうして、私が《山上ロッジ》に行くと一目で見ぬいたのかね」

「それはですね……」

その続きは、しかしアッという小さな叫びとタイヤの金切り声に断ち切られた。カーブの向こうに開けた視界、そこに何か巨大なものが、陸揚げされた鯨《くじら》を思わせて横たわっていたのだ。

森江があわててハンドルを切る。慣性の法則の当然の結果として横倒しになりかけながらも、

九鬼氏は車窓にしがみついた。

「事故か？」

かなり大型のバスが、ほぼ真正面からガードレールに突っ込む形で停止していた。車体はもう一歩で転落せんばかりに崖にせり出し、半ばへしゃげた前部は、衝突の凄さとそれが単なるスリップの結果でないことを物語って余りあった。

死せる鯨の横腹には、こんな文字が黒ぐろと記されていた――《ホテル／山上ロッジ》。弁護士を駅まで迎えにくるはずであり、結局は待ちぼうけをくわせた乗り物であることは、想像するまでもなかった。

3

「止まれ、止まれーッ」

鋭く吹き鳴らされるホイッスルが、森江たちをわれに返らせた。制服警官たちが声を荒らげ、腕を振り回してこちらの車を制止しようとする。森江は急いでステアリングを操り、山側の路肩ぎりぎりに車を停めた。

死体を啄《ついば》む鴉《からす》のような警官の一群の中から、黒の背広上下、太陽に晒《さら》しすぎたようなコートを羽織った中年男が駆け出してきて、

「こっから先は、通行止めだ」

完璧な三角オニギリ型の顔がヌッと車窓に押し入るや、胡散臭げな視線を車の内外に投げつける。やがて社旗に気づいたか、おや……という顔を向けるのに、

「『仮名文字』の森江です」

青年はすかさず言った。今までの軽妙な口調を、無理に押し隠したよう……確かに相手の面構《つらがま》えたるや、およそそういう調子が通じそうな代物ではなかった。

「北署の漣《さざなみ》警部補」

中年男はコツコツと路面に足音を刻みながら、名乗った。

「見ない顔だな。おたくの通信部詰めは確か……困るな、新しく来たなら来たで、それのアイサツ――いや、引き継ぎをしてもらわんことにゃあなあ」

心外でたまらないという様子をあらわに、腕組みしてみせる。だが、事故現場でそんなことを嘆じている場合でないことに気づいたか、今度は後部座席に目を転じて、

「で、あんたは……ふわっ、何しやがる！」

漣警部補は、奇声をあげてのけぞった。九鬼弁護士が例の手練《しゅれん》で名刺を突きつけたからだった。ちえっとか何とか警部補はつぶやき、引ったくった名刺を一瞥《いちべつ》すると、それを乱暴にポケットに

ねじこんで、

「さ、降りた降りた、ご用件なら外でうかがいましょ。いや、事情をうかがわにゃならんのは、当方かもしれんがね——さあ！」

二人は追い立てられるように車を降りた。と、彼らを押しのけるように、担架を手にした白衣の係官が掛け声よろしく通り過ぎた。怪我人か？　それにしては、頭の先までが防水布に覆われているのが妙ではないか。

いぶかしげな森江に、漣警部補は担架の行方へあごをしゃくってみせながら、

「運転手だ。事故って、しばらくは生きてたようだがな」

「と、いうことは……」

無数のひびが走るバスの前部ガラスに、鮮血が飛び散っていた。森江は一瞬息をのみ、ついで車に取って返すと持ち出したカメラのシャッターを切り始めた。何かにつき動かされるような撮影が一段落つくと、森江は漣警部補に向き直って、

「見た感じでは、スロープの上方から蛇行してきて、まともにカーブの頂点に突っ込んだみたいですが、暴走の原因はつかめてるんですか？」

森江の推断が正鵠《せいこく》を射ていたのか、警部補はム、と言葉に詰まり、だがあくまで傲岸《ごうがん》な態度は崩さずに、

「皆目《かいもく》わからんな。ドライバー——星野勝利《ほしのかつとし》っていう名だが、アレはあの通りだし……。ただホ

テルを出て、ハンドルさばきは少々乱暴ながら、ごく普通にバスを転がしてたらしい。そいつが、ここにさしかかる直前から急にメチャクチャな運転を……」

「ちょっと待ってください」

森江は何やら大ぶりな——むしろ、フィールドノートとでも呼ぶべき手帳に走らせていたペンを休めると、顔を上げた。

「今のは、同乗者か何かの証言ですか？　つまり、バスにはほかに乗客が……」

「いたよ」警部補は、あっさりと答えた。「若い女性が一人——ただしこっちは、ずっと離れたシートに座ってたのが幸いして、奇跡的にほぼ無傷ですんだんだが」

無傷だったことが不服ででもあるように、オニギリ面の警部補は顔をしかめた。

「その人は、ホテルの宿泊客で？」

「何でも、自称、劇団の座付《ざつき》作者——それもミュージカル作家の卵だとさ。ま、ありゃどう見ても孵《かえ》りそこねだが、ご執筆のため逗留《とうりゅう》中だとかいう話だ。どうせハッタリだろうがな」

「ミュージカルを……」

もし本物の作家センセイなら、あとで県版の暇ダネにでも——というつもりか、森江はしばしペンを休めて独語すると、

「で、その人の名は？」

「名前か。えーと、何だったかな」

警部補は虚《きょ》をつかれたように宙を睨み、記憶の抽斗《ひきだし》をかき回した。「何でもアがつく名だったな。ア……キ、ア……ワ」

「アカザワ、マキ」

「そう赤沢真紀……」

ふいに横あいからかかった声に警部補は満足げにうなずき、ついでギョッと振り返った。

「何だ、あんた……どうしてここに？」

「ホントに、もぉ」声の主は口をとがらせた。「証言どころか、こうやって名前一つ、まともに耳に入れてくれないんじゃね。……あ、こちら新聞社の人ですか？」

短めの髪の上からギュッと紅い帽子をかぶり、これも同系統のジャケットをむくむくと着込んだ女の子――年は十九か二十歳、長めの袖に隠した手のひらに無邪気そうな瞳。

「や……ま、そうですけど」

「まったく」と、漣警部補は横あいから舌打ちして、

「下の病院へ連れてこうとしたら、『いい、大丈夫』って言い張るから、泊まり先の山上ロッジまで乗せて行ってやったのに。何をわざわざ事故現場に舞い戻ってきたんだ？」

「だって……吹っ飛ばされた拍子に、大事なものを車内に落としてきたのを思い出したんだもの」

そう言うと、彼女は『ＫＯＨＫＩＴＣＨ～日本イカロス物語／第一稿＆資料』と表紙に記した分厚いバインダーを誇らしげに差し上げてみせた。事故の際のものか、鼻を横断したバンドエイ

ドにもめげない笑顔の底抜けの明るさに、森江はややたじたじとなりつつもペンを構えた。

「すると、あなたですか、バスに乗ってたのは？　さっき確か、証言とかおっしゃいましたが――」

「そのアクセント、もろ大阪方面ですね。でしょ？」

失礼にも噴き出しかける女の子――赤沢真紀に、森江はあくまで端然と、だが少々調子っ外れなインタビューを開始した。

「で……何を訊くんやったかな。そう、つまりあなたが、あのバスに乗ったいきさつからうかがいたいんですけど……だいたい、この送迎バスは、おおむね定時に駅とホテルを往復してるんでしたよね？」

はい、と真紀は元気よくうなずいて、

「あたしも昨日が二泊目だからはっきりは知らないんですけど、下の駅の発着時刻に合わせて午前と午後二、三度ずつ出てるみたい。それと団体客には特別にね。あたしの場合はほしい雑誌とか身の回り品があって、正午発のこれで町に下りることにしたんです。下の町の駅前広場までは半時間ぐらいで……」

「……にしても、こんな立派な送迎バスに客が一人とはもったいない話ですね」

「今はシーズンの端境期《はざかいき》なんだよ」漣が口を挟んだ。「第一、宿を発つ客は午前中に集中するから、この時間――正午発で三十分に駅到着の便は、下の町から客を乗せて戻るのが主だってぐらい、推察でききんもんかねえ」

「刑事さんは黙っててください」

真紀はぴしゃりと非難じみた響きの言葉を警部補に投げつけた。森江は軽く咳払《せきばら》いすると、

「で、途中までは正常やった、と」

「出てしばらくから、ちょっとヘンなところはありました。体がなぁんかやけに前後左右に揺れて、何度も隣のシートに転げそうでした。で、ホテル前を発って十分ぐらいでしたか……」

「最初からおかしかったんだよ、あの星野って運ちゃんは」

したり顔で言い添える警部補を、彼女は物すごい勢いでにらみつけた。間に立った森江はいささかあわて気味に、

「ここへさしかかる直前に滅茶苦茶《めちゃくちゃ》にハンドルを切り、突如スピードを上げ始めた。あげく、あそこへドッシャーンとぶつかってしもた、というわけですね」

「それだけじゃないんです。あたし、聞いたんです。運転手さんが『サ、サカマチ！　き、貴様ーっ』って叫ぶのを。後半はタイヤやエンジンの音にまぎれてよくわからなかったけど」

「サカマチ？」

ふいに九鬼弁護士が、ぎょろりと双眸《そうぼう》をきらめかせた。

「『坂町』――確かにそう言ったんだね？　そう叫んで、バスを暴走させ始めた、と」

「ぜぇったいホント、です。それに、まだあるんです……」

へえぇ？　と、森江がしまいかけたノートを開く。真紀は笑顔の灯を消し、心底からの恐怖を

のせて、

「あたし、運転手さんの声にびっくりして運転席の方を見たんです。そしたら、前のガラスに……」

「はいはいはい、立ち話はその辺で……いやぁ、お嬢ちゃん、やっぱりあんた下の病院で診てもらったほうがいいよ。外傷はなくとも――なぁんてこともあるからな」

唐突に、漣警部補が大声をあげ、せきたてるように両手を打ち鳴らした。処置なしといった顔で彼女に歩み寄り、おためごかしに肩に手を置きかける。だが、すぐに肘鉄砲《ひじでっぽう》を喰らって焼きオニギリのような顔でむせ返りながら、

「いや……あくまで、おたくの証言は尊重しとるよ。運転手が叫んだ件だって信じてる。問題はそのあとだ」

彼はかるく息を整えると、ことさら淡々とした調子で語を継いだ。

「――走行中のバスの前の空中に、目のさめるようなオレンジのジャンパーを着た男が忽然と現われただと？　確かに、そんなものを幻視した日にゃ、誰だって暴走運転したくもなろうさ。だが、その宙吊り男を運転手が言うならともかく、あんたが見たってことになると、証言全体の信用性、ひいてはお嬢さんのナニがだねぇ……人間、突然どんな妄想を起こさないもんでもないからな。いやわかった、わかったから話はまたあとで、早いとこ医者に――」

真紀はぐっと警部補をにらんだ。そのあとの何とも奇妙な沈黙の中で、九鬼弁護士が、そっと森江に耳打ちした。

「君……悪いが、そろそろクルマを出せないかい？」

「いいですよ。僕の方なら」森江は気安く答えた。「――何か？」

「至急、依頼人の安否を確かめなけりゃならない事情が生じたもんでね」

「僕も早いとこ、ホテルの電話でも借りて第一報を支局に入れないことには、次席にどやされますからね」

「じゃあ……行こうか」

ささやく九鬼氏に森江はうなずき返し、二人はそろそろと蟹歩《かにある》きに警部補の背後に回り込んだ。

そこへ飛び入りが加わった。警部補にていよくあしらわれた赤沢真紀だ。森江らに拒む理由はない。三人はこもごも唇に指を押し当て、するりと車に身を滑りこませた。

「あっ、こら待てっ。まだ通行止めは解除してないぞ」

漣警部補が振り返り、大声で叫んだ。

だが、そのときはもう車は警官たちの間を縫い、急な坂道を駆け上がっていた。

「……だからブン屋と弁護士は、警察の活動範囲の一キロ四方に近づけるなっていうんだ。あんな畜生ども、公務執行妨害で逮捕してやる！」

自分が取りしきる〝非常線〟を無視されたかたちの漣警部補は、走り去ったオンボロ車を権高《けんだか》に罵《ののし》った。と、背後から声がかかった。

「主任……報告いたします。何でも、あちらのお年寄りたちが、大事なお話があるとかで――何か目撃されたそうで」

えいほ、えいほと坂を上ってくる一団の姿が、そこにはあった。男女とりまぜ十人余りの老人の集団で、服装や皺の寄り方こそまちまちだが、そろいの鉢巻きをして、どの顔も溌剌《はつらつ》と輝いている。高々と掲《かか》げられたノボリには、墨痕あざやかにこんな文字が記してあった――〈北地区老人連合会／いつも元気で健脚クラブ〉。

4

「こりゃ凄い……」

九鬼がうなった。フロントガラスの斜め前方に開けたのは、文字通り切り立った断崖だ。赤茶けた岩が複雑な表情を刻みながら、はるか下界の凍てつく河へほぼ垂直に落ち込んでいる。ただ通り過ぎるだけでも、めまいを起こしそうなのに加え、道幅は中型車がやっとすれ違える程度ときている。

「『自殺名所』の立て看板はないようだな」九鬼氏は独りごちた。「不親切なことだ……それとも、説明は不要ってことかな」

「アブない発言はやめて下さいよ」

森江は、おびえたように言った。

「でも、ほんと」赤沢真紀がこわごわ、だが顔は窓にくっつけんばかりに言った。「こっから落ちたら、ぜったい助からなぁい……あれ、このフレーズ使えるな。あの、ペンと五線紙、お持ちじゃありません？」

「この罫紙《けいし》でよかったら、どうぞ」と弁護士。「何かね、そのミュージカルは投身自殺者が主人公なんですか？」

「んー、でも、その時代の人には同じに見えたかもしれませんね」

真紀の妙な答えに森江は首を傾《かし》げたが、やがて山側の一点を指さしてみせた。

「ほら、今ちらっと見えたでしょう？　あれが山上ロッジですよ」

「ほう……」

九鬼弁護士は、ウィンドーに顔を寄せた。

――町を南に見下ろす山の高みに、東向きに建つ四階建ての《山上ロッジ》。ココア色のウェハースでこしらえたような、いくぶんノスタルジックな山荘ホテルは、それなりの存在感をもって木々の間にその姿をのぞかせていた。やがてそれは、フロントガラスいっぱいに迫ってきた。

車は正面玄関へと回り込み、車寄せの砂利を踏みしめてゆく。

「ところで」

森江は、ごく些細《ささい》なことを思い出したというようにリアシートの側に話しかけた。

「こちらの赤沢さんが耳にされた『サカマチ』――それが今回、九鬼さんがわざわざ訪ねてこられた依頼人の名前というわけですよね？」

九鬼弁護士は、ふっと目を細めて森江に顔を向けた。そして、なぜか満足の微笑を浮かべ、愉快そうに言ったのだった。

「その通り。そしてそれが、バスの前に顔を出し、あの事故を起こさせた男かもしれないというわけだ」


「坂町様ですか？　いや、そのような方はこちらには……」

副支配人の干菓子《ひがし》政雄《まさお》は、名を示されて首を傾げた。

「違った、こっちでは『沖田浩市《おきたこういち》』の名で逗留してるって話だった」

九鬼がフロントのカウンターをぽんと手のひらで打つ。

「先生、それを早う……その名前で見てみてください」

「オキタ、ああ、沖田さんでしたら」

干菓子は、綴《つづ》りを繰り、背後のキーボックスに目をやると、

「三階の３０５号……はい、ご在室と思います。少々お待ちを、今お電話しますから」

だが、千菓子が引き寄せた受話器からは、ただ呼び出し音がむなしく繰り返されるばかり――。もれてくる音を聞いただけで、三人はクルリと踵《きびす》を返して階段へ走り出した。

「ちょ、ちょっと」

ただならないようすに千菓子はあわてて声をかけたが、そのとき玄関の方でも騒ぎが起こった。千菓子は、転じたその目を眼鏡の奥でまんまるく見開かねばならなかった。回転灯を点滅させ、車寄せに急停止したパトカーから、凄みのきいた人相の連中が数人、駆けこんできたからだった。

さらに、一階ロビーからは見えにくい位置のエレベーターが開き、中から若い女性が顔を覗かせた。警官たちの姿に、女性は長い髪をひるがえしておびえたように扉の陰に身を隠した。やがて警官たちが階段を駆け上がっていくのを隙見《すきみ》すると、彼女は軽く一方の足を引きずりながら、フロントに歩み寄った。

(――唐崎麗子《からさきれいこ》さま、２０５号室ご滞在)

千菓子は、素早く記憶を呼び起こした。むろん、彼女がなかなかの美人であることが、大いにあずかって余りあったことは言うまでもない。――副支配人は、さりげなく息をととのえ、タイを直した。そして何ごともなかったかのように涼やかな微笑を投げかけた。

「何か?」

「上の部屋の方のことなんですけど」

そのあと彼女が続けた言葉は、彼の顔からたちまちにして微笑を奪い取った。

そこへ背後で電話のベルが鳴った。

「客室係からです」

受話器を取ったフロントは、すぐに困惑の表情になりながら言った。

「305号のキーを至急——それと、中のお客様が事件に巻き込まれた恐れがあるので立ち会ってほしい、と……」


三分後、干菓子副支配人の手で施錠は解かれ、ドアは漣警部補の一押しで何の抵抗もなく開いた。中からは相変わらず何の応答もない。だが、一呼吸おいて森江春策が指を前方に差し、ついで赤沢真紀が「あ」と声をあげて警部補の袖を引っ張った。

「！」

部屋の奥、南に面した大きな窓が開け放たれていた。そして、その窓の框《かまち》に男がちょこんと腰掛けていた。情景だけで見れば、何の奇妙も不思議もない。ただ一つの点、許しもなくドアから闖入《ちんにゅう》してきたにぎやかな連中をとがめようともしない、この部屋の主の態度を除いては……。それに、ラフなセーターとシャツ姿で、彼はこのきびしい外気を背に、どうして平気でいられるのか？

「坂町……順二君か？」

かすかに、しかし執拗に耳を打つ風のうなりを打ち消そうとするように、九鬼弁護士の声が冷えきった部屋に響いた。——答えはなかった。会釈のかけらさえ、相手は人々に投げようとはしなかった。だが、そのことが何より雄弁な答えでもあった。

「――死んでる」

やがて、薄笑いを浮かべたように弛緩した相手の顔に、オニギリ面を近づけた漣がつぶやいた。ついで相手の後頭部に視線をめぐらすと、ややかすれた声で、

「死因は……たぶん、ここの打撲。凶器は鈍器か」

「まちがいないですか」

森江春策が、存外《ぞんがい》しっかりした声で念を押す。

「ああ」漣はうなずいた。「……とにかく、頭蓋骨をここまで凹まされて一歩でも歩ける奴がいたら、お目にかかりたいよ」

「この人なんでしょうか？」

だしぬけに、彼らの背後、部屋の戸口から澄みきったソプラノが投げかけられた。

「この人、というと？」

九鬼弁議士がけげんな眼を向ける。うっかりセーブし忘れたその迫力に、長い髪の女性は一瞬ひるんで言葉に詰まった。

「いや、唐崎さま、実はこの人は――」

干菓子副支配人が狼狽《ろうばい》しきった上ずった声で割って入った。森江が彼女の緊張をときほぐすような温顔を振り向けた。

「どないかしましたか。ここに死ん、いや腰掛けてる人が——？」

人々の視線の中、唐崎麗子はなおも逡巡《しゅんじゅん》を続けたが、やがて森江に励まされたように、こう言ったのだった。

「ひょっとして、この人なんでしょうか、さっき私の部屋の窓を通り過ぎた人は……」

「あなたの部屋の窓を？」

「はい」麗子はきっぱりとうなずいた。「私の部屋の２０５号は、ここの真下なんです。その部屋の窓を、下から上へ……」

5

「しょうがないね。依頼人がああいうことになってしまっては」

ホテル《山上ロッジ》の二階、自分用にとった２０９号室のベッドに上衣を投げると、九鬼弁護士は投げやりな様子でソファに収まった。

「といって、あくまで依頼人の秘密は……いや、弱った。実際、進退きわまったな」

氏は言葉とは裏腹な態度で長い足を組み、煙草をくゆらした。

「本来なら、署に同行願うところですが」

漣警部補には、そんな余裕の態度が癇《かん》にさわったようだ。腕を組み、相手のソファの前に仁王立ちになり、

「とにかく、はるばる大阪から沖田こと坂町順二を訪ねて来られた訳をうかがいましょうか。断わっときますが、先生の依頼人について我々が知らんなどとは思わんことです」

「なるほど、すると『エレホン産業事件』についても、説明は無用なわけですな」

するとと片隅でかしこまっていた森江春策がノートとペンを手に、あわてたようすで、

「すみません。そこのとこを省略されますと僕が困りますので、ぜひ一つ……」

「待った待った、だいたい何でこの場に新聞屋がいるんだ」

だが漣の苦情はまるきり無視され、九鬼氏はやや居ずまいをただして説明を始めた。

「坂町順二とその相棒が考えたのは、休眠会社を使っての荒稼ぎだった。彼は元大手金融の営業マンだった。が、そこで彼は直属の上司にハメられた。いるだろう、ミスを下に押しつけ、しかも針小棒大に処罰することで『私はかわいい部下をこんなに厳しく律しました。どうか、論功行賞にお含みを』って奴が？」

「います、います」

唐突に、なぜか森江が声を上げた。だがすぐに空咳を一つして先をうながした。

「どうか続きを」

「半ば強要されて辞表を書いた彼が、起死回生のために組んだのが高校時代の友人だ。一時もてはやされた学生起業を振り出しに、あちこちで泥水をかぶったりかけたりしてきた男……」

その男が関わった企業の一つで、総合卸業者として実績を積んだ会社に、今は業務を移管し、法律上存在するだけになっていたエレホン産業があった。この手の会社は、トンネル会社による不正防止のため、最後の登記から一定年月を経過した時点で消滅したと見なすことになっているのだが、エレホンの場合は、その期限が過ぎていなかったのだ。

眠れる会社は、夢遊病のように動き始めた。操り手は社長に坂町、専務がその旧友という役回り、長年の信用と公共団体との取引実績をちらつかせて「お宅の商品を扱いたい。ついては月末決済、四十五日後の約束手形払いで……」と、もっともらしい口上でだまし取った品々を取り込み、あるいは安値で売りさばいたのだ。手形はむろん不渡りだが、実体のない、したがって資産ゼロの会社には、差し押えるべき何ものもありはしない。

とどめの一発として、社長の坂町が失踪した。全てを知り、儲けた金と取り込んだ品物のありか、それら一切合切でポケットをパンパンにふくらませて……残された専務は、友の裏切りに怒り、嘆き、しかし徹頭徹尾《てっとうてつび》の鉄面皮で攻撃をかわし、責任を転嫁し続けた。

そうするうちに、損害を受けた取引先の中でも潰れるべきは潰れ、持ち直すところはそうなりだした。全ては日々の商取引に呑みこまれてゆき、一切は二人の思う壺だった。

ところが、ここで事態は一変した。全ての責任者、最後にはパートナーをも裏切り儲けを持ち逃げしたはずの坂町順二が、潜伏先のホテルからとんでもないことを言い出したのだ。

〝実は悪いのは相棒で、自分は奴に責任を押しつけられた。高校のクラスメートということで、言われるがまま役を引き受けたが、もう耐えられない。自分としては相棒を差し置いても、お渡しすべきものはお渡ししたい。ただし、条件が折り合えば、の話だが……〟

ついては、その交渉役、また足元を固めることも必要だ。といって、自分はそう軽々しく動けない。元相棒に対抗するためにも、当然、代理人が必要となる――。

九鬼はそこでふっと目を宙にすえると、言い添えた。

「エレホン事件は新聞で読んではいたが、坂町って苗字に、死んだ友人を思い出したぐらいのことでね。だから、突然ここに潜伏中の坂町から電話があったときには驚いた。何せ、この坂町はあの坂町の倅《せがれ》、先方は子供のとき親父に連れられて私に会ったのを覚えてるってんだから……。順二の思惑《おもわく》がどうあれ、私がここへ来たのは、昔同様、悪戯っ子の首っ玉をつかむのが目的だった」

ベルの音が割って入るように鳴り響いたのは、そのときだった。九鬼が腰をあげかけるのを漣は制し、素早く受話器を取り上げた。

「ちょっと失礼……そうだ、俺だ。どうした――ああ？　ふん、ふん……何だと？　駅前派出所でとっ捕まえた男が……そいつが、どうしたって？」

北署管内の駅前派出所に勤務する巡査が、その男をとっ捕まえ――いや〝保護〟したのは、記録によると午後一時。ちょうど同じ駅前広場を、妙ちきりんな二人連れを乗せた骨董自動車が出発した直後のことだった。

駅前広場に通じる交差点のど真ん中に迷い出たその男に、巡査は何度も声をはりあげて注意したが、全くの放心状態。何を聞いても答えず、さながら生ける屍《しかばね》だったという。それを巡査は、やっとのことで派出所へ引っ張りこんだ。

「そっちへ掛けろ。聞こえんのか？　ほら、ここ……手数のかかる奴だな」

男は腑抜《ふぬ》けのようだった。骨の髄まで疲れきり、神経も心臓もただ細い糸で命脈を保っているに過ぎないように見えた。

だが、あいにくこのときの当番巡査は、そんなことに思い至るような男ではなかった。ようやくのことで男を机の対面に座らせると、完璧に整理整頓された書類ケースに手を伸ばし、不審者尋問用の用紙を取り出すとペンを構えた。

しかし、何から訊いたもんだろう。そうだ、それより本署へ報告しなければ！

「待ってろよ」

言い置いて、そばの電話に手を伸ばす。だが、やがて出た本署はひどくごった返している様子だった。何でもホテルの送迎バスが山道で事故を起こしたとか……そこへ、たかだか挙動不審の男を連行したぐらいでは、逆にどやされそうな雰囲気だ。巡査はとりあえずはいったん受話器を置き、相手に向き直った。

「おい……どうした？」

と、その目が細く、険《けわ》しくなった。相手のまぶたが閉じていたのだ。

「こら、こんなとこで寝る奴がいるか」

巡査は声を高め、邪険に相手の肩に手をかけた。だが、男は酔いつぶれたように机に突っ伏し、そしてそれきり動かなくなった。

見ると、シャツのボタンつき胸ポケットが妙にふくれている。そのボタンを外し、取り出した二つ折りには、かなりな札とともに免許証と名刺が挟まっていた。――そこに記された名は「菱川勤《ひしかわつとむ》」、住所は大阪、そして肩書は《エレホン産業専務取締役》。

巡査はさらに、死せる菱川勤の頸部の両側に、まるで両手の指の跡のように刻まれた、しめて十個の皮下溢血点を発見した。――それは、その生前に加えられた暴力を語ってあまりあるものだった。


「ふん、ふん……そうか、いやわかった」

惑乱《わくらん》と猜疑《さいぎ》をないまぜにした視線を一瞬、九鬼弁護士に投げつけると、漣警部補はゆっくりと受話器を置いた。

「ところで先生。坂町のビジネス上のパートナー……いや、詐欺の共犯者ですが、そいつは名前を何ていいましたっけね？」

「ついさっき言ったはずだが……それとも、メモしそこねたかね？　菱川勤だよ」

漣は吐き棄てるように、

「問題の菱川勤、そいつが死体で見つかったんですよ。今日あんたが降りた駅のすぐ近く、それもよりによって派出所の中で！」

——九鬼弁護士と漣警部補の問答を背に、森江春策はそっと209号室のドアを後ろ手に閉めた。もう少し拝聴したい気もするが、そろそろ支局のデスクに電話を入れるころあいでもある。一階ロビーに下り、かいつまんで状況を説明するには、どう切り出したものかと考えながら、電話機の前に立った。と、そのとき、

「ひょっとして新聞社の方かな、あんた？」

森江はふいに襟首《えりくび》をつかまれていた。そのままフロアの真ん中に引き据えられるかたちで一団の老人たちに取り囲まれていた。〈北地区老人連合会／いつも元気で健脚クラブ〉なるノボリを背に、ズイと一歩前に踏み出た老人は、

「ワシは大須賀八郎太《おおすがはちろうた》と申しまして、この同好会の長をつとめとります。ほォ、仮名文字新聞さん？　ウチの会は以前、おたくにも載せていただいたことがありまして、その節は……ご存じない？　はん、そうですか」

何やら、石川大浪《いしかわたいろう》描く杉田玄白《すぎたげんぱく》か北斎《ほくさい》の自画像に似ていなくもない老人は、外見に似ぬパワフ

ルさでまくしたてた。

「われわれのクラブは、毎日――あ、いやほぼ毎日ですが、下の町からここの山に登るのを目的にしとりまして……」

登るといっても、頂上までではない。山の半ばに、行楽シーズンになると茶店の出るちょっとした広場がある。ふもとからそこまでをけっこうなハイペースで登ったあと、ポットのお茶を飲み、万歳を三唱して下山するというのが、この会設立の趣旨にして目的なのだそうだ。単純にして明快、だがそれが幸いして会員はもう数百回の単位で〝登頂〟を達成した人ばかりだという。

「なるほど」と森江は、その成果に心からなる敬意を表しつつ、

「それがまた、なぜ今日はこの頂上近くまで登ってこられたんですか。何か、一千回達成記念とか……」

「いやいや」大須賀老人は手を振った。「まだそこまでは――数百回というのはホントですぞ、うん。それが仮名文字さん、けしからんのは警察の連中なんですよ」

「けしからん、と言いますと?」

唐突な展開に、森江は目をパチつかせた。だが、老人は独り勝手にうなずいて、

「それが仮名文字さん、せっかく我々が楽しみを中断してやった好意をテンから無視するなんちゅう話がありますか。いい加減な態度で聞き流して、しかも中途で我々をほっぽりだして自動車で行ってしもうた。取り残されたこっちの身になってごらんなさい」

「お気持ち、わかります」

森江は素直に同意した。そして恐るおそる居並ぶ老人たちの面構えを見やると、

「で……みなさん、わざわざここまで、徒歩で来られた、わけ、ですか」

「いえ、駆け足で」

一団の中から、一人のお婆ちゃんが訂正を求めた。森江はさらに素直に頭を下げて、

「……駆け足、で。いや恐れ入りました。で、そうまでして漣警部補に伝えにこられた、みなさんがたの目撃証言というのは……」

「あの三角野郎、サザナミちゅうんですか。よォし、覚えとれ。ひとつ老人会の顔の広いところを思い知らせてやる」

大須賀老人は息まいたが、「あの、その目撃証言というのを……」という森江の制止に、やっとまくった腕を元に戻して、

「そうでしたな。どうもトシを取ると話がときどき脱線して――つまり、ワシらは見たんですよ。あのバスの事故現場からほど遠からぬ山道で、人間が空を飛んでゆくのを」

「人間が空を!?」

「さよう、それもワハハ、ワハハと何がおかしいんだか大声で笑いながらね！　おや、どうしなさった仮名文字さん、大丈夫かね？」

「だ、大丈夫です」森江は、取り落としかけたノートを繰った。「どうぞ続きを」

「どーん、ちゅう衝撃音が上の自動車道からしたかと思うと、ワシらのおった間道から木々ごしに、人間が飛んでゆくのが見えたです。そっちへ向かおうとも思ったが、何せ道がない。で、さんざん回り道したあげく、やっとあの三角野郎のおるところへ出たですよ。それを、あやつ……」

「失礼ですが」ややあって、森江は周囲を見回した。「みなさん、その、何かの見間違いとかいうようなことは……」

とたんに、険しい視線が森江の肌を突き刺した。ノボリがぶるっと大きく震える――。

「そりゃ、年取って、目も悪うはなりました。耳も遠うはなっとります。けど」

大須賀老人は憤然と、しかし決然と続けるのだった。

「あの笑い声、それにアレを何と取り違えろっちゅうんですか。橙色《だいだいいろ》っちゅうか……そう、オレンジ色ちゅうんですか、あの鮮やかな上っぱり姿を!」

6

「待ってください。質問するのは僕の仕事ですよ。ここは一つ、僕に――いや、分かってます。そちらの聞きたいことはあとで必ずお話ししますから……」

森江春策は、自分に注がれる二人の熱い視線に後ずさりしながら、必死に説得工作を続けた。この齢にして、複数の女性に両側から攻められるジゴロ気分を初体験できようとは思ってもみなかった。

「はい、約束しますとも。ですから、そのう……ね！」

——大須賀老人らの何ともありがたい目撃証言（おかげで、いよいよデスクへ報告のしようがなくなった）を胸に、再び二階に上がった彼は、九鬼氏の部屋と並ぶ〈２０５〉の数字の陰から自分を招く手に気づいた。

だが、誘われるままくぐった扉の向こうに待っていたのは唐崎麗子と、例のバインダーを後生大事に抱え、なぜか一緒にいた赤沢真紀からの質問、いや詰問攻めだった。

それぞれ世にも奇怪な情景を目撃してしまったのだから無理もない。

「とはいうものの、えーと、何を訊かんなんのやったかな」

彼は一瞬真空状態と化した脳味噌を、あわててシェイクした。

「そうそう、副支配人の干菓子さんの話では、唐崎さんは、こちらへグループで来はったということでしたね。このホテルを拠点にこの一帯を見て回るつもりが、あなた一人だけ足をくじいてしもた。大した怪我やなかったけど、お友達に気をつかって居残ることにした、と。そこまではええですね？　で、例の目撃証言なんですが、ここのベッドは頭が窓側——南枕になってますが、それやと窓の外の風景は背中向きになってしまうはずですが？」

「ええ、だから退屈まぎれにベッドサイドの手鏡を取って、こんな風に……」

麗子は立ち姿のまま、顔の前に手のひらを四十五度にかざしてみせた。

「でも、映るのは曇り空ばかりで、じきに飽いて鏡を置きかけたとき、人影がシュッとよぎったんです——下から上へ」

「下から上へね」森江は繰り返した。「で……その男は、305号の窓枠に腰掛けていた、あの坂町某と顔や体つきが同じだと——」

「絶対まちがいないと思います。最初はどうかなって気もしたけど、今は同一人物だって断言できます」

「ほう、その決め手は？」

「それはもちろん……」言いかけて麗子は首を傾げた。「全体の印象じゃないかしら」

「うーむ。それはさておくとしまして」森江はうなった。「その人影が、下から上へ飛び上がったという点についてもですね、そのう、考えを改めるつもりは——ない。そうしますと、しかし……。赤沢さんが目撃した、バスの前に現われた男が坂町とするとですよ、坂町はバスをあんな事故に遭わせたあと、空を飛ぶかしてホテルまで帰り、唐崎さんの部屋の窓を下から上へかすめて、305号室の窓際に腰掛けていた。しかも、死体になって……ということになってしまうんですが」

「空を飛ぶ？」

真紀と麗子が異口同音に叫んだ。

森江はそこで、つい今しがた老人たちから聞いた話をして聞かせた。それも、彼女らに笑われるのを恐れて、相当控え目な表現で。だが、それに対する反応は、彼の予期とはいささか異なるものだった。

「森江さんは、半信半疑らしいけど」

赤沢真紀は、したり顔で腕組みしてみせた。

「あたしは、その坂町って人が空を飛ぶ——まして二階から三階を通過するぐらいのこと、できて不思議じゃないって気がするのよ」

「と、いうと？」

森江は目を丸くした。真紀は答えて、

「彼が名乗ってた偽名がどうも気になるのよ。沖田浩市、オキタ・コーイチ、ウキタ・コーキチ、浮田幸吉《うきたこうきち》——それって、あたしが今書いているミュージカルの主人公なんだけど」

「はあ？　それはいくら何でも……」

森江は新進劇作家嬢の強引な〝暗合〟に苦笑し、だが何かに気づいたように膝をたたいた。

「そうか、赤沢さんの『ＫＯＨＫＩＴＣＨ』いうのは、あの表具屋《ひょうぐや》幸吉やったんですか！」

「誰なんですか、その何とか幸吉って？」

間できょとんと、麗子が首をかしげる。

「リリエンタールの一世紀前に空を飛んだ表具屋ですよ。ほら……」

──俗姓を浮田と称した表具屋幸吉は備前八浜の生まれ、少年時代に岡山に出て表具職人となった。引き取られた親戚の傘屋で何年もこき使われた果ての出奔だった。

「幸吉の家業は旅籠《はたご》だったんだけど、七つかそこらで父親に死に別れてね。きっと、いろいろあったと思うのよ。ね、そうでしょ？」

身ぶり手ぶりをまじえ、この機会を待ってましたとばかりに説明を開始した真紀に、森江は思わずうなずいていた。

「でね、あたしのプランだと、それはこんな風に始まるの。岡山で表具屋として認められ、もうからない割にはむやみに忙しい日々が過ぎてゆく。でも、もう一つ満足できない幸吉。そんなある日、彼はあるものに目を奪われてしまうわけね。それは──」

（これは、しばらく止まりませんよ）

森江がそっとささやくと、唐崎麗子も小声で、

（ええ、ラストシーン、いえ、うっかりするとアンコールまで）

「ね、何だと思います？」

じれたように訊く真紀に、森江はやや狼狽気味に答えた。

「鳩か雀……何かそんなようなものが空を飛んでゆく姿でしたっけ？」

「その通り！」

その表現がよほど御意《ぎょい》にかなったのか、真紀はピョンと小さく飛び上がりさえして、

「鳥が空を飛ぶ——そんな当たり前の情景を見るうちに、幸吉の中に空へのあこがれが生まれたの。さっそく鳩を捕まえてくると、羽の長さや体重を仔細に観察研究……で、自分の目方を比較計算してみた結果、お手のものの紙と竹細工で大きな翼を作りあげたわけ」

機《からくり》を設《もう》けて胸前《むねのまえ》にて操《あやつ》り搏《う》って飛行《ひぎょう》す——というから羽ばたき式のオーニソプターで屋根から飛び降りたところ、みごと滑空に成功したものの、着地時に足をくじいてしまった。その後も鳶《とび》などで研究を重ね、ついに納涼客で賑わう城下の橋から試験飛行を試みた。

結果は大成功。ときに天明五年、また寛政元年ともいうが、とにかく人類初の重航空機による飛行をなしとげたわけだ。

「……と、そこまではよかったんだけど」

真紀はここで、わがことのように無念そうに、肩をすくめてみせた。

——確かにそこまではよかった。だが、野宴のただ中に舞い降りたところ、たちまち世を騒がせた罪で入牢、ついで所払いを命じられてしまった。菅茶山《かんさざん》という儒者が、随筆「筆のすさび」にその辺を記しているが、その筆致自体が、彼をとりまく視線をもろに表わしていて何ともやりきれないのだ。

「『人のせぬ事をするは、なぐさみといえども一罪なりと羽翼をとりあげ』か」森江は苦々しげに記憶をたどった。「ここらへん、まさに日本そのものという感じでイヤやねぇ」

麗子がうんうんとうなずき、片や作者の真紀センセイは、この上なく満足そうな様子で、

「民話なんかではもっとひどい扱われ方で、ご城主の花見の宴のど真ん中に舞い降りて、その場でお手討ちにされたことになってるの。そこがカンどころなのよね」

「そやね、その点を突っ込んでいったら、こら面白いものになりそうやなぁ。うーむ」

そこまでほめて、森江は急に何かを思い出したように激しくかぶりを振った。「や、それと、今回の殺しは別ですよ。あなたがたまたまここにこもって書いてる台本と、今度の事件とは別ものなわけやし、ね？」

「でもねぇ」真紀はなおも言うのだった。「岡山を所払いになって、故郷の八浜に戻された幸吉は、のち駿府で入れ歯師になったとか、なおも飛行実験を続けてさらに遠州見附に追われたとか、ひどいのは斬罪《ざんざい》になったとか様々なんだけど、実はこの一帯にも幸吉本人か、あるいは別の誰かかは知らないけれど、〝鳥人〟の伝説が残ってるんですよ」

「ほんとに？」と唐崎麗子。

「ほんと、ほんと。現に、あたしがバイト代を旅費と宿賃につぎこんでまで、ここで台本の第一ページを書きたかったのは、この近辺を旅行した子供時代にその話を聞きかじったのがきっかけなんだから」

「赤沢さんの個人的な思い入れは、ともかくとして……ま、その」

それは尊重するとしても、事件につなげられては、漣警部補以上に混乱せざるを得ない。一方、真紀は森江の困惑など知らぬげに、手にしたバインダーを忙しく繰ると、

「このドラマでは、さっきちらっと出た菅茶山とかいう、つまり想像力のかけらもない当時の〝常識人〟よね、そういう手あいが狂言回しをつとめるわけ。で、ラストにもそいつが登場して、さんざっぱら行方知れずになった幸吉を——およそ自分の想像力の追いつかない対象すべてを罵倒するのよ。ところが、そこへひらりと降り立った影がある」

「それが幸吉？」麗子が微笑する。「わかった、そこで逆襲されるのね、常識が空想に」

「それそれ……幸吉は、茶山先生をさんざんな目にあわせる。空中に吊り上げ、振り回し、そして大地へ逆落とし！ ズタボロになった茶山先生は野次馬に弁明するんだけど、浴びるのは嘲笑だけ——『先生が空を飛んだ？ あの表具屋幸吉に突き落とされたって、そんなバカな！』そしてわめきながらかつぎ去られるところで幕——としたいん、だ、け、ど」

「まだ何か、やり足りないの？」

「そうなのよ」真紀は大まじめに腕組みした。「それでもまだ茶山先生は、人間が空を飛べるってことを信じたくない。自分がホラ吹き扱いされるのにむしろ安堵して、先生は下手へ退場する……その瞬間、決定的な証拠をつきつけてやりたいのよ。幸吉が、そして自分が確かに空を飛んだことを思い知らせる何かをね。どう、いいアイデアない？」

「そんなこと急に言われたって」麗子は小首を傾げた。「森江さん、何か……」

「はぁ、まぁそら、何なとあるでしょう」

森江は何か考えにふけり、のろのろと室内を歩き回りながら、しごくいい加減な返事でお茶を濁した。と、その動きがふいに凍りついた。麗子と真紀がそのささやかな異変に気づくには、なお数秒が必要だった。

「森江さん？」

「どうかしました？　何か、窓に……？」

いぶかしげな二つの声に、森江はゆっくり腕をもたげた。そして、ふいに、

「赤沢さん……今のその、ラストシーンのアイデアなんですけど、こういうのはどないでしょう。――舞台上手に立った高い樹、そのはるかなてっぺんに、一枚の着物が引っ掛かっている。二人の空中の争いのあとを色鮮やかにとどめて……ちょうど、あんな風に」

森江の指が差し示す先をえんえんとたどった彼女らの視線は、やがてこのホテルの立つ高みと、南に遠望される町の間に横たわる鬱蒼《うっそう》たる森の一点に吸いつけられた。木々の黒と雪の白、その中にただ一か所、ぽつりと点じられた鮮やかなオレンジ。眼の錯覚か、風にはためいているかのようなそれは……。

「そうだわ」

麗子は弾《はじ》かれたようにバッグを引き寄せ、取り出したオペラグラスを目にあてがった。レンズがめざすは、森のひときわ高い欅《けやき》とおぼしい木……その尖《き》っ先《さき》に焦点は合わされた。

「――どないです、唐崎さん？」

横から森江が問いかける。「やっぱり……」というかすかな、だが確信に満ちたつぶやきののち、

オペラグラスは赤沢真紀の手へと渡った。

「赤沢さんは……」

かすかにうなずく彼女からオペラグラスを受け取った森江は、やがて一瞥ののち、

「どうやら、あれが噂のオレンジのジャンパーらしいですね。赤沢さんがバスの前に見た男、それに老人たちが目撃したという空飛ぶ人物が着てたのと同じ……」

森江はオペラグラスを胸高に構えた。

「してみると、いよいよもって坂町なる人物は、詐欺の腕以上に空中遊行の術に長《た》けていたことを信じざるを得んわけですか。はあぁ」

7

「よぉし、そっちだ……それっ、頑張れ、もうちょい……OK、よくやった！」

暮れかかる空に漣警部補のドラ声が響きわたった。誰もかも痛いほど首を上にねじ向け、しだいに黒錆びてゆく鉛色の雲海の一点を凝視している。そこには周囲からとびぬけて高い欅の頂きがあり、今まさに一人の制服警官がとりついて、あぶなっかしく枝をしなわせていた。

「おぉーい、ポケットには何か入ってるかァ——ほかに異状はア？　ようーし、かまわん、そいつを下へ投げてくれ！」

決して嗄《か》れることのないのどを持つらしい警部補の声につれ、ポリス販豆の木ジャックは、先端に引っかかったものに手をのばすと、それをふわりと投げ捨てた。人々はあんぐりと口を開け、ため息まじりにその行方を見守った——不思議な海中生物を思わせて舞い踊る、その鮮やかなオレンジの降りゆく先を。

「おっと」

警部補は声も高くジャンプすると、ガキ大将が他に渡すまいとするみたいに、それをつかみ取った。そして、おもむろに質屋の主人が値踏みをするときのようにそれを広げると、ゆっくりと同行の人々に示した。

とりわけ、ある一人の前では、じっくりと時間をかけた。その相手というのは、居あわせた人々の中で、この場に最もふさわしくないいでたちに身を固めた人物だった。

「どうです？」

漣の問いに、その人物——黒のタキシードに蝶ネクタイ姿の干菓子副支配人はゆっくりと、だが一片の曖昧《あいまい》さも見せず言い切った。

「そのジャンパーは坂町順二様——沖田浩市様の名で305号にお泊まりだった方が、お召しのものに間違いございません」

「ほんとうに、間違いないんですな」

「はい」副支配人は即座にうなずいた。「お越しの際、それにその後も見ておりまます。何でしたら、フロントや客室係に確かめさせてもよろしいですが」

もはや疑いを挟む余地はありそうになかった。といって信じろというのか、死人が空を飛んだことを。そしてその道すがら、あそこにジャンパーを引っかけ、中身はそのまま空の旅を続けたのだ、なんてことを？

ふりあおぐと、斜面の上方、事故のあとも生々しいガードレールから赤沢真紀や唐崎麗子が心配そうに見下ろしていた。あそこからあの欅まで線を引くのは、何の不自然もない。そして、その延長線上には、ふもとの町が広がっている。とすれば、これはやはり——？

いや、そんなことはあり得ない、と漣は激しくかぶりを振る。なら、あのジャンパーを引っかけたのは誰、そして何のために？　誰も信じるはずがない状況をデッチ上げるために、あそこまでよじ登ったというのか。

「結局……いったいどういうことになるのかね」

ややあって九鬼弁護士が、思い悩む警部補を見かねたらしく声をかけた。だが、それがかえってカチンと来たのか、漣は切り取って屋根の棟の端に置きたくなるような顔を振り向け、何か言いかけた。と、そのとき、

「あの……」干菓子副支配人が、その剣幕におびえたようすで、背後から声をかけた。

「ここへ降りる前にお見せしようと思ったんですが」彼は内ポケットを探った。「事故死した星野のロッカーを整理してましたら、扉裏にこんな紙が挟んでありまして……」

そう言って取り出したのは、《山上ロッジ》のロゴを小さく刷り込んだメモ用紙だった。まるで小学生のように字画のはっきりしたボールペンで、そこに記されていたのは——

×日　4時・坂町、大阪へ電話／坂町へ電／×日　菱川より電／菱、駅着予定

簡明《かんめい》、そして直截《ちょくさい》に書かれたメモだった。坂町の挙動は悲惨な事故に散った運転手に監視され、元の仲間に知らされていたのだ。ということは、やはり……。

「やっぱり菱川の手先でしたか、星野は」

人垣の後方から声があった。森江春策だった。どうも姿がないと思ったら、お世辞にも背が高いとは言いかねる彼は、人々の後ろからぴょんぴょんと跳ねながら、

「たぶん彼は以前、菱川の下で働くかして、坂町とも旧知の間柄だったんでしょう。なら、彼が泊まり客の、それも本名を叫んだ不思議も解けますよね。千菓子さんがもっと早くそのメモを出してくれたら……わあっ！」

「どうした、森江君！」

九鬼弁護士が叫び、人の輪を押し破ったとき、森江は頓狂な叫びをあげながら山の斜面の雪だ

まりをえらい勢いで滑って行くところだった。その姿はみるみる小さく、そして樹林の後方へと見えなくなってしまった。

「た、大変だぁ！」

頭上から響く真紀と麗子の悲鳴、それに負けまいとするように干菓子副支配人が半ばファルセット化した声をあげ、制服の一人が「助けにいきますか?」と身を乗り出す。

が、色めきたつ人々をグイと押しとどめると、漣警部補は傲然《ごうぜん》と腕を組むのだった。

「彼に本当に言うに足る、そして言わねばならないことがあれば戻ってくるさ。そう、きっといつかは……」

数分後、警部補とその一行が無情にも現場を引き揚げかけたとき、真紀と麗子は、なおもガードレールから身を乗り出していた。二人は心配そうな顔を斜面の下へと向け続けた。だから背後に近づき、また遠ざかった自動車の響きなどには振り向きさえしなかった。

と、背後に気配がしたかと思うと、ぽんぽんと彼女らの肩を叩くものがあった。麗子が長い髪をひるがえして、いぶかしげに振り返り、ついで真紀がバネ仕掛けのように向けた顔いっぱいに驚きをあらわした。

も、モ、MO……同じ一音節を繰り返す二人に微笑みかけると、雪のカケラを頭にのっけた男は、こうのたまったのだった。

「いやぁ助かりましたよ、ちょうど上へ行く車を拾えたんで、無理に乗せてもらったんです。え、どこからって、この斜面の下の道路、つまりこの下り坂の先の続きからですよ。やぁ、漣さん。短い間、ご無沙汰しました」

ちょうどガードレールをまたぎかけた漣警部補は、一瞬ぎょっとした顔になった。

「なんだ、もう帰ってきたのか」

「はぁ」

森江は気の抜けたような声でそれに答え、ついで九鬼弁護士を振り返った。

「先生。よろしかったら、お部屋のバスルームを使わせてもらいたいんですが」

「うん？　もちろんかまわんが……それにしても、大丈夫かい」

「何とか。ほなら、行きましょか」

森江はスタスタと坂道を先に歩き始めた。その不格好ながら何ごともなかったようなタフさに、漣は吐き棄てるようにつぶやいた。

「いっそ、下の町まで転がっていきゃよかったんだ」

そのとたん、すでに数メートル先を行きかけていた森江春策が振り返った。さすがにギクリと身を縮めた警部補に、彼はしかしいささかの不快も示さず、またも歩みを再開したのだった——ただ奇妙な笑みを浮かべ、こんな奇妙な一言を残して。

「つまり——誰かさんみたいに、ですか？」

8

「すみません、もうじき済みますんで、もうちょっとお待ちを……フワックショ！」

それを皮切りに、森江は立て続けに派手なクシャミを三連発した。手にした3Bの丸鉛筆も、机に山と積まれたザラ紙も吹っ飛ばしかねない勢いだった。

バスから上がると、まだ湯気の立つ頭をタオルでおおい、バスローブや浴衣をむやみに着込んだ森江は、何やら怪しげな民族衣装村の職員のようだった。そこへもってきて、その姿で何やら一心不乱《いっしんふらん》にご執筆ときては……。

——山上ロッジ209号、九鬼弁護士の部屋。窓の外は背インクをたらしたようにとっぷりと暮れ、空には蒼白い切り爪のような月がかかっている。

「一階でココアを入れてもらってきたんですけど……それから、お菓子も」

ノックの音にドアを開けば、そんな声とともに、銀の盆を持って唐崎麗子と赤沢真紀が入ってくる。お茶会なんて代物には縁なき男どもながら、今はこの芳醇《ほうじゅん》な液体に優《まさ》るご馳走はないはずだった。

「漣さんもどうぞ、はいカップ」

すすめられるまま、漣は今はどこか神妙にココアをすすった。

やがてコトリと鉛筆を置いた森江は、書き終えたザラ紙を束ねるとトントンとそろえた。そしてクリップで留め、封筒にしまった。

「では、ぼちぼち始めさせてもらいます……とはいうものの、何からお話ししたもんでしょうかね。漣さんは、さっき僕が口を滑らしたアレが気になってはるようですが……ここはやはり、我々を翻弄《ほんろう》した三死人の関係から始めましょうか」

「いや、もう、どうでも勝手でかまわんよ」

「ほな、お言葉に甘えまして——九鬼先生、もし何かあったら、ご指摘を願います」

森江はそう前置きすると、坂町たちの〝事業〟についてざっとおさらいしたあと、

「さて、大阪に残った菱川が、どんな演技力で難局を乗り切ったかも興味がありますが、それはさておき……坂町はあちこちを転々とした挙句、菱川のもとにいた星野勝利のいるこのホテルを潜伏先に選びました。とりあえず休息、旧知がいる安心——全てはうまく運び、文字通り春を、菱川と落ち合っての山分けを待てばいいかに思われました。

ところが、ここで坂町は裏切りを企てた。どうも理解しにくいんですが、逃避行から一転して潜伏生活に飽きた坂町は、菱川を出し抜く方を選んだんです。そのため彼が呼び寄せたのが、九鬼先生、あなたでした」

「その通り」弁護士はうなずいた。「だが、そう、したたか一方でもなかったな、私の感じゃ。次なる大芝居を打つというよりは、待つだけの毎日におびえた挙句、いっそカタをつけたくなったってのが、私の睨んだところだ」

「なるほど」森江はあごに手を当てた。「これは僕の見方が浅かったかな……」

「何度か電話するうちにわかったことだが」九鬼弁護士は続けた。「ここでの単調な、それこそ何もない毎日――ここの雪景色そのままに白一色のスケジュールが、元企業戦士の神経には一番こたえてたみたいだったな」

「情けない奴だ」

漣警部補がなぜか妙な実感をこめ、独語した。

「だが坂町の裏切りは、あのメモにもある通り星野の知るところとなり、それはすぐ菱川に伝えられました。彼は怒り、焦った。どうでも、その九鬼なる弁護士に先んじなければ。そして坂町を問い詰め、場合によっては奴を消しても……その腹づもりは半分、いや三分の二まで成功したというべきでしょう。菱川は先生より早く当地に着き、星野の協力で坂町の部屋に押し入ったからです。そして」

森江はここで、そっと額をぬぐった。

「そして案の定、交渉は決裂、激しい争いの果てに菱川は坂町を死なせてしまったのです。しかし、坂町もただやられてばかりはいなかった。相手の首を絞め、そこにくっきりと自分の指跡を刻みつけるだけの抵抗を試みはした――ですが結局力つき、斃《たお》れてしまったのです」

「それが、首の扼痕《やくこん》か」と漣が吐き棄てた。

「さすがの彼らも、できたての死体を前に途方にくれたはずです。難題は二つ。坂町の死体をいかにホテルから運び出し、そして菱川自身が脱出するか。加えて、星野が午後の送迎バスを出す時刻も迫る――だが、妙案は見つかりました。菱川は星野を一階に下りさせ、バスをホテルの横手へと回させたのです」

「横手へ、そして坂町の部屋の窓の真下、だろ?」

九鬼弁護士が、何か思い当たったように眉をあげ、微笑した。森江は「そうです」と何度もうなずいて、

「彼らの計画はこうでした。バスの屋根に坂町の死体を載せ、途中のカーブで少し大きめにハンドルを切り、加速をかければ、慣性の法則にのっとって死体は真っ逆さまに断崖へ……むろん昼のバスは、往きは乗客ゼロが普通なのも計算のうちでしたが、これはたまたま町へ下りる用事のあった赤沢さんの出現で少々当て外れとなりました。ところが、ここにもっと致命的な計算違いが生じました。ひとり元の部屋で死体を窓際まで運び、今度は自分が外へ回り込んだ菱川は、坂町を窓枠に引きずり上げたところで足を滑らせ、自分が真っ逆さまに墜落してしまったのです」

え？　と小さく、唐崎麗子が声をあげ、何か言いかける。それを押しのけるように、漣警部補が声を荒らげた。

「本人が？」

「そうです。菱川は、ちょこんと窓に腰掛けた坂町の死体に別れを告げる間もなく、真っすぐ落ちてゆきました。当然、真下の部屋の窓を通過しながら……ここで問題になるのが、唐崎さんの奇妙な目撃証言です。彼女が見たのは生きた人間の墜落で、坂町が自ら空を飛ぶ姿などではもちろんなかった。なのに、どうして彼女には引力が逆にはたらいたかに見えたのか？

　左右は逆に映るのに、どうして上下は逆にならないのか——鏡の性質をめぐって必ず出される質問ですが、ときに天地を入れ換えることもないではありません。むしろ、これは人間の目の位置の仕業ですが。……唐崎さん、あなたはどういう風に手鏡をかざしていたか、教えてくれましたね。けれども、一つだけ伝え忘れたことがあったんやないですか？」

「っていうと、つまり……」

　森江の穏やかな口調にもかかわらず、唐崎麗子はぐっと身を固くした。そんな彼女の緊張をほぐすように、彼は微笑して、

「つまり……あの墜落ならぬ〝昇天〟を目撃したときのあなたは、教えてくれたときのような立ち姿——ベッドの上でいうなら上体を起こしていたのではなく、仰向けに寝ていたのではないですか、とね」

「えっ」麗子は小さく叫んだ。「私はずっとそのつもりで、皆さんにお話し、していたんです、けれ……ど？」

後半はまるで蚊の鳴くような音になった。それが弱々しい疑問符を残して溶け消えたあと、森江は笑顔を相手に向けて、

「あのとき、あなたは『じきに飽いて鏡を置きかけたとき』と言いましたね。その瞬間はどうでした？　あなたは人影を鏡ごしに見たのか、それともそのときはすでに――？」

「そう、あのときは……」

鹿子は考え込み、だがすぐにパッと表情を輝かせると確信に満ちて続けた。

「そう、私はあのとき鏡をわきに置いて、少し目を休めようとしていた。そのとたん、あの男が視野をよぎるのが見えたんです！」

「やはり、そうでしたか」

森江春策は満足そうに言い、さて一同を見渡した。

「さあ、あのときの唐崎さんになったつもりで考えてください。彼女は窓側に頭を向け、仰臥《ぎょうが》していた。鏡を抜きにして、その状態で首をそらし上目遣いになったら――どうです。上が地面、下が空になりはしませんか？」

いつしか全員が立ったままギゴチなく天井を向き、あごを上げ、効果のほどを実体験しようとしていた。やがてわれに返ったように向き直る人々に、森江はにっこりと、

「わかっていただけたみたいですね。鏡のような小道具を介さない分だけ、錯覚に気づきにくくもなるでしょう。まして、視野は一面のっぺりとした鉛色の空。雪でも降ってたなら、それが下

から上へ流れるさまが一八〇度逆転を教えたでしょうけど」

「じゃあ、私が見たのは、あの殺された坂町って人がスーッて、下からあそこの窓枠に飛び移るところじゃなくって……」

「犯人の菱川が、誤って転げ落ちるとこやったんですよ。安心しましたか？」

森江の問いに、唐崎麗子は長く深い安堵のため息で答えてみせた。それが、どんな言葉よりも雄弁に、彼女の気持ちを語っていた。

「それから」森江は付け加えた。「あなたは当初、窓の外をよぎった人影と窓枠に腰掛けてた男が同一人か自信がなかったのに、なぜか後で『絶対まちがいない』となった。よう考えるとおかしなことです。時とともに薄れるべき印象が、逆に強化されるとしたら、他からの刺激しか考えられない。

いいですか。よう思い出して下さいよ。――あなたが窓の外に見た人影は、オレンジ色のジャンパーを着ていましたか？」

「はい」麗子は即座に答えた。「実はそのことが引っかかっていて……」

「そうでしょうとも」と言いつつも、森江は正直に安堵を顔に表わしながら、

「なのに、305号の男はそれを着ていなかった。だから、あなたは同一人と断定できなかったのです。ところが赤沢さんと話すうち、彼女が見た『坂町』はオレンジ色のジャンパーを着ていたことがわかった。ここで初めて、二人の男を同一視したのと違いますか？　欅に引っかかった

ジャンパーを見て、あなたは『やっぱり』とつぶやいた。でも考えてみて下さい。もし、町から空を翔《か》けてきた〝鳥人〟が木にジャンパーを引っかけたあと三階の窓際に舞い戻ったのなら、そしてあなたが目撃した男がその〝鳥人〟なら、彼がオレンジ色のジャンパーを着てたはずがないやないですか」

あ、と麗子は虚をつかれたように小さく叫び、やがてつぶやくように言った。

「そうかも……いえ、きっとそうだと思います」

「これでわかってもらえましたか？　……そうですか。いや、そらよかった」

森江にとって多分ここは最大の難所《なんしょ》だったのだろう。論理の薄氷を踏み越えた安堵からか、彼はあるかなきかのため息をもらすと、

「さて……バスの屋根に、したたかに打ちつけられた菱川は命こそ助かったものの、落下のショックで身動きできなくなってしまいました。ホテルの窓は防寒用に密閉されてるから、その音に気づくものはなかったでしょうが、もし事故の現場検証の際に、破損《はそん》した前部だけやなく、屋根もチェックしていたなら、何か跡が発見できたかもしれませんね」

「人の形にへっこんだ跡があったりして」

唐崎麗子が、やっと笑いをもらしたのに、森江は苦笑いを浮かべて、

「一方、すでに車内でスタンバイ中やった星野は、たぶんバスを横手に回したことを感づかれそうになったことから急いで車を発進させ、そして玄関で赤沢さんを乗せるや、早々に山上ロッジ

を発ったのです」

「て言うと、あんときバスの尾根の……ひょっとしたら、あたしの頭の上あたりに——」

赤沢真紀は気味悪そうに顔をしかめ、だがすぐ勘違いに気づいた様子で、

「そっかあ、あのときはまだ、菱川サンですか、その人は死んでたわけじゃないんだ。はは、よかったぁ」

「いや、ほんまによかった……のかな？」森江はまたしても苦笑した。「とにかく、バスは山道を下り始めました。それもいつもより、えらく乱暴なハンドルさばきで。さあ、あわてたのは菱川です。星野は坂町の死体が乗っかってると信じてるでしょうから、このままでは自分が断崖へ棄てられてしまう。必死で体を起こし、屋根を這いずって運転席の真上までやって来た。だが呼べど叫べど星野は気づいてくれず、その間にも問題のカーブは迫ります。思い余った菱川は、そこで……」

「フロントガラスに身を乗り出し、半ば宙吊りの格好で星野に訴えようとした、と」

不ぞろいなコーラスのように、九鬼と漣が言葉を重ねた。そして顔を見合わせると、今度はこの上なくグロテスクな笑いを含んで、

「だが、そんなごあいさつを喰らった方にしてみれば、だ……」

「そうです」森江はうなずいた。「星野にすれば、驚くだけではすみません。坂町が生きていた、いや確か息の根は止めた、なら幽霊か？　加えて菱川は坂町の色鮮やかなジャンパーを着込んでいた。さきほどの難題の第二、坂町に化けて宿を出るためでしたが、それが誤認に拍車をかけ、

彼は思わず叫んでしもたんです――『さ、坂町！　き、貴様っ』と。赤沢さんが車の前に忽然と現れた人影と、その叫びを結びつけたのは無理もないことでした」

　そうですよね！　と、周囲に同意を求めるように、赤沢真紀が強くうなずく。

「一方」森江は続けた。「恐怖にかられた星野は、断崖を過ぎたあともスピードをあげ、急ハンドルを切り続けた。真正面にガードレールを見つけたときはもう遅く、こうです」

　拳《こぶし》を手のひらにたたきつける森江に、人々は今その現場に居合わせているように目を閉じた。

「バスは当然急停止し、これまた当然の如く慣性の法則により、菱川はバスの前方、何もない空間へと飛ばされてゆきました。……ま、待ってください、赤沢さん。大丈夫です。この時点では、まだ人は死んでませんから」

　ふいにあのときの恐怖がよみがえったか、周りをギョッとさせる勢いで息を吸い込んだ真紀に、森江はあわてて言い添えた。

「さて……走行中にカーブから断崖に突き落とすという目論見《もくろみ》とは少々違って、菱川が抛物線《ほうぶつせん》を描きながら落ちていったのは、山腹の森の真っ只中……で、ほどなく彼の首根っ子をグイと引っかけたのが、あの一際高い欅の尖端《せんたん》だったというわけです。

　ここで、思い出してほしいことがあります。元気のいいお年寄りたちの証言ですよ。大須賀さんでしたか、あの人はこう言うてはりました――『どーんという衝撃音がしたあとで、男が空を飛んでいった』と。もしも、本当に空飛ぶ男がバスの前をよぎり、それが事故の元になったのなら、目撃のあとに音が響いてもおかしくはない。いや、むしろ、そっちが自然と違いますか。バスの前を通過したあと、その辺をしばし周回飛行でもしてたというなら別ですが、それはいくら何でも……ま、表具屋幸吉にも無理な話です」

表具屋幸吉？　二対の目がしばたたかれ、二つの唇が楽しげにその名をつぶやく。

「ま、そんな名前はともかくとしまして」森江は早口に言った。「むろん、いつまでもブラ下がっているわけにもいかない。やがてジャンパーを残してズルズルと滑り落ちた彼は、今度は走るか転がってるのか区別がつかない状態で、斜面を猛スピードで下って行ったという次第です」

「つまり、あんときの君みたいに、な」漣は、得心したようにうなずいた。「奴の場合は、ほんとに町まで——むろん途中からは自分の足でだろうが、転げていっちまったってわけか」

「やれやれ」九鬼氏が肩をすくめた。「そこまで来ると、気の毒になってくるな。で、彼は無事に町へ下りた？」

「あんまり無事でもないですが」森江は答えた。「とにかく、彼は駅前までさまよい下りてきた。そして半死半生の状態を巡査に見とがめられ、派出所に招じ入れられたんですが、そこらが菱川の気力、そして体力にとっても限界でした。巡査が本署へ連絡を取っている間に、彼の心臓は動きを止め……」

「ポックリあの世へ逝ってしまった、か」

九鬼弁護士が引き取ったあとに、何とも奇妙な沈黙がその場に瀰漫《びまん》した。何とも気懈《けだる》いような、

大声で笑い飛ばしたいような……そんな空気の中、コートを引っつかんだ漣警部補が部屋を出て行きざま、舌打ちまじりに、

「つまり、こういうこった——落下に次ぐ落下のついでに、地獄へ転げ落ちたわけ、だ！」

荒々しく閉じられたドアの音に、森江は九鬼弁護士と顔を見合わせ、やがて気抜けしたように椅子に尻餅をついた。と、何やらパチパチという音が弱々しく、だがこの場の空気を突き破ろうとするように鳴り響いた。

振り向くと、唐崎麗子と赤沢真紀が満面に笑みを浮かべ、その手を気遣いたくなるほどの拍手を彼に送っていた。九鬼弁議士がニヤリと森江の横腹を小突く。心からの賛辞をこめ、いつまでも続く喝采——それが、この一件での彼への最大最高の褒賞《ほうしょう》だった。

9

「わるいね、行きも帰りも君のクルマの世話になってしまって」

もうずいぶん以前に降り立ったような錯覚を起こさせる、ふもとの町の駅が近づいてくるのを眺めながら、九鬼弁護士は運転席の森江をねぎらった。駅前広場の残雪をますますみじめに融か

し崩した雲間の太陽が、ひときわ光芒《こうぼう》を放つ午前のことだった。

「締め切り時間とかは大丈夫かい？」

「その点はご心配なく」

森江春策は、駅前広場へとハンドルを切りながら微笑した。

「原稿はもうとっくに……あのときに書き上げて、いつでも送稿できるようになってます。ただ……あらためて漣さんたちのレク（記者発表）のあとでないと、支局長にしろデスクにしろ、破り捨ててしまうのは確実なもんですから」

淡々と、悟りすましたように語る森江に、九鬼麟一氏は笑いをもらして、

「いったん警察発表というフィルターを通さないと、せっかくの森江探偵の名推理もジャーナリズムの壁は越えられないか。ま、仕方がないな。ところで、もうひとつ君に種明かしを願いたいことがあるんだが」

「何ですか？」

「私が、ちょうど駅のあの辺に突っ立ってるのを一目見て、君はこの車に誘ってくれたね。何でまた、そう見事に私の意図を見抜いたのか、それが不思議でならないんだが……」

「それはですね」森江は照れたようすで、「あのとき、ちょうど雲間から差した陽光に、先生のオーバー下にきらっと光るものを見たんです。そう、いつかも見たヒマワリと天秤のバッジ――僕も法学部の出身ですからね、久々に憧れがよみがえったわけです。で、思ったのは『待てよ、弁

護士、それもその格好は行楽や休養やない。それが、山上ロッジに行こうとして、しかもバスが来ないとは、はて？』てなことで、後はカンというか想像力……むしろ妄想力とでもいうべきかな」

「待った待った、肝心のことが抜けてるよ」九鬼氏がさえぎった。「だから、どうして私が山上ロッジへ行こうとしてたことが——」

「どうしてって先生、あれをご覧やなかったんですか。あそこの大看板を」

「大看板だって？」

森江の指す方に首を伸ばすや否や、九鬼はアチャーともムギュッともつかぬ奇声を発した。この一件でついに驚きも弱音も吐くことのなかった九鬼麟一の口から、である。

「先生が待ちぼうけをくったのは、あの出口の前、でしたよね」森江は気の毒そうに、「で、その真上には、あの看板が……」

「『歓迎　山上ロッジへの送迎バスはここから』——か」九鬼氏はうめくように、その全文を読み上げた。「まさに読んで字の如し、か。しかしまた、何てバカでかい字だ！」

「肝心の客より、向かいの道を通る人によく見えるというので、少しお話しした県版の連載に取り上げようと思ったぐらいでして。ともあれ、あの真っ赤な矢印の指す真下に立ってソワソワしてる人を見て、別の行き先を考えるものはいないんではないかと……」

×　　×

彼は飛んでいた――何もない空間をふわふわと、今度は慣性の法則にも頼らず、引力の呪縛からも解き放たれて。

むろん、今度も道具は何もない。リリエンタール以降の何にも頼らず、自由に空間を翔けている。いや……それどころか、今度はもう、生身の体さえなしで飛んでいるのだ！

みじめな墜落はもう二度と味わわなくてもすむ。なぜって、大地にたたきつけられようにも、その肉体から永遠に解放されたのだから。何という大発見だろう――彼は再び笑った、高笑いした。

その声は何もない空間を貫き、もはやいささかも下降線を描くことなく、永劫に伸び続けるのだった。

死体の冷めないうちに

――自治警特捜・支倉チーム

自治体警察局特殊捜査室――それは、中央集権的な警察制度に一石を投じ、敗戦後の一時期、この国に存在した市民のための警察をよみがえらせようとするチームです。室長の大槌警視のもと、元弁護士の支倉遼介をリーダーに蒔岡久美、赤津宗和、玉村由梨子からなるメンバーは、いささか無国籍というか海外もののミステリドラマのような事件を次々解決していきます。そしてそれらを通して、「知性を備えた野獣」の異名を持つ天才犯罪者・小野瀬一雄との戦いがくりひろげられてゆくのです。

1

時を経て真っ黒に煤《すす》けた大学正門の建物は、宵闇の空をバックに、時代遅れのホラー・ムービーに出てくる古城のようだった。

かつてはだだっ広い空き地の中にあったキャンパスも、今は住宅地に取り囲まれていた。しかも理工学部以外の学科は大半、郊外の新校地に移り、一部ではすでに取り壊しさえ始まっていた。

矢来《やらい》一正《かずまさ》は、黒瓦の門衛所に人影がないのを確かめると、足早に正門脇の小さな鉄門をくぐり抜けた。約束の時刻にはだいぶ早かったが、それも承知の上だった。

(同じだ——何もかもあのころと)

矢来は、ほこりっぽい木張りの渡り廊下を行き過ぎながら、つぶやいた。

(研究室の泊まり込みの晩は、いつもこんな風だった)

「午後八時に、南研究棟の三階、応用電波第二実験室で……」

伊地智《いじち》伸行《のぶゆき》との間で交わした約束が、脳裏によみがえる。ゆっくりと歩を進めるにつれ、薄汚れた南研究棟が近づいてきた。四年前まで、夏休みも年末年始も返上で通いつめたのが、この建物だった。

だが彼の足は、何度となくくぐった棟の入り口を外れ、裏手へと向かった。雑草が生い茂ったそこには、赤錆《あかさ》びた鉄製の階段が星のない夜空へ伸びていた。ほんの数時間前、人目を忍んでのぼった非常階段だ。その先の、ぽつんと灯りのついた窓を見上げながら、彼は〝危険・使用禁止〟と殴り書きしたベニヤ板をまたいだ。

南研究棟の裏手の壁面をジグザグに這いのぼる通称・裏階段は、とうに忘れられた存在だった。矢来にしても、これが約束の《応用電波第二実験室》に直接通じていることを思い出さなければ、こんな酔狂を起こしはしなかったろう。

三階に着いた。矢来はドアの下にうずくまると、敷居にかませた木片を外し、ノブを縛りつけたガムテープを引きはがした。あらかじめここの施錠を解いておいたことを、感づかせないための工夫だった。

急激にピッチをあげてきた心臓を、ジャケットの上からなだめながら、古びたガラス窓ににじり寄ると、片隅から血走った視線を這い込ませた。そのとたん、彼は呆れ顔で叫び出しそうになった。

「あいつ、いったい何やってるんだ?」

確かに伊地智伸行はいた、《応用電波第二実験室》に。だが矢来と同様、対決を前に緊張しているだろうと思いのほか、そのようすは何とも変テコなものだった。

ゼンマイを巻き過ぎた人形よろしく、ドタバタと実験装置の間を歩き回ったかと思うと、手にした分厚い研究書を勢いよく閉じる。かと思えば、洗面台の蛇口を全開にしたまま、食器棚からコーヒーカップやスプーンをつかみ出し、荒っぽい手つきでデスクに並べる。と見るまに、でっかい尻をひじ掛け椅子に着地させ、前後左右に揺らし始めた。

分厚いガラスごしに見たそれは、まさに一場のサイレント喜劇だった。ただ、キートンやロイドの映画とは違って、こちらは薄暗い蛍光灯の下で演じられていたし、主演俳優のこすっからい面つきは、いささかの笑いももたらすものではなかった。

(バカにしやがって)彼は憤った。(おれは、こんな姿を見にきたんじゃない。あいつと話を——いや、最終決着をつけにきたんだ)

そう思い直し、ポケットにしのばせた革ベルトを握りしめた折しも、伊地智は椅子をくるっと回転させ、彼に背を向けた。

万事抜け目のない奴のことだから、その視線はおそらく、部屋の出入り口に注がれていることだろう。だが後ろ姿に関する限り、あまりにも無防備というほかなかった。

そんな矢来の思いをよそに、伊地智は相変わらず椅子を揺らしながら、机上の電話に手をのばした。受話器を二重あごの下に挟むと、手帳を開き、旧式なダイヤルに太い指をかけようとした——

そのとき、

「今だ!」

鋭く自らを叱咤《しった》すると、矢来はドアを開け放ち、室内に躍り込んだ。伊地智があッと声をたて、振り返る。いきなり投げつけられた受話器をかわした彼の目に、伊地智が内ポケットから銀色に光る何かを抜き出すのが映じた。陰鬱《いんうつ》な蛍光灯の光を受けたそれは、幅広のナイフだった。

（こいつ！）

やっぱりおれを殺《や》るつもりだったのか、と憎悪がたぎり、そのまま相手に体当たりをくらわせると、激しく顔面をなぐりつけた。こうして、およそ格闘の二文字には縁のなさそうな両人の間で、死闘が始まった。

なおも一撃を加えようとする矢来の目の前を、相手がめちゃくちゃに振るってきたナイフがかすめた。あやうくそれをよけた矢来は、隙をついて相手に飛びかかり、あとはもう必死で敵ののど元をベルトで絞めあげていた。……

それから、どれぐらいの時がたったのだろう。ふとわれに返り、握りしめたベルトをゆるめた矢来の前に、長々と横たわる伊地智の姿があった。——死してなお彼を嘲弄するかのように白目をむき、赤黒い舌を口からはみださせながら。

2

——かつて矢来一正と伊地智伸行とは、同じ研究室に所属する学生だった。

伊地智はそのまま大学に残り、矢来は老朽化した設備と乏しい機材に愛想をつかして、大手企業の研究所に入った。だが、二年ほどでそこを辞めてしまい、今は予備校の講師などをしている。むろん、彼としては研究室への出戻りを希望したのだが、その願いがかなえられることはなかった。

そもそも、こんなはずではなかった。自分のような存在は、実社会でもっと大事にされるはずだったのだ。

高校時代、理系進学コースを受け持った教師は言った——「キミたちは、数学や物理ができるから、このコースを選んだ。では、文系の連中は英語だの古典、歴史が得意だから志望したのか？ちがう、奴らは理数科目ができないから、そっちを選ばざるを得なかったクズどもなのだ！」

そのとたん、教室は高慢な笑いにドッとばかりに沸いた。だが……大学を経て送り出された社会は、その教えとはあまりにちがっていた。

文系の〝クズども〟が、苛酷なノルマや雑用にこき使われるのは当然だ。だが、どうして自分たちが、専攻とは何の関係もない瑣末《さまつ》な仕事を命じられなければならないのだ。上司たちは、矢来が提案するテーマなどには見向きもしてくれず、彼はかつて侮蔑した大学の貧弱な実験室がむしょうに懐かしく思えてきた。

ここに皮肉な事実があった。さっさと内定を獲得した矢来は、論文に行き詰まっていた伊地智に、自分が着手するつもりだったテーマを売りつけたのだ。そのことが、矢来が大企業の研究職を棒に振ってからというもの、二人の関係を微妙なものにした。

矢来はかつての友に金をせびり、伊地智はさらに彼からアイデアを搾り取り、元の勤め先とコネをつけさせた。だが、研究の第一線にいるわけでもない矢来に、いつまでも〝ネタ元〟がつとまるわけもない。伊地智にとっては矢来とつきあうメリットはすぐなくなったものの、不幸なことに矢来にとってはそうではなかったのだ。

「もうこれ以上、キミには金は出せん。その必要も求めん」

柄《がら》にもなく凄んで見せる伊地智に、矢来は言い返してやった。

「じゃ、このテーマもあれも、おれからの剽窃《ひょうせつ》だと、教授に吹き込んでもいいのか？」

そしてついに、ことは今日の対決に至り……あとに、一方の死体が残されたというわけだった。ある意味では、織り込みずみの結果だった。だが、いざ死体を前にすると、何もかもが砂糖菓子みたいに崩れてゆく気がした。

彼としてはせいぜい何発か殴りつけ、こちらの怖さを思い知らせることができればよかった。

万事をのらりくらりとかわし、そのくせこちらを馬鹿にしていることが見えすく伊地智を脅しつけるには、こうするのが一番だと思ったのだ。

だが、裏階段に身をひそめ、いきなり背後から襲いかかっておきながら、「殺すつもりはなかった」と主張したところで、耳を貸すものはあるまい。それに、あいつがいきなり、あのナイフを抜き放ったとき、矢来の中にはまぎれもない〝殺意〟が燃え熾《さか》ったのだ。それは否定しようのない事実であり、その結果として伊地智の死体が目の前に転がっていた。

(とにかく)矢来は、そんな思いを振り払うようにかぶりを振った。(こいつをこのままにはしておけない)

死体をどこかに移動するか? もちろん、警察の手が自分に及ぶのを防ぐためにもそうしなければならないし、そうすることによってアリバイをつくることもできる。

たとえば、ここから何十キロか離れた場所に死体を捨てに行ったとしよう。警察がこちらの思惑通り、そこが殺人現場だと信じてくれたとすると、死亡推定時刻は変わらないわけだから、午後八時にその地点にいたのが犯人ということになり、矢来は嫌疑をまぬがれる。

だが、そううまくことが運ぶだろうか。だいいち、そんな遠方まで死体を遺棄しに行っては、往復だけでたいへんな時間を食いつぶしてしまう。何か、何かほかにもっと有効な方法があるはずだ。

——伊地智をやっつけたあと、あいつが居直って、警察なり何なりに訴えたときに備え、ここに来るまでのアリバイは用意しておいた。だが、死体を始末しなければならない今となっては、それではとても足りそうにない。何とか、新たなアリバイを足さなくては……。

「どうしたらいいんだ」

矢来は髪の毛をかきむしりかけ、だが今や頭髪はおろか、皮膚の一片からも人物が特定できることを思い出してやめた。

刻々と時は過ぎ、死者はただの物体と化してゆく。せめて死体の冷めきらないうちに、何らかの手を打つ必要があった。と、必死にめぐらしたその視線が、あるものに行き当たった。それは、かつてペットのように扱いなれた実験装置であった。

「これ、だ……」

矢来は干からびた声で言うと、打って変わった俊敏さで〃仕事〃に取りかかった。次々と装置の電源を入れる一方、片隅にあったキャスターつきの寝台を出してきて、そこへ伊地智の死体を引きずりあげた。

(全く、思いもよらないことだったな……かつておれとあいつの研究テーマが、こんな形で役に立とうとは!)

彼は唇を歪めて、つぶやいた。ちなみに、そのテーマなるものを素人にもわかる言葉に翻訳するとすれば、ざっと次のようになる——「生体臓器に対する電波照射による可温効果および浸透性の研究と、その医療への応用」。

矢来は、額の汗をぬぐう余裕もなく、慎重に死体の腹部を探ると、何やらものものしい装置につながれたパラボラアンテナみたいな代物《しろもの》をそこに差し向けた。細心の注意を払ってその角度を調整しながら、

（こうするしかないんだ、こうするしかないんだ、こうするしか……）

お題目のように唱えていたかと思うと、思い切って電源スイッチを跳ね上げた。そのとたん、パラボラ型の照射装置から一〇〇〇メガヘルツを優に越える極超短波が、伊地智の体内めがけて降り注いだ。

むろん何も見えはしない。何も聞こえはしない。だが、そのとき矢来は、細かな波動が死者の細胞を激しく揺さぶるさまを、確かにイメージしたのだった。

3

ある種の電波を人体に照射することで、医療に役立てようというアイデアは、決して目新しいものではない。

皮膚疾患に劇的な効果をあげ、一九三〇年代に大流行したジアテルミ療法や、ガン細胞の破壊

を目的とし、七〇年代から研究が進んだハイパサーミア。これらはいずれも強い電波を浴びた生体が加熱されることを利用している。要するに、電子レンジの原理だ。もっとも、こちらで用いられるのは最も熱効率のよい二・四五ギガヘルツのマイクロ波だが、基本的には同じことである。

電子レンジの眼目は、いうまでもなく〝内側から温まる〟こと。素人目には、まさに体内の腫瘍細胞を攻撃するのにぴったりと思えるが、実際には温度のコントロールや体内に電波をうまく浸透させられるかなど、課題も多く残されている。矢来一正はその研究に持てる全てを打ち込んだ。そして二度の挫折を余儀なくされた。一度は大学の研究室で、もう一度は就職先の企業で。願わくば、三度目のないように期待したいものだが……。

数分後、矢来はわれに返ったようにあわててスイッチを切った。まるで彼自身が電波加熱されたかのように、その額はしたたり落ちる汗で覆われていた。

ともすればふらつく足元を叱咤して、デスクや備品棚のあちこちに視線を走らせる。その目は次第に焦燥に彩られていった。必要なあるものが、どうしても見つからないのだ。

「しょうがない、これですませるか」

不満げに独語しつつ、ガラクタの詰まった引き出しの奥からつまみ出したのは、一本の水銀体温計だった。

矢来は嫌悪をあらわに顔をしかめながら、死体を振り返った。体温計を振り振り寝台に歩み寄ると、それから……

十分後、伊地智の死体をトランクルームに、ここまで乗ってきた自分のミニバイクを後部席に積み込むと、矢来一正はおもむろに車をスタートさせた。昼間のキャンパスでも見かけた、以前からの伊地智の愛車だった。

と、そのときだった。ふいに、得体の知れない不安が彼をつきあげた。何か大事なことを忘れたような、取るに足らない、だが不可欠な何かをせぬまま実験室を後にしてしまったような……そんな気がしてならなくなってきたのだ。

(ええい)彼は激しく首を振った。(後ろの粗大ゴミを始末する以外、いま大事なことがあってたまるもんか)

気になることは、ほかにもあった。伊地智自身の車を利用することにしたのは、照射に先立って奴の衣服をあらためたとき、車のキーがあったからだ。だが、エレベーターと機材用の台車で死体を一階におろしたとき、矢来は車のエンジンがかけっぱなしなのに気づいた。

(全く妙な野郎だ)矢来はつぶやいた。(わざわざスペアのキーでドアロックして、車を離れるなんて)

おかげで、彼が来たときにはエンストを起こしていた。ずらりと点《つ》いた警告ランプに、冷汗が背を伝ったが、どうやら再始動することができ、一安心したのだった。

（それにしても、われながらとんでもないアイデアを思いついたもんだ。まさか、あんな知識が役に立とうとはな）

彼はようやく笑みを浮かべた。

研究テーマにも関係のあることなので、矢来も多少の――少なくとも、文系の奴らとは比べものにならない――医学知識は持っている自負があった。それによると、人間の死亡時刻を推定する上で重要なファクターは、死後硬直や死斑《しはん》などの現象、飲食物の消化状態、そして死後の体温低下だ。

とりわけ体温の低下には、一定の法則があって、たとえば今夜のような気温18℃のとき、直腸内温度は死後一時間から一時間半で36℃、二時間―二時間半で35℃と低下し、時間の経過につれゆるやかなカーブを描いてゆく。むろん、外気温によっても左右されるし、痩せっぽちの死人は肥えたものより体温の低下がいちじるしいという。

ならば、と矢来は考えた。死亡時の体温が、通常の37℃より高かったらどうなる？　かりに40℃あるいはそれ以上だったら、36℃に低下するのさえ数時間を要し、それでいて検死官は「死後一時間から一時間半」と判断を下すのではないだろうか。つまり凶行時刻を大幅に後ろへずらし、その結果として――

（おれはその間、ゆうゆうとアリバイを作ることができるわけだ！）

勝ち誇ったようにつぶやくと、川沿いの市民公園の雑木林で、車を停《と》めた。ここらあたりなら、まず人目にはつくまい。そのかわり朝になれば、ジョギングに来た健康教の信者たちが、死体を見つけてくれるだろう。

ここらが微妙なところで、文字どおり出来たてホカホカの死体が発見されても困るし、何日もたって死亡時刻が特定できなくなってはなお困るのだ。

（そんなわけだから、うまく見つかってくれよ）

またも厄介な死体のお引っ越しをすませると、矢来は雑草のベッドに横たわった死者に会釈してみせた。ついそんなことをしたくなるほど、彼は自分のアイデアに満足しきっていた。

通常、死体を温めても体内温度は容易に上げられないうえ、死後硬直など死体現象も促進されて、かえって死亡推定時刻を繰り上げることになってしまう。だが、臓器だけを温めるこの方法なら、その心配はないはずだった。いや……そもそも彼以外の誰が、こんなトリックを思いつくものか！

車をどうすべきか、ここが凶行現場だと印象づけるためには、残した方がいいかとも迷ったが、とりあえず帰り道の中途にある運河に沈めることにハラを決めた。

運河といっても、いまだかつて船の通行を見たことのないどぶどろだ。心あたりの廃工場にスロープがあったはずだから、そこからたたき込めば、さほどの音も立てずに車体をのみこんでくれるだろう。

闇の中を遠ざかる雑木林をリアウィンドーごしに振り返りながら、彼は別れのあいさつを投げかけた。

「――あばよ、伊地智。これがおまえにくれてやる最後の研究テーマだ」

4

大阪府警の刑事が、矢来の住むワンルームマンションを訪れたのは、公園で伊地智の死体が発見された朝から、さらに三日を挟んだ昼下がりのことだった。

一人は丸々とした五十がらみの男で、相当な汗っかきらしく、しょっちゅう綿のハンカチで首筋や額をごしごしやっていた。もう一人はお約束のように対照的な、痩せた三十男だった。顔色悪く面長で、とがったあごが研ぎすましたペン先を連想させた。

「なるほど」汗っかきの刑事は、黒革の手帳から顔を上げると、「すると、あぁたは伊地智さんとは、こうしばらくお会いになったこともない――と」

「いえいえ」矢来一正はにこやかに手を振った。「完全につきあいが絶えたわけじゃありません。たまには、彼から新しい研究のことを聞いたり、それに、大学にはお世話になった先生方もおられるし、それらを訪ねるついでに、ね」

「で、矢来さんは」さえぎるように、ペン先あごの刑事が言った。「科学関係のルポライターをしとられるとか、お友達からうかがいましたが」

「や、これはお恥ずかしい」

矢来は内心、苦しまぎれの出まかせをバラしたのはどいつだろうと憤りながら、

「そっちは開店休業の状態で……何しろ、関西じゃ、ルポルタージュのマーケットなんてごく狭いもんですからね。もっぱら、予備校や学習塾の講師で食いつないでます」

それが、理系以外の人間を〝クズども〟呼ばわりできる数少ない職業であることは、さすがに明かしかねた。余談ながら、その仕事についてみて、彼はあの理系進学コースの担任がなぜ教師という職を選んだかを知ることができたのだった。

「それで」

汗っかきとペン先がユニゾンで言った。ややあって、汗っかきの方が妙な作り笑いを口元に浮かべて、

「それでですな、事件当夜の矢来さんの所在につきまして、うかがっときたいのですが」

「そう」ペン先が続けた。「できましたら、そう、晩方あたりを特にくわしく」

いよいよ来たな、と矢来は思った。よくテレビドラマにあるみたいに、「アリバイ調べというわけですか?」と余裕をみせてやろうか。いや、あくまで自然に、自然に!

「ええっと」

彼は小首を傾げると、メモを繰りながら、自分でも驚くほどの平静さで言った。

「あの日は、夕方まで予備校の授業が、三コマあって、そのあとは買い物に……あ、レシートが残ってるかもしれないから、お見せしましょうか？」

「お願いします」

――テレビや新聞の報道をつぎあわせたところによると、伊地智の死亡推定時刻は、実際の凶行より三時間も遅い午後十一時ごろということだった。これほど後ろに繰り下がるとは、正直予測していなかった。

(少し、照射が強すぎたかな)

初めての試みだからやむを得なかったが、彼の目算ではズレはせいぜい二時間にとどまるはずだった。

(電子レンジで温めた食べ物は冷めやすいから、つい余分にかけてしまったのがいけなかった)

心中ひそかに反省しつつ、矢来は続けた。

「それからよく行く本屋に寄りまして……午後八時にはここに戻ってたと思いますよ。少ししてから、翌日の授業のレジュメを作るため、近所のコーヒーショップへ行きました。そうだ、確かそのとき、同じマンションに住んでる女性……といっても四十過ぎのおばちゃんですが、その人と出くわして会釈した覚えがあるなあ」

――実際の殺害が八時少し前、八時十五分過ぎには公園に死体を捨てた。そのあと車を運河に沈め、ミニバイクをぶっ飛ばしてワンルームマンションに着くまでが約四十五分。だが、自室には戻らずに、そのまま近所にある行きつけのコーヒーショップで時間をつぶした。同じマンションのおばちゃんに会ったのは事実だが、それは直接コーヒーショップに向かう途中のことだった。

「なるほど」

汗っかきは、ハンカチを握った手を休ませもせず、ただ鋭い一瞥《いちべつ》を投げかけて、

「で、そのコーヒーショップの名前は？」

「《零骨《ルコック》》です、三丁目の」

矢来は歌うようななめらかさで答えた。そこへ、すかさず相棒の刑事がペン先あごをふりたてて訊《き》いた。

「それは、何時から何時ごろのことですか」

「ですから」

矢来は人知れず固唾《かたず》をのみ下すと、はた目には自信たっぷりに、

「午後九時から十一時――いや、何だかだと居座って、五分過ぎぐらいにはなってましたね」

「よくご記憶ですな」とペン先刑事。

「ええ、十一時が《零骨》の閉店時刻でね。そのあと、店の片付けにかかるそこのマスターと、ダべっていたわけです」

ここにも一つの齟齬《そご》があった。いつもは午前零時過ぎまで開けている《零骨》が、その日は珍しく早じまいしたのだ。伊地智はあの公園で午後十一時ごろに殺されたと、警察が解してくれた

からには、もう少しコーヒーショップに粘っていたかったところだ。

（だが、まぁいい）

矢来は自分に言い聞かせた。これで山は越えたはずだ。十一時まで《零骨》にいたからには、いくぶん死亡推定時刻が後ろにのびたとしても、公園へ行くことは不可能となる。むろん、この近辺へ車ごと伊地智を拉致《らち》してきて《零骨》を出た直後に絞殺、公園まで運んだというなら別だが……。

「ところで」

汗っかきの刑事が言った。今度はしきりと両の手のひらを拭き清めながら、

「道すがら、ついでに見てきたんですが、こちらのお宅と伊地智さんの住まいは、区こそちがうものの、歩いても十五分やそこらの距離にあるんですな」

「え、ええ」

矢来は少し狼狽《ろうばい》しつつ、うなずいた。言われてみれば、確かにそうだった。いろんなアパートやマンションを転々としてきた矢来とは対照的に、伊地智は大学入学以来の下宿館に頑固に住み続けてきた。

だが、その下宿《白楽荘》は、どうみてもプライバシーが厳守されそうにない老朽家屋だったので、奴との密談にはいっさい使用せず、その部屋を訪ねることもなかった。だから近所だと意識さえしなかったのだが……。

「いや、たいへんけっこうです」

そんな矢来の思いをよそに、汗っかきの刑事は連れと目配せを交わすと、やおら立ち上がった。

「おや、もう？」

もう小一時間は、根掘り葉掘り訊かれると思いのほか、拍子抜けしたほどだった。

「ええ」ペン先刑事が、とがったあごをうなずかせた。「たぶん、もうお会いすることもないでしょうな」

「すると」矢来もつられて立ち上がりながら、「お疑いは晴れたわけですか？」

ことさら陽気に、皮肉をまじえて言った。こんな態度は危険な気もしたが、何とか相手の持っているカードをのぞき見たかった。

「そりゃあ、あぁた」

刑事は振り向きざま、言った。ハンカチで首筋をごしごしやりながら、

「この商売についてだいぶになりますが、あぁたほど、堂々とアリバイがないことを主張された人もそうはいないからですよ。ほいじゃ、失礼」

——愕然《がくぜん》と戸口に立ちつくした矢来の鼻っ先で、ドアが閉じられた。

（いったいどういうことだ？）

彼は、あやうく大声をあげそうになった。

（あれだけ苦労して、アリバイがない、なんて？）

5

それから数日は、何ごともなく過ぎた。

何とも、皮肉な話だった。せっかく築いたはずのアリバイがいつの間にか消え失《う》せ、しかもそのおかげで容疑圏外に逃れることができたときては。

あのとき、矢来はおのが研究結果に絶対の自信を持つ理系人間の誇りにかけて、堂々とアリバイを開陳した。ところが、刑事たちはそれを、アリバイのない男が真っ正直にそのことを告白したものと解して、シロの心証を抱いたらしい。

(と、いうことは)彼は考えた。(もし、おれのアリバイが成立していたら、逆にそのことを怪しまれて、しょっぴかれてたということか?)

まさに怪我《けが》の功名というほかない。だが、矢来は納得できなかった。どういう訳で、せっかくのアリバイが雲散霧消したのか、確かめずには承知できなかった。

まさか警察に問い合わせるわけにもいかない。クラスメートがそれなりの地位に落ち着いたのを見るのがいまいましくて、久しく開いたこともなかった同窓会名簿を引っ張り出してきて、ようやく在阪テレビ局の報道部にいる男を見つけだした。

幸いその男は伊地智殺しを扱っていて、矢来が彼と同じ研究室に所属していたことを告げると、俄然興味を示した。

「――とにかく」局の喫茶室でようやく捕まえるのに成功したその男は、矢来にとっては百も承知の事件の概要を述べたあとで、

「はっきりいって、捜査は手詰まり状態だ。伊地智って人物は、あんな古びた下宿に住み続けながら、かなり危ない世渡りで金をためてたようだし、疑うべきセンは多々ある。ところが、その中から有望な容疑者が浮かび上がってこないようでな」

そのはずだ、だってここに……と言いかけて、矢来はあわてて咳払いした。

「あ、すまん……いいから続けてくれ」

「とにかく、当初は捜査本部も楽観してたんだ。ところが、殺人現場の下宿館から脱出したはずの犯人の足取りが、どうにもつかめなくて……」

「ほう、そうなのか」

相槌を打ちかけて、矢来は頓狂な声をあげた。

「おいおい今、殺人現場のどこって言った？」

「下宿館だよ、伊地智って人の住んでる。確か、《白楽荘》とか言ったかな」

報道マンは、けげんそうに答えた。「隣の部屋の住人の証言で、殺害当夜、伊地智氏が自室で誰

かと争ってたらしいことが明らかになってね。そのお隣さんは、早々に寝床に入って白河夜船の最中、それで起こされたというんだ。もっとも、またすぐに寝入っちまったんで、時刻ははっきりしないらしいが。――おい、どうした？　気分でも悪いのか」

「とんでもない、気分爽快だよ」

矢来は勘定書をつかみ取りながら、否定した。

「や、とにかく忙しいとこをすまなかった。大学時代の仲間が殺されたとあっちゃ、気が気じゃなくてね。といって、他に尋ねる相手もなし……助かったよ」

「なんの、お安いご用だ」

報道マンは、軽くひざをたたいて立ち上がりかけた。ふと思い出したようすで、

「そうそう、君んとこにも、府警本部のデカが来たって言ってたが、この一件、どうやら担当がえになるらしい。一課じゃ厄介な事件を山ほど抱えてててね。筋の悪そうな、そのくせ小物の事件は、この前できた新設のセクションに押っつけようってハラらしい」

「ほう、新設のセクションというと？」

何げないようすで矢来が尋ねたとたん、ふいに報道マンの目が細くなった。

「おい、どうしてまた、そんなことまで気になるんだ。捜査担当がどこかなんて？」

笑いにまぎらせながらも、何かがジャーナリストの勘とやらに触れたようすだった。

「冗談言うなよ」

軽くいなして、その場を立ち去るのが、そのときできる精一杯だった。

警察は殺人現場を公園ではなく、まして大学の実験室でもなく、《白楽荘》の伊地智伸行の自室と考えている――

（ということは、いったいどうなるんだ）矢来はこめかみを押しもんだ。（しかも、死亡推定時刻は、あのまんま午後十一時ごろだとすれば……）

答えは簡単、閉店後まで粘って、アリバイを確保したはずの《零骨》から伊地智の下宿までは、刑事の指摘通り、歩いても十五分ばかり。スープならぬ〝死体の冷めない距離〟にある。

死亡推定時刻が、どのていど幅を持たせたものかは知らないが、矢来は十一時過ぎには楽々殺しに行くことができたわけだ。

まずいことに、《零骨》を出て自宅のワンルームに戻ってから、彼の所在を確認してくれるものはない。

「おれにアリバイがないというのは、こういうことだったのか」

彼はうなった。

だが、どうしてそんなバカげたことになったのか。それに、あまりにもはっきりアリバイがないという理由で、警察の連中は自分をターゲットから外したようだが、それもいつまで続くかわかったものではない。どうしても本ボシに行き当たらないとなれば、再び舞い戻ってくるのではなかろうか。

（しかもそのときは、たぶん手錠と逮捕状をちらつかせて、だ）

〈ああ、矢来くんか、ごぶさた……そうなんだ、伊地智くんがあんなことになってしまって、大弱りなんだよ〉

携帯電話の向こうで、《応用電波第二実験室》の担当教授は、しんそこ困ったような声をあげた。

「いや、ぼくもニュースで知ってびっくりしてしまいまして。それで突然、お電話させていただいたようなことです」

矢来は、あくまで慇懃《いんぎん》に言った。耳は携帯電話の受話口に吸いつけられながら、その目は、ビルの間からのぞく古風な下宿館〈白楽荘〉に注がれていた。

なぜ、伊地智の部屋が殺しの現場ということになってしまったのか。それを確かめたくて出てきたのだが、中に踏み込んで管理人なり隣人から事情を聴くふんぎりがつかなかった。

彼だって「犯人は現場に必ず戻る」という〝格言〟ぐらいは知っている。要らぬことで、刑事たちの疑いを招きたくはなかった。

「その後、ご研究の方には、支障ありませんでしたか」

意味のないあいさつのあと、彼はさりげなく訊いた。

〈まあ何とかね〉教授は答えて、〈実験装置の方も、もっぱら彼が扱ってたんだが、こっちもどう

やら……学生諸君も落ち着いて、ようやっと平常運転に戻ったってとこかな〉

「そうですか、そりゃよかった」

矢来は、社交辞令でなく言った。どうやら、あの晩自分が電波照射装置をいじくったことは、気づかれていないらしい。

だが、いささか寂しくもあった。伊地智の下宿館の周囲をあてどなく回りながら、いろいろカマをかけたものの、教授は矢来の近況を尋ねようとはしなかったし、彼がひそかに期待した言葉をにおわせさえしなかった。

――伊地智くんが死んで困っているから、君、うちの研究室に戻ってくれないか。

そんな思いをよそに、教授は自分のことばかりをしゃべり続けた。そういえば、昔からこういう人ではあった。学内のことから家庭のことにまで脱線しかけ、いいかげんうんざりしかけたとき、教授は唐突に言った。

〈そうそう、そういえば、うちの研究室にも刑事が来たよ〉

「へえ」矢来はしいて平静を装った。「それはまた、ご迷惑なことでしたね」

〈いや、なに〉教授は答えた。〈ただ、うちの研究内容について、ずいぶん突っ込んだ質問をしていったな。警察って、そんなことまで気になるものかね。実験装置のことまで、いろいろ訊いてきたりしてね〉

警察が装置のことを？　まさか、あの連中にトリックが見破れるはずはないが……。

「大阪府警の刑事がですか?」矢来ははやる気持ちを抑えながら、「それは――汗っかきの太ったのと、あごのとんがった二人組じゃありませんか。まるでペン先みたいに?」

〈いや〉教授は言下に答えた。〈二人組は二人組でも、三十そこそこのと二十歳過ぎの、なかなか格好のいいコンビだったよ。えーと、名刺がその辺に……おや、いま気づいたんだが、大阪府警の刑事とはなってないなあ〉

「府警じゃない、ですって?」

そういえば、あのテレビ報道マンの友人が、捜査担当が新設のセクションに移ったことを言っていたが……。一方、教授はそんな彼の思いをよそに、

〈大阪……自治体警察局、支倉遼介《はぜくらりょうすけ》警部か。それから、もう一人が赤津宗和《あかつむねかず》とかなってるな。――もしもし、聞いてるのか矢来くん、もしもし、もしもし?〉

教授のいらだったような声が鳴り響いた。いつもこうだった。妙に語尾のはっきりしないしゃべり方しかしないくせに、学生がきちんと相槌を打たないと不機嫌になるのだ。

だが、矢来は教授の不興は承知で、あわてて携帯電話を切った。通話の途中、ふいに誰かに肩をたたかれ、心臓がのど元まで飛び上がるような思いを味わっては、それどころではなかった。

「矢来一正さんですね」

肩をたたいた人物は言った。地味だが、趣味のいいスーツを着こなした三十代の男だった。

「はじめまして、私、自治体警察局特殊捜査室の支倉と申します」

支倉と名乗る男は、後ろのカジュアルな服装のスリムな若者を指さして、

「こちらは部下の赤津刑事。マンションの方にお訪ねしたんですが、お留守だったんで……ちょうどよかった。ご友人の件で、少しお話をうかがいたいんですが」

6

「実はですね、矢来さん」

支倉という警部は、彼を振り返ると語を継いだ。——今でも大阪市内にこんなところがあるのかと思わせる下宿館《白楽荘》の二階のどん詰まり、伊地智伸行の居室でのことだった。

「この方——番場《ばんば》さんとおっしゃって、伊地智さんの隣の部屋に住んでおられるんですが、あの晩、ここから伊地智さんが誰かと争っているらしい声がしたと言われるんです。そうでしたね、番場さん？」

「そうです」

番場という名の青年は、薄気味悪そうに死者の部屋を見回した。しみのついた薄っぺらな壁は、パソコンやＡＶ機器、それにさまざまな通信機類で埋めつくされていた。

「あいにく寝てる間のことで、時間ははっきりしないんですが……すみません」

「いや、いいんですよ」支倉は言った。「それで、争っている気配はすぐ収まってしまったんですね」

「ええ。あの日はたまたま、早朝からぶっ通しの勤務シフトで、七時過ぎに帰るなり、すぐ寝床にもぐりこんでしまったんです」

「その前に、伊地智さんは確かにこの部屋にいたんですね？」

「そりゃ、伊地智さんかどうかと改まって訊かれると自信はありませんが」青年は頭をかいた。「部屋に誰かがいたのは確実ですよ。物音や咳払いの声がしてましたから」

「なるほど。いや、どうもお手数でした。もうけっこうです、番場さん」

支倉の言葉に、青年はそそくさと伊地智の部屋を後にした。

それは、何とも奇妙な光景だった。アリバイをなくしたおかげで容疑をまぬがれた犯人が、そのアリバイを取り戻すべく、刑事にともなわれ、偽りの殺人現場に立っている。

なくしたアリバイを取り戻す？　そう、支倉警部は彼にこう申し出たのだ。

「今のままでは、矢来さんは伊地智氏を下宿先に殺しにゆくことができたという状況のまま放り出されてしまっている。この点をぜひはっきりさせ、潔白を証明してあげたい」

よりによって、担当捜査官にこんな風に親切に言われては、協力しないわけにはいかないではないか——真犯人としては。

それにしても、この警部と連れの若い刑事は、矢来の乏しい見聞からしても、およそ警官らしくなかった。先の二人組に比べると、何もかもが違っていた。

　彼の観察は正しかった。支倉らが所属する自治体警察局とは、明治以来の警察制度とはまるで隔絶したものだったのだ。

　敗戦後、改革に乗り出した占領軍、とりわけ民政局（ＧＳ）に所属した背広姿の人々は、悪名高い警察制度にメスを入れた。市町村はそれぞれ独立した警察を持ち、住民から選ばれた公安委員がコントロールする――そんなアメリカ方式が構想された。

　官僚どもの抵抗で、改革は中途半端に終わったものの、新しく自治体警察が全国各地で産声をあげ、とりわけ大阪のそれは全国のモデルケースとなった。

　だが、占領の解除とともに、すべては戦前に回帰した。民選になったはずの知事さえ、ほとんどが元自治官僚で占められ、内務省が任命していた時代と変わりなくなった。

　アメリカからやってきた理想主義者たちのことを「彼らは日本の地方行政について何も知ってはいなかった」と嘲笑した評論家がある。だが、少なくとも彼らは民主主義というものを知り抜いていた。

　地方分権論者で、文人知事として知られた維康豹一《これやすひょういち》が就任直後、編成にとりかかった自治体警察局は、まさにこの復活をねらったものだった。ただ目新しかったのは、一九九五年に突発した天変地異では民間ボランティアが、同じく組織犯罪では地元の自衛組織が孤軍奮闘したのを教訓に、大胆に民間人を起用したことだった。

「どうですか、矢来さん」

この二人の前職は何だったんだろう——ぼんやりそう考えていたところへ、ふいに水を向けられ、彼はあわてて振り向いた。

「な、何ですか、支倉さん」

「ここにある機械類ですが」

支倉警部は、あらためて室内の機器類を見回しながら、問いかけた。

「われわれには見当がつきかねるのですが、たとえば、同じ大阪のある場所からどこかへ電波を、それも非常にクリアな状態で飛ばすことは可能でしょうか？」

「それは」

矢来は一瞬、相手の意図を解しかねた。やがて、のどぼとけを蠢《うごめ》かすと、

「それは——可能だったでしょうね、おそらく、いやきっと」

その刹那《せつな》、あの夜の情景が次々とよみがえり、そのうちの一つが激しく胸を衝いた。

「——どうかされましたか？」

矢来のにわかな沈黙をいぶかったのか、赤津という若い刑事がかたわらから訊いた。矢来はあわてて手を振ってみせて、

「いや、何でもないです」

まさか言えるはずはなかった。伊地智の死体を運び出したとき、ふいに襲ってきた不安の正

体――やり忘れた大切なこととは何だったのか、などということは。

「それじゃ行きましょうか」

支倉が言った。

「行くって、どこへです」

どぎまぎと聞き返す矢来に、自治警特捜の警部は陽気に答えたものだった。

「むろん大学ですよ。何のためって？　あなたのアリバイを立証するためにね」

7

――それからしばらく、《応用電波第二実験室》。

到着するなり、何か細々と実験装置やキャビネットの間を調べ始めた支倉と赤津を尻目に、矢来一正はゆっくりとデスクの一つへにじり寄った。

二人の刑事のようすを目でうかがいながら、ゆっくりと引き出しを抜く。やがて、彼の口から短い吐息がもれた。

（あった……）

ものの二、三秒も躊躇《ちゅうちょ》したあと、矢来の指は蜘蛛のように獲物に飛んだ。いっしょくたに入れられたガラクタ類がつられて音をたてたときには、彼の手は目的のものをポケットにしまいこんでいた。

——やっぱりそうだった。実験で使いなれた電子式のやつとちがって、こいつは使用後、あることをしてやらなければならなかったのに、それを忘れていた。

そろそろと引き出しを戻し、ようやく安堵のため息をつきかけた、そのとき。

「ありました、警部！」

赤津刑事の大音声が、せっかく平静を取り戻しかけた矢来の心臓に冷水をぶっかけた。気を取り直して、声の方を振り向くと、刑事は発信器のようなものを手のひらに載せていた。

「これじゃないですか」

「ほう。どうやらマイクのようだな。それも、デジタル通信用のきわめて精巧な……違いますか、矢来さん？」

支倉はふいに彼を振り向くと、訊いた。

「た、たぶん」矢来はまだドキドキする胸を押えながら、うなずいた。「これなんですか、あなたがたが探していたものは」

「ええ」支倉は微笑した。「実はこれだけじゃないんです。われわれはどこかに……おそらくこの近くの川かどこかに沈められた伊地智さんの車に、このマイクが拾った音声を中継する装置があったとにらんでるんです」

「中継する装置、ですって？」

矢来は舌をもつれさせながら、訊いた。

「そうです」支倉はうなずいた「最初から説明しましょうか。つまり、われわれの考えはこうです。伊地智さん自身が、前々からある人物を殺そうとしていた。――ひょっとして、あなたもそのことは気づいてたんじゃありませんか」

「え、ええ？」

わざとらしく口ごもってはみたものの、この男の前では無駄なことだと思い直した。

「そう……だった、かもしれません」

「そうでしょうとも」支倉は物柔らかに言った。「われわれは伊地智さんが事件の数日前に、ナイフを購入したことを確認しています。つまり、結果的には彼の命日となったあの日は、本人にとっても以前からの殺人計画を実行に移す日ではなかったでしょうか」

「…………」

「そして、伊地智さんは《白楽荘》の自分の部屋と大学の実験室とを、何らかの通信手段によってつないでいた。何のために？　むろん自分自身のアリバイのためにです。

矢来さんも、彼がある種の危ないビジネスに手を染めていたことは薄々ご存じでしょう。それこそこのマイク――精巧なデジタル盗聴器の密造だったんです。

彼は研究室でターゲットを待ちながら、ことさらにテレビや水道なんかの音をたて、あるいは——これは実際には掛けられなかったようですが——誰かと電話で話す声を〝放送〟することによって、あたかも自室にいるかのように装ったわけです」

あのときのエキセントリックなふるまいは、そのためだったのか！　矢来はうなった。ただ、そのトリックの目的である〝音〟がガラスに隔てられ、彼には聞こえなかったので、気づかなかったのだ。

支倉は続けて、

「いや、ことによったら自室の音をここで聞けるようにもしておいて、誰かが声をかけても応答ぐらいはできたかもしれませんね」

何て野郎だ、と矢来は唇を嚙んだ。

今となっては何もかもがはっきりした。なぜ伊地智の車は、エンジンをかけっぱなしにしてあったのか。〝放送〟の中継装置はバッテリーにつながれ、そのためエンジンを回し続けておく必要があったのだ。

「ところが、犯人が伊地智さんの先手を打った。アリバイ工作に夢中の彼にふいに襲いかかり、殺してしまった。そのときはまだ中継装置が生きていましたから、争いのようすは彼の部屋に流され、隣人の耳にするところとなりました。そのおかげで、殺人現場が彼の自室と断定されてしまったわけです」

争っている気配がすぐ収まった、と隣人が証言しているのは、その最中に車がエンストを起こし、中継装置の電源が切れてしまったからだろう。もし、そうなっていなかったら、下宿館の人々が戸を蹴破って部屋に入り、ずいぶん奇妙な光景をまのあたりにすることになったかもしれない。

「だが、被害者の生前の意図がはっきりした以上、この前提は消え去りました。とすると、どういうことになるでしょうか。殺人現場が、あの下宿館の部屋ではなかった以上、あなたにはアリバイが生じるわけですよ」

「それは、よかった」

矢来は言った。一瞬はひやりとしたが、彼らは見当違いに向かっているようだった。

「安心しましたよ。——しかし、あなたがたにとっては、都合が悪いこともあるんじゃないですか？おそらくもう調べはついてるんでしょうが、伊地智と関係浅からぬぼくにアリバイが成立してしまっては」

ささやかな皮肉をこめ、言ってやった。

「いや、とんでもない」

支倉は笑いながら手を振った。そして、実に途方もないことを言い出したのだ
「これまで矢来さんにはアリバイがなかった。だから、前任者も手のつけようがなかったわけです。しかし、今やあなたには崩すべきアリバイが生じた。あとは——それを否定すればいいだけのことです」

「今、何て言いました？」矢来は干からびたような声をあげた。「そりゃ、いったいどういうことです」

「こういうことですよ」

赤津はそう言い、支倉と目配せするや、矢来の腕をねじりあげた。そして、ポケットから彼がさっき引き出しから盗み出したもの――体温計をつかみ出しながら、

「ぼくらは、とっくにあなたのトリックを見抜いていたが、伊地智氏のトリックが解けなかったので、なぜあなたにアリバイがないのか分からなかったんです」

「な、何だって……」

矢来はうめいた。

「これですか、あなたが取りにきたものは」

支倉は赤津から体温計を受け取ると、それを目の前にかざした。

「ほう、すごい……目盛りの上限ぎりぎりに四十何度なんて値を示してる。ところで、ここの実験室の人たちに訊いたところでは、誰もこんなものすごい高熱にうかされた覚えはないそうですよ」

「ここの連中に、訊いた？」矢来は驚いて叫んだ。「じゃあ、あんたたちはとっくにこれを……」

「そういうこと」赤津が耳元で言い、支倉が続けた。

「とにかく、これがもし被害者が遺棄される前の体温を示しているとしたら、凶行時刻は大幅

に……」

「わかった、わかりましたよ」矢来はさえぎるように言った。「すべてあんたたちの言う通りだ。まったく不覚だったよ。体温計をほんの数振りする——たったそれだけのことを忘れたばっかりにね。ともあれ、おみごとだったと言わせてもらおう」

「いや」

支倉警部は穏やかに言った。

「あなたは、被害者が用意してくれたアリバイの上に、わざわざアリバイを足してしまった。われわれは、ただ引き算をしただけです——あいにく、文系人間にはこれぐらいの計算が限界でね」

消えた円団治

――モダン・シティシリーズ／平田鶴子&宇留木昌介

平田鶴子は、失われたモダン・シティ大阪を闊達に駆ける少女です。彼女の活躍の舞台は、現実の(とりわけ現在の)大阪とは違っていて、自由な気風と豊かな歴史、多彩な文化、そして何よりウィットに満ちています。

そこで起きる事件は不可能趣味に満ちたものばかりであり、彼女は東京からやって来た新聞記者・宇留木昌介とそれらに取り組んでいくのです。さらに数十年後、彼女はチャーミングなおばあちゃん探偵としての顔と、相変わらず冴えた頭脳を見せてくれるのでした。

1

まず目立つのは筆太に書かれた巨大な〝？〟マーク。そこから右横書きに「賞金一千円提供」の大活字が見開きページを横断し、その下には「犯人捜し大懸賞！」と題して、次のような文句が大小の活字を駆使して組まれていた。


この小説を読んで真犯人を当てた方に、素晴しい大懸賞が当ります。

誰方《どなた》も奮つて御投書ください！

犯人は既に本誌所載の小説中に出て居ます。本篇に出てゐる人物についてよく考へて下さい。

犯人は意外な人物です。真の犯人は果して誰でせうか？　よく前後の関係、一人一人の行動を考へて投書して下さい。

そのあとが「賞金」の項目になっていて、

金三百円……三十円宛　十　名
金二百円……二十円宛　十　名
金一百円……十円宛　　十　名
金一百円……五円宛　　二十名
金三百円……一円宛　　三百名

——と今の世の中、なかなか景気のいい数字が並んでいた。つまり、賞金一千円といっても合計金額なわけだが、それでも上位の入賞となれば、なかなかの臨時収入に違いなかった。とりわけまだ女学校四年、満十六歳になって間もない少女にとっては。

平田鶴子《ひらたつるこ》はその雑誌——「キング」昭和十年夏の臨時増刊〝読切傑作面白づくめ号〟を机上に置くと、ちょっとのあいだ考え込んだ。それから、大げさに言うと意を決した表情で、犯人当て賞金のかかった探偵小説「風船殺人」を読み始めた。

ことの発端は、鶴子の一番の仲よしである西《にし》ナツ子が「こんな懸賞があるんやけど、ツルちゃん、挑戦してみぃひん？」と教えてくれたことだった。

学校では質実剛健、家庭では質素倹約を教えられていても、お小遣いというものはとかく不足がちになるもので、特に鶴子の場合は本代が馬鹿にならなかった。そのかなりな部分を占める探偵小説購入費を、探偵小説を読むことで補塡《ほてん》できるなら、それに越したことはないではないか。

それに……学校での鶴子しか知らないクラスメートたちは意外に思うかもしれないが、彼女はこれでなかなか負けず嫌いなのだった。

そんなわけで、七月のとある金曜日の夕刻、彼女は不吉な死面《デスマスク》の風船に彩られた殺人事件に取っ組むことになったのだった。正直、この小説の作者である大下宇陀児《おおしたうだる》という人はそれほど好きではないのだが、賞金稼ぎとなるとそんなことも言っていられない。

金持ちで美貌の未亡人をとりまく男たちが、いかにも怪しげに、あるいはさりげなく登場したところで、彼女が無数の風船に吊られた死体としてアトリエ内で発見される。さらにさまざまな事実が明らかにされ、次いで土蔵の一室で第二の死体が見つかったところで、読者への挑戦状が突きつけられるというわけなのだが……。

「おう、こら高砂堂の薯蕷《じょうよう》やないか。えらいエエ饅頭はりこんだもんやな。いや、けっこうけっこう。こっちのは何や。ほほう、利休堂の羽二重餅か。そっちはちゅうと甘泉堂の栗饅頭、それに友恵堂の太鼓饅頭……」

ふと気づくと、ひどく耳ざわりな胴間声が鶴子の思考を邪魔しようとしていた。それも、何だかひどく味覚をそそる文句でもって。

「湖月堂の最中に橘屋のへそ、瓢《ひさご》堂の罌粟餅、亀沢の袱紗《ふくさ》――何やこれ、駿河屋の羊羹《ようかん》？　まぁええ、同じ甘いもんや。いっしょにしといたれ」

おなじみの上方落語「饅頭こわい」。何ごとかと振り向くまでもなかった。茶の間に入ってきた兄や弟妹たちがラジオをつけたのだ。例によって両親は遅くまで店から帰らないので、団欒《だんらん》の主役は子供たちであり、その重要な部分をラジオのプログラムが占めていた。

大阪でラジオ放送が始まったのは、東京から遅れること七十日、大正十四年六月一日のこと。もっとも、このときは高麗橋《こうらいばし》の三越屋上からの仮放送だった。コールサインはＪＯＢＫ、まもなく大阪人にはＢＫの愛称で親しまれるようになった。

鶴子の家では新しもの好きの父・旗太郎《はたたろう》がさっそく「聴取無線電話私設許可書」というのをもらい、屋外にご大層なアンテナを立てて暇さえあれば放送に聴き入った。何しろ、一か月の聴取料が一円というから、熱心に耳を傾けないわけにはいかない。

もっとも、まだ幼かった鶴子にとってはさほど面白いものではなかった。というのも、土地柄からか最大の売り物が相場放送で、ひっきりなしに「どこそこォー（会社の名）、当限《とうぎり》ィー、〇〇円ーン、××銭ーン」と妙な調子をつけて読み上げていた。それでも、おいおいに演芸やラジオドラマのような娯楽番組も増え、特にＢＫでは子供向けのプログラムに力を入れていたので、たちまちラジオは茶の間に欠かせないお楽しみの箱になった。たとえば、こんな具合に――。

「いま出てるこの人、誰？」

そう訊いたのは、鶴子より三つ下の弟で、今年都島《みやこじま》工業学校に進学した浜夫《はまお》だった。すると、いたってノンキ者の長兄・名賀雄《ながお》が面長な顔をのんびりとなでながら、

「桂円団治《かつらまるだんじ》やがな、噺家《はなしか》の」

と答えた。その名前はむろん鶴子も知っていた。漫才に押され、頽勢いちじるしい上方落語界唯一といっていいスター的存在だ。とにかくあけっぴろげな芸風が魅力で、放っておくと噺の舞台がカムチャツカやボルネオまで行きかねない奇想天外さが人気を得ていた。

ちょうど今やっているのは、妙に生意気でいつも仲間を凹《へこ》ませているミッつぁんなる男が、口にすることはおろか「饅頭いうたら、こう丸うて、パカッと割ったら中から餡がプチッ」と聞いただけで震えを起こす神経症的な饅頭嫌いだと知った連中が、あり金はたいて買い込んだ高級品をひっさげて彼の家に乗り込もうとするくだりだった。

鶴子も落語は好きな方で、円団治もそんなにファンではないかわり嫌いでもないのだが、今はとにかく「風船殺人」の謎を解かねばならない。できれば、明日にもナツ子に名探偵ぶりを披露し、二人して懸賞に応募したいところだった。

で、再び視線を「キング」の誌面に戻し、今度はメモを片手に最初から読み直してみることにした。どうもこないだ「ぷろふいる」で短編を読んで大いに感心したエラリー・クヰーンみたいに与えられたデータの理詰めだけで解けるようでもなく、といってアガサ・クリスチィほどえげつない騙《だま》しの手口も使っていないようで――家にあった「苦楽」で読んだ『アクロイド殺し』には度肝を抜かれたものだ――かえって判断に迷わされるのだった。

といったようなことで、鶴子がさらに頭を悩ました折も折、

「キャーバタバタ、ギャーバタバタ、キャーバタバタ！」

ラジオセットのスピーカーから飛び出した大声に、鶴子はまたしても推理の中断を余儀なくされた。それは、ミッつぁん宅に饅頭をいっせいに投げ込んだ次の瞬間あがった絶叫で、ただしミッつぁんではなく長屋の悪友連中の一人が、勝手に代弁というか先取りしてはりあげた声だった。

（もうっ、しゃあないなあ）

鶴子は憤然となったが、といって家族にラジオを聴くなともいえない。こううるさくてはしょうがない、勉強部屋に移動しようかなと雑誌を閉じかけたが、どうしたことかラジオはそのとたん沈黙してしまった。何ごとかと耳をすませると、

「……ミッつぁん死んだ」

アンテナの彼方にいるはずの円団治が、ポツリと言った。思わずぎょっとさせられたが、これはむろん落語の一節で、

「死んだァ？　何かいな、ミッつあん死ぬか」

「死ないでかい。あれだけ怖がってたミッつぁんやぞ。ハッと顔を上げた拍子に、誰が投げた饅頭かポーンと当たって『アッ』ちゅうたんがこの世の最期や。……こらこら、逃げたらあかんで。こうなったら一蓮托生《いちれんたくしょう》や」

「ど、どないなるねん？」

「人ひとり殺したんや。すぐに巡査が飛んでくるがな。次に警察医やら刑事が来てバーッと調べ

たら、みんな一網打尽や。警部に検事、しまいには署長はんまで来るわ」

「警察署長まで来るか」

「当たり前やないか。世界的に珍しい事件やぞ。そこへまた新聞記者が来よる。早耳やよってな。あっちこっちで聞いて回ったかと思うと、サラサラサラーッ。これが明くる日ィの新聞にドーンと出るわ」

「わいら、新聞に出んのんか」

「これ、うれしそうに言いないな。……で、どない書いて出るねん」

「そやなあ、大きな見出しで――『饅頭殺人事件』！」

「ほんまかいな、オイ」

「友達共謀して――この共謀いうのが罪が重い。情を憎まれるさかいな。友達共謀して砂糖《さとう》蜜太郎《みつたろう》なる男を饅頭にてアン殺す」

「そんなアホな」

いつしか鶴子も、兄や弟妹たちといっしょになって笑い転げていた。円団治の緩急自在な語りには、どんなむっつり屋も頤《あご》の紐《ひも》を緩めないわけにはいかない。わけても鶴子には、今のくだりがツボにはまった。よりによって「饅頭殺人事件」とは、ヴァン・ダインだって書いてはくれないだろう。

だが、鶴子は気づいてはいなかった。このまさに同じ瞬間、現実の殺人事件が進行中であったことに……。

その件はまだ措《お》くとして、平田家の兄弟姉妹が語りに引きつけられて、むしょうに甘いものがほしくなり、「お茶、入れようか」などと言い合ううちにも、お話はトントンと進んで、

「こらっミッつぁん！　あんたのホンマに怖いもんて何やねん？」

「へぇ、今度は——お茶がこわい」

と落《さ》げに至った。鶴子たちはそれを受け、またアハハハと笑いを誘われたが、妙なことにその直後にフッと音が途切れた感じで、あとに続くと思ったお囃子も流れてこなかった。あとで思えば、ほんの数秒のことでしかなかったのだが、ひどく長々しく感じられる無音状態のあとに、

「こちらはＪ・Ｏ・Ｂ・Ｋ——大阪中央放送局でございます」

コールサインを告げるアナウンサーの声が流れた。空白を取り戻そうとするようなそれは、心なしかふだんよりよそよそしい響きを帯びていた。

2

「すると、何ですか」

宇留木昌介《うるぎしょうすけ》は半ば茫然としながら、言った。やっと勤務から解放されようとしたところに事件発生で駆り出され、息せききって現場に馳せつけたことへの不満も、今はどこかへ吹っ飛んでいた。それほど、事件の様相が奇妙だったのだ。

「ここのスタジオでまさに放送の真っ最中、暴漢があばれこんで問答無用とばかりピストルを発砲した。だが、ご一同がハッと気づいたときには中にいたはずの演者は硝煙といっしょに雲散霧消、あとにはこの羽織だけが残されていたわけですか」

言いながら、宇留木は十五坪ほどのスタジオの床に落ちた藤色の羽織に手をのばした。だが、裏模様も派手やかなそれを取り上げようとしたとたん、

「コラッ、証拠品に触るんやない」

と現場検証中の制服警官に叱《しか》られてしまった。あわてて手を離した宇留木だったが、それでも羽織の背のど真ん中にポッカリ開いた穴はちゃんと確認できた。

「あの、それで……この着物を貫いた弾の行方というのは？」

おずおずと訊くと、鑑識係の一人が彼の東京弁にムズムズしたように顔をしかめながら、

「これや、そこの入り口から真正面の壁に食い込んどった」

と、ほじくり出したばかりの拳銃弾を見せてくれた。同時に指し示された壁の弾痕と床に落ちた羽織、それに出入り口を見比べると、確かに一直線で結ぶことができる。

となれば、状況は簡単だ。戸口に立った暴漢がむりやり開けたドアのすき間から引金をひく。

轟然《ごうぜん》一発、発射された鉛の弾はスタジオ内で熱演中だった噺家を直撃し、たぶん自慢の品だったろう羽織の背を撃ち抜いて、真後ろの壁に突き刺さった、ということになるわけだが――？

「あの、それで」宇留木はさらに訊いた。「ピストルを引っさげた暴漢が、騒ぎにまぎれて逐電してしまったのはまあいいとして、肝心の被害者――あの羽織の中身の方はどうなったんですか。その、桂円団治という落語家は？」

訊いたとたん、制服・私服の警官たちが期せずしていっせいに振り返った。

「それが、わかれへんから――」

思わず気圧されて後ずさりする宇留木に、彼らは異口同音に言った。

「苦労してるんやがな！」

見れば、ここ――大阪中央放送局の関係者までもが、うんうんとうなずいていた。「そう、それで困ってるんです」と言いたげに。

ＪＯＢＫが、上九《うえきゅう》――天王寺区上本町《うえほんまち》九丁目に局舎を建設し、本放送を開始したのは大正十五年十二月のことだった。当時はこうした施設を「演奏所」と称した。

当初、ラジオ放送は民営事業として認可されるはずで、大阪では大朝・大毎両紙をはじめとする団体が開局をめざし、実験放送まで開始していたが、逓信省《ていしんしょう》が方針を切り替えたため、それぞれ独立した社団法人の形で東京・大阪・名古屋に放送局が設置された。その後、国家統制の強化を目指して日本放送協会《N・H・K》が設立され、三放送局は解散・合同させられて関東・関西・東海支部となった。

しばらくは人事や予算の権限は各支部にゆだねられていたが、これも東京への一極集中によって奪い去られ、その傘下で「大阪中央放送局」となったＢＫは、万事ＡＫ東京放送局におうかがいを立てて予算を分けてもらう下請け組織に成り下がってしまった。

それでも、昭和二年には第十三回中等学校優勝野球大会を甲子園から中継し、翌年には全国に先駆けてラジオ体操を開始するなど独自の編成に腐心した。

さらに重要だったのは、同じ昭和三年の十一月に行なわれた天皇の即位式のもようを伝えたことだった。このころは京都に局がなかったので、御大礼放送は大阪の担当となり、直前に完成した札幌から熊本まで全七局の中継網を通じて全国に流されたのだった。

事件は、上本町演奏所の第一放送室内で起きた。その日の午後六時——というから、この季節ではまだ明るかったが、夕餉《ゆうげ》の時間向けの演芸番組として桂円団治の落語「饅頭こわい」の放送が始まった。

円団治は、大阪は堀江に生まれ育った三十四歳。まさに芸人として脂の乗り切ったところだ。八方破れのようでいて緻密な計算に基づいた芸風で、爆笑王の名をほしいままにし、落語通から女子供にまで人気があった。「饅頭こわい」は、中でも得意のネタだった。

東京落語では小味な、前座噺といってもいいものだが、大阪では丹念にやると一時間近くかかる大物だ。というのは、こちらではミッつぁんなる人物が饅頭恐怖症だと知れる以前に、集まった連中が好きなもの・嫌いなもの・怖いものを順々に挙げてゆき、そこから独立した怪談噺として成立するような挿話がまるまる入って、それに実にアホらしい落ちがついてから、ようやくミッつぁんの性癖にスポットが当たるという構成になっていたからだ。

細かな笑いをちりばめながら、ここまで引っ張ってくるあたりはまさに円団治の独擅場《どくせんじょう》だ。むろんレコードに収まる長さではないし、寄席でもめっきり噺家の持ち時間が削られていることから、ラジオならではの演目ともいえた。円団治のBK出演は、そんな両者の握手といえたが、一方で波乱や軋轢《あつれき》を引き起こしてもいた。

その原因は、関西の芸界を牛耳っている獅子根《ししね》興行部で、当初ここでは「ラジオに芸人が出ると、客が小屋に来んようになる」という理由で芸人の出演を阻止し続けてきた。だが、電波に乗って未知の大衆とおなじみになることが、結局は寄席を潤すことに気づくと、今度は露骨に放送局を利用し始めた。

そんな中、円団治は売れっ子でありながら獅子根興行部につかず離れず、ときに会社の決めた出番に背き、ときには無断でラジオや地方《ドサ》での出演を決めたりして、いいようにあしらってきた。鬼と恐れられた獅子根の総支配人に平気で口ごたえできるのは、円団治ぐらいだとさえ言われたものだ。

とはいえ、相手はえげつない手口で鳴らした会社だけに、内部では「一度、円団治をえらい目にあわさねば」という物騒な声もあがっていたのだが、そこへまた最近厄介《やっかい》な事情が加わった。ラジオ進出に続き、映画会社との提携も始めた獅子根興行部に対抗すべく、とある老舗《しにせ》企業のバックアップで発足した興亜《こうあ》演芸というプロダクションだ。豊富な資金力を後押しに、ここが獅子根の芸人をゴッソリ引き抜こうとしているとの噂が流れ、しょっぱなに切り崩す予定なのが桂円団治だとささやかれたのだ。

そんなこんなで、円団治の身辺はにわかに騒然とし始めた。興亜演芸の使者がすでに何度も接触し、五百円、いや千円の札束を積み上げた。いや、そうはさせまいと獅子根が彼の身柄を押えようとしている。それをまた興亜がだしぬこうと虎視眈々《こしたんたん》――。

まさに狐と狸の化かし合い。それを一段高いところから見下ろし、手玉に取ろうとしているのが当の円団治だという陰口もあって、そのうち危ないことになりはしないかと半ば心配、半ば期待もされていた。

そうした中でのBKからの落語放送。何かと気づかう周囲をよそに、本人はいたってノホホンとスタジオ入りし、定められた時刻に備えた。そして、何ごともなくマイクに向かったのだが……最後まで無事とはいかなかった。

上九のJOBK局舎――正式には、大阪中央放送局上本町演奏所には、主力となるスタジオが四十平方メートルと八十平方メートルの二つしかなく、前者が円団治の放送用に充てられていた。スタジオにはガラス窓があって、放送機器のある部屋から中のようすがうかがえるようになっている。

出入り口は一か所のみで、間を隔てるのは分厚く重い防音扉だ。扉に鍵こそかかっていないが、スタジオは常駐する放送員によって監視された、いわば密室状態といっても過言ではなかった。

異変は「饅頭こわい」が始まってまもなくに起きた。問題の暴漢は午後六時過ぎにＢＫの局舎内にまぎれこみ、その後はどこかで時間をつぶすか、円団治のいるスタジオを捜していたらしい。

この日は雨模様でそう暑くはなかったが、男はドブ鼠《ねずみ》色の背広のボタンをきっちりかけ、襟を立てたうえ帽子を目深にかぶり、マスクまでかけるという季節外れ——というより場所をわきまえないスタイルで、見るからに不審だった。

とはいえ、種々雑多な人間の出入りが激しい放送局であり、しかもさまざまな番組が目白押しの時間帯ということで、つい誰何《すいか》するに至らなかったのはやむを得なかった。玄関を通過した時点では、帽子や服の着つけも普通で、マスクもしていなかったというからなおさらだ。

暴漢は（その名に値することは、まだ何もしていなかったが）は六時四十五分ごろになって突如スタジオに隣接した放送室に現われた。折しも「饅頭殺人事件」のくすぐりが飛び出したところで、放送室内でも小さな笑いがわき起こっていた。ちなみに、このとき放送室にいたのは演出・技術担当のＢＫスタッフ三人に加え、たまたま視察に来ていた逓信省の役人で、彼もその例外ではなかった。

ここでも、今まさに電波送出中ということで忙しさにとりまぎれ、しばらくは男に気づくもの

はなかった。それでも番組の終盤、時計の針と噺の進行をにらみ合わせて指示を出す頃合いとなったとき、放送員の一人が、

「あの、あなたは……」

と、おずおずと声をかけた。

だが、それに応じて相手が右ポケットからちらつかせた、何やら鈍く光る金属物を見るや、あわてて口をつぐまずにはいられなかった。その気配はみるみる周囲に伝染し、第一放送室は異様な緊張に包まれていった。

知らぬはスタジオ内ばかり――スピーカーからは、相変わらず陽気な円団治の声が流れ続け、ガラス窓の奥では派手な藤色の高座着《こうざぎ》がそれに合わせて動いていた。円団治は大仰で滑稽《こっけい》な身ぶり手ぶりが持ち味の一つだが、マイクの性能が性能だけに激しい動きは禁物だし、今はそれが必要な場面でもなかった。

噺の中では、直撃弾を受けて頓死《とんし》したかと思われたミッつぁんが、のそのそと起き出して、仲間からどっさり贈られたプレゼントに気づこうとしている。だが、放送室ではもはやクスリとも笑いは起きなかった。このまま噺が終わったら、そのあとどうなるのか――。とりわけＢＫ側スタッフの不安と恐怖は、時間を追うにつれ高まっていった。

落げはいよいよ間近に迫り、緊張は耐えがたいまでになった。スタジオ内の円団治は薯蕷饅頭や羽二重餅に生唾《なまつば》をのみこむさまを巧みに演じていたが、こちらの放送室では、しだいにポケッ

トから姿を現わし始めた物騒な代物に、誰もが固唾《かたず》をのんでいた。

そして、ようやくだまされたと気づいた長屋の面々が、ドッとミッつぁん宅に押し入ると同時に、暴漢は行動を開始した。かすかな期待を裏切って、オモチャでも何でもなく本物の拳銃を抜き出すや、放送員の制止をあっさり払いのけてスタジオの扉を開け放ったのである。

それはちょうど、「こらっミッつぁん！　あんたのホンマに怖いもんて何やねん？」というセリフのさなかで、「へぇ、今度は——お茶がこわい」の「い」の字が言い切られるや否や、引金がひかれた。それはもしや、せめて高座を最後までつとめさせてやろうという悪党ながらの慈悲であったのかもしれなかった。

だが、狙い撃ちされた側も、むざむざ殺されようとはしなかった。パンッとけたたましい銃声が鳴り響いた刹那、ぱあっとスタジオ内に開いた大輪の花があった。鮮やかな藤色をし、裏には細かな小紋を染めたそれは、円団治愛用の羽織にほかならなかった。

まるで高速度撮影《スローモーション》のような情景だった——と現場に居合わせたものは口をそろえて証言した。フワリと宙に浮かんだ羽織を弾丸がまっすぐに射抜き、硝煙がさっと周囲に広がる。銃声までもが、ひどく間のびして聞こえたという。だが、それも主なき羽織が床に力なく着地するまでのことだった。

「どけっ、どかんかい！」

荒々しい怒号もろとも、暴漢は周囲の放送員たちを突き飛ばして放送室を飛び出していった。

その猛烈な勢いと気迫、それにまだ熱を帯びたような銃口を突きつけながらときては、とっさに後を追うことさえできなかったのもやむを得なかった。

この直後、この暴漢が廊下を突っ切り、玄関まで一気に駆け抜けてゆくさまが、局員たちによって目撃されている。だが、その後の足跡は今のところ全く不明である。おそらく、付近に自動車でも待たせていたのではないかと推察されているが――。

だが、それよりはるかに不審なのは、暴漢が〝凶行〟をなし終えて去ったあとの現場の状況で、駆けつけた天王寺警察署の捜査陣は状況を聞き、現場を見たあとでこう訊かずにはいられなかった。さっきの宇留木と同じ、この当然の質問を。

「……で、肝心の桂円団治はどこへ行ったんや？」

3

「とにかく、さっぱりわけがわからないんだよ。ラジオ局のスタジオという衆人環視の密室、しかも放送中ということで何万何十万もの聴取者が耳を傾けているさなかの出来事だからね」

あくる土曜日の半ドン、わざわざ平田家を訪ねてきた宇留木昌介は、いかにも思案にあまったようすで鶴子にぼやくのだった。

「は、はあ……」

鶴子は鶴子で、知り合いとはいえ若い男性に家まで上がりこまれては困るし、「キング」の犯人当て小説も読み直したいし、現に今はラジオでクラシック音楽を聴いているしで、どう応対すればいいものか迷ってしまった。

だが、宇留木は鶴子の困惑などにはいっこう無頓着で、「いいかい？」と目で同意を求めると、ラジオの音量つまみを絞ってしまいながら、

「一つ間違えれば、円団治を狙い撃った銃声と、その後の大騒ぎが電波に乗ってお茶の間に伝えられかねなかったが、とっさにスイッチを切り替えたおかげでことなきを得た。もう一つある放送室では、彼の落語に続くプログラムを開始するばかりになっていたから、そちらでコールサインを流し、あとは何ごともなかったかのように放送を続けることができたわけだ」

そうか、偶然耳にしていた「饅頭こわい」の裏には、そんなことがあったのか――と、鶴子はここで多少の興味を抱いた。宇留木はそれと見てとるや、いよいよ勢い込んで、

「天王寺署では、さっそく獅子根興行部と興亜演芸を調べたが、むろんどちらも簡単に白状するはずがない。ただ、これまでのやり口からして、円団治狙撃の刺客を放つような挙に出るのは、おそらく獅子根側だろうし、鉄砲玉になった男もおおむね見当がついてはいるらしい。まあ、そっちは警察の仕事として、どうしてもわからないのは円団治がどうやって羽織一枚残してスタジ

オから消え失せることができたかってことだ。あと、それだけじゃなく……」

「何なんですか」

鶴子は、宇留木の口ぶりに妙なものを感じ、顔を上げた。だが、宇留木は「あ、いや」と下手な笑いにまぎらせて、

「それはまたあとの話として……ものごとには順番ってものがあるからね。で、君はどう思う、いったい何が起きたのだと考えるね？」

「どう思うって、いきなりそんなことを言われても」

鶴子は困惑しながら、言った。そのあと、ふと思いついて、

「あの……すごく初歩的な思いつきで恥ずかしいんですけど、たとえばピストルが発射されたときの音や硝煙に乗じて逃げ出すこととか、羽織を投げておいてとっさにドアの陰にでも隠れ、そのあとこっそりスタジオを抜け出ることなんかはできなかったんですか」

「おいおい、君らしくもない、ほんとに初歩的な思いつきだなあ」

宇留木はやや呆れたように笑いだし、そのあとハッと目をみはった。

「え、そりゃひょっとして、円団治が自分の意思でスタジオから消え失せたという意味かい？だとすると、円団治と放送室に押し入った暴漢は、むしろ協力関係にあったということになる。ふーむ、そんなことは考えてもみなかったなあ」

彼はすっかり感心した面持ちで言った。鶴子は答えて、

「そんなことでもないと無理かと思って——ほら、あんまり密室が完璧すぎるでしょう？　それに、円団治さんはまるでピストルの発射が合図だったみたいにスタジオから姿を消している。そやから……ね」

「なるほど、なるほど」

宇留木は腕組みしながら、納得顔で何度もうなずいた。だが、そのあとに「あ、いやいや」とかぶりを振ると、

「残念ながら、どちらも可能性はなさそうだね。というのは、ＢＫの職員とともに〝テイやん〟が暴漢の闖入《ちんにゅう》から発砲と逃亡、それに円団治の消失までの一部始終を目撃していて、ドサクサにまぎれて逃げることも、あとからそっと姿を消すことも不可能だと断定できるんだ」

「その〝テイやん〟って何ですか」

聞き慣れない言葉に、鶴子が質問を挟んだ。

「ああ、ＢＫの連中が、その役人のことを陰でこう呼んでいたもんで、つい……。逓信省の出先機関である大阪逓信局の監督課のことをそう言うらしいんだな。ずっと放送内容に耳を傾けていて、何か不穏当な発言でもあると、監督官がすぐさま直通電話を鳴らす。そうなったら最後、局としてはスタジオにある遮断器でもって回線を切断しなくてはならない」

「つまり、ラジオの検閲官というわけですか」

日々聴いている放送に、そんな見えない規制がかかっていると知って、鶴子は何だか複雑な気

分だった。一方、宇留木は「そういうことだ」とうなずいて、

「とにかく、些細《ささい》なことにまで神経をとがらせ、目を光らせるのが仕事の〝テイやん〟までが居合わせて、暴漢のほかには怪しい人影を見ていない以上、第一・第二の可能性ともないと言わざるを得ない。——ああ、そうだ。とりわけ第二の可能性については、〝テイやん〟より確かな証人がいたんだった」

「え、それは？」

鶴子が訊く。このころになると、当初は何でこんな話を聞かされるのかと戸惑っていた彼女も、すっかり事件の謎めく様相に引き入れられていた。

「密室内の証人だよ」

「え……そんな人がいてはったんですか」

鶴子は驚いて言った。話の具合からして、てっきりスタジオ内には桂円団治一人がいたのだとばかり思っていた。

「そりゃそうだよ。スタジオ内にはスタジオ内で立ち会いというか専門家がいないといけないからね。その人——水田《みずた》という放送員で、目前での発砲に加えて人間消失騒ぎのショックのせいか寝込んでしまったそうだが、それでも『円団治師匠が銃撃のあったあと、スタジオ内にとどまっていたりはしなかった。この点は、天地神明に誓って間違いない』と証言したそうだ。確かに、どんな隠れんぼ名人だったとしても、あの何もないスタジオではどうしようもない。君の言った

ようにドアの陰に身をひそめたとしても、中にいた水田放送員からは丸見えだったろうしね」

「そうですか……そうでしょうね」

鶴子はしばらく考えてから言った。ふと思い出したように付け加えて、

「あ、そない言うたら、さっき言いかけてやめた『またあとの話』いうのは何やったんですか？」

「うん、それか……」

宇留木は少し口ごもると、ポケットからまだインクの匂いも真新しい新聞を取り出した。

「あいにく仮名文字《うちの》新聞は、東京から列車便に乗ってくるのを待たなきゃならないんで、他社の夕刊早刷りだが……社会面を見てごらん」

言われて新聞を開いたとたん、鶴子は常よりさらに目を見開き、ぎゅっと紙面の端を握りしめてしまった。そこには、これからこの都会にセンセーションを巻き起こすであろう大事件が、ほんの何時間かだけ早くお目見えしていた。まず目についた大見出しにはこうあった——。

落語家桂円団治、空中に惨死す！
電柱に引懸りたるを発見せらる
引抜合戦の犠牲か、前夜にラヂオ局から謎の失踪

「くわしくはその記事を読めばわかると思うが」

宇留木は、記事に読みふける鶴子のかたわらで言った。

「放送中のスタジオから銃声とともに姿を消した桂円団治は、今朝の夜明けごろになって思いがけないところから姿を現わした。ＪＯＢＫの局舎から南南東に一・二キロにある寺田町《てらだちょう》ってところで、あろうことか電信柱のてっぺんに引っかかり、電線に体を絡ませながらね。発見したのは、近くの師範大学に通う学生で、さぞかしたまげたであろうことは想像に難くない。

で、ひとしきり大騒ぎがあった末に、電力会社から人を呼んだりしてようやく円団治を下ろしたときには、すでに周囲は明るくなっていた。残念ながら、彼はとうに絶命しており、胸のあたりに銃器によるものと思われる傷があって、しかも背中まで貫通していた。これが致命傷であることは間違いないと思われたが、検死の結果もそれを裏づけるものだったようだ。死亡推定時刻は前夜の午後六時半から十時半の間――つまり、彼がＢＫで落語を熱演中に襲われた時刻がピタリとその範囲内に収まるわけだ。いや、収まること自体は別にかまわないんだが、だとするとこういうことになってしまう。

――桂円団治はスタジオにいるところを暴漢に襲われ、ピストルで撃たれた。弾は狙いあやまたず彼の胸部に命中し、さらに貫通して羽織の背中に穴をうがったあとスタジオの壁に突き刺さった。だが、その直後、奇怪な現象が起きた。円団治の肉体は、愛用の羽織だけを残して忽然と密室内から消え、壁をいくつか通り抜けて屋外に出た。そのまま宵闇の空に舞い上がり、ビューンと町々の頭上を通過したまではよかったが、何分、街灯も道路標識もない場所だけに、思わぬ高さに張り巡らされた電線に引っかかり、電信柱からブラリと吊り下がるはめになった……」

聞くうちに、鶴子にはその場の情景が眼に浮かぶようだった。寺田町というと城東線の終点・天王寺の一つ前にある、あの駅のあたりだろう。

城東線は梅田の省線大阪駅と天王寺駅を結び、文字通り大阪城の東を通る路線で、つい二、三年前に高架化・電化された。貨物線を含む既存路線をつなぎ合わせ、さらに川などで分断された個所に新線を渡せば、大阪市内をグルリとめぐる環状線ができるといわれているのだが、さて、それはいつのことやら。

死体発見者が通う師範学校というのは、寺田町駅の近くにあって、大阪駅から南向きに走ってきた城東線の電車が天王寺駅のある西方に大きくカーブする、その内側に位置している。新聞記事によると、円団治の遺体が引っかかっていた電柱は、師範大学とは城東線のガードを挟んだすぐ反対側に立っていたようだ。

ご多分にもれずゴチャゴチャと家が建て込んだ一帯だが、朝方となればさすがに静まり返り、空気も澄みきっていたことだろう。この季節のことだから空は早くから明るくなって、町の上に広がっていた。

——一人の師範校生が、まだ始発も通らない城東線の高架の外側を歩いている。早朝の運動か学費稼ぎの仕事でもしていたのか、それとも学友と飲み明かしてご帰館の途中だったのかもしれない。

煙の都と教科書にまで書かれたことのある大阪では、わざわざ空を見上げてまでその事実を確認する物好きは少ない。だが、街が昼日中とはまるで違う色合いを帯び、吹き抜ける風もすがすがしいこんな一刻には、ふとそんな気にもなるのかもしれない。

師範校生は軽くのびでもしながら、何気なく頭をめぐらし、視線をもたげた。だが次の瞬間、彼の目は驚愕に見開かれ、恐怖に凍りついたことだろう。

白々と明けそめた大空を、ちょうど五線譜のように突っ切る電線。それらを支え、小節を区切る電柱。整然と道なりに――ということは城東線の高架がカーブするのに沿って――並んだうちの一本、そのてっぺんにあったものとは……！

蜘蛛の巣に引っかかった虫よろしく、そこからぶら下がった男の死体。芸人らしく派手な色の着物をまとい、裾や袖を風にそよがせたその姿は、巨大な蝶のように見えたかもしれない。ひょっとして、円団治は本当に空を飛んできたのか。いや、まさか――？

「……まあ、ざっとこんな次第なんだが」

宇留木は頭をかきかき、言った。

「だからと言って、こんな夢みたいな話を信じてるわけじゃあないよ。円団治という落語家が、猿飛佐助や霧隠才蔵みたいな講談ネタ――そういえば立川《たつかわ》文庫は大阪《こっち》が発祥の地だったね――を得意にしてたかどうかは知らないが、とにかくそんな忍者みたいな真似はできるわけがないからね」

最後の方は自分でもおかしくなったのか、苦笑まじりに言った。

「そうかしら」

鶴子はしかし、大まじめな表情で言うのだった。

「確かに、今どき忍術使いの隠形《おんぎょう》の術や壁抜け、それに飛行《ひぎょう》術でもないでしょうけど、でもこんな科学小説の話を聞いたことがありますよ」

宇留木は首を傾げて、

「科学小説？　ああ、月世界旅行とか火星人が攻めてくるとか、そういった種類の空想読物だね。で、それが何か？」

「ええ……遠い未来の発明の話なんですけどね。たとえばラジオは音声を電気信号に変えて遠くに送るものだし、このあいだのテレヴィジョンにまつわる事件（「テレヴィジョンは見た」）で勉強したように、今は動く映像をそうするところまで来ているわけですよね。ということは、もっと世の中が進めば色彩つきとか立体テレヴィジョンというのも可能になるだろうし、それどころか人なり品物なりを電波に乗せて運ぶ日も来るかもしれません」

「へえっ、映像や音声でなく実物を？　いったいどうやってだい」

「はい。だいたいこの世にあるものは、何であれ原子や電子からできているわけですよね。ということは、たとえば生きた人間を一度それらの細かい部品に分解したあと、これを電波に乗せて遠方まで飛ばし、受け取った先でまた元の通り組み立てることができれば、瞬時に何千何万キロ先へでも行けることになります」

「な、なるほど……」

宇留木はすっかり感心した面持ちでうなずきかけた。だが、すぐに首を振ると、

「おいおい、するとかい。桂円団治はあのスタジオで突如として原子や電子に分解され、そのままあそこの放送機械を通じて電気信号に変換され、アンテナから電波として発射された。だが、その直後に空中で実体化して——とでも？」

呆れ顔で見つめる宇留木を尻目に、鶴子はつと手をのばすとラジオの音量つまみを元に戻した。再びクラシック音楽が室内に満ち、大編成のオーケストラならではの重厚な旋律がひとしきり続いた。

やがてそれも終局を迎え、アナウンサーの声が曲目を紹介したあと、

「……ただいまの演奏は、大阪フィルハーモニックオーケストラ、指揮はエマヌエル・メッテルでお送りいたしました。

——こちらはJ・O・B・K、大阪中央放送局でございます」

わけもわからず音楽鑑賞につきあわされた宇留木だったが、やがてこんなことはしていられないとばかり、

「あの、鶴子君——」

そう言いかけたときだった。鶴子はスッと立ち上がりざま、彼に言った。

「宇留木さん、明日の日曜、私を社会見学に連れて行ってくれはりません?」

「しゃ、社会見学ぅ?」

戸惑う宇留木に、彼女は愛らしくこっくりとうなずいてみせながら、

「ええ、ちょっと……ラジオ放送とはどんな風にするものか勉強しに」

宇留木はハッと目をみはったが、すぐにその意味を理解してニコッと微笑んだ。

「よし、わかった。上本町のBKまで女学生一名様ご案内ってわけだね」

鶴子は「はい」とうなずきかけ、だが机上の「キング」増刊号をちらと見ると、

「あの、できたらもう一名追加を——。私の友達の西ナツ子ちゃん、宇留木さんも知ってはるでしょう?」

4

翌日の日曜、宇留木昌介は上本町九丁目の大阪中央放送局の近くで、鶴子とクラスメートの西ナツ子を待っていた。

このあたりは四天王寺の大伽藍《だいがらん》のすぐ北東に接し、もともとは寺域の北端にあった毘沙門池を

埋め立てたもの。それだけに非常に閑静な一帯で、船場の豪商たちが好んで本宅や別荘を建てたほか、大阪市長の官舎や煎茶道家元の田中花月庵も近くにあった。

なお、ここの正門前はかつて巫女町《みこまち》通りといって、かつて四天王寺詣《まい》りの客を相手に死者の口寄せをする女たちの家が軒を連ねていた。昔は霊魂を呼び寄せ、今は電波を発信して、そこにはいないものの声を聞かせるというのも、おかしな偶然かもしれなかった。

おかしな、といえば一つ妙なことがあった。宇留木は当然、鶴子たちは上九のバス停から来るものと思い、そちらを向いて待っていた。なのに思いがけず背後から、

「宇・留・木さん！」

と二人して背中をたたかれたのだ。びっくりして振り向くと、七月の陽射しのせいだけでなくまばゆいような少女が二人立っていたから、すっかりどぎまぎしてしまった。

やはり社会見学ということでか、そろって女学校の夏服姿。ナツ子も鶴子と同様色白の華奢な少女だったが、髪をお下げにして縁なしの眼鏡をかけている点が違っていた。

「あれ、君たち、どっちから来たの？　僕はてっきり――」

内心の動揺を押し隠しながら言いかけると、鶴子とナツ子は顔を見合わせて、

「私たち、東の方から来たんです」

「そう、城東線の桃谷《ももだに》駅の方からね」

桃谷というと、付近で円団治の死体が発見された寺田町よりさらに一つ手前の駅で、かつては

その名の通り桃の名所。明治ごろまでは文士や新聞記者が好んで住んだといわれるが、今は家が建て込んで見る影もなく、駅は商科大や天王寺商業、プール女学院や生野高女、生野中学に通う若者たちで日々にぎわっている。

だが、そんなところに何の用があって行ったのか。宇留木は小首を傾げたものの、「へえ、桃谷にねえ」とさりげなく答えをうながしたものの、二人は陽気に笑いあっているばかりで、結局何だかよくわからないのだった。

「さあ、では行くとするか」

宇留木は咳払《せきばら》いすると、引率者らしく先に立って歩き出した。だが、その背後で、

「案外近かったよね」

と、やや舌っ足らずな調子でナツ子が言えば、鶴子がそれに答えて、

「うん。でも、一キロは歩いたんと違うかしら」

などと二人にしかわからない会話をしているのが、どうにも気になるのだった。だが、それもＢＫの敷地内に足を踏み入れるまでのことで、

「へえ、ここがラジオ局かぁ」

「ここから近畿一円にいろんな番組を放送してるんやね」

見るからに溌剌とした少女二人は、初めて間近にする放送局のようすに、感心しきりだった。だが、そこには思ったより小ぢんまりした場所なんだなという意外さも含まれていた。

何よりも目立ち、圧倒もされるのは《ＪＯＢＫ》の文字を貼り付けてそびえ立つ鉄塔だが、それを除くと町役場か警察署のような二階建ての建物で、あまり最先端という感じはしなかった。

実際、アンテナ下の機械室だけがコンクリート造りなのを除くと、あとは全て木造。当初はスタジオも先に記した二つしかなく、残りの部屋を放送部の編成係と現業係、技術部の現業係と研究係、待合室などで占め、そのほかの総務部や計画部などは何度か移転を繰り返し、今は備後町《びんごまち》の堺筋会館に入っていた。

ここではあまりに手狭だというので、昨年――昭和九年の二月から、ここより三キロほど離れた大阪城の南西、馬場町の交差点に面した千坪の敷地に、工費二百万円を投じて「大阪放送会館」を建設中だ。来年にも完成のあかつきには地上六階・地下一階建て、十のスタジオを擁する白亜のビルディングがお目見えする予定だが、場所が場所だけに、これがほんまのジャ《Ｊ》パン・オ《Ｏ》オサカ・バ《Ｂ》ンバチョウ・カ《Ｋ》ドや、などと、さっそく駄洒落も飛んでいる。それはさておき――。

「上本町《こ》演《こ》奏所の出力は一キロワットなんですが、それでは管内全域に満足のゆく受信状態を提供できないというので、昭和三年からは三島郡千里村に設けた放送所にいったん送り、十キロワットに増幅したものを高さ六十メートルのアンテナから送信することにしています。ここのおかげで、北米大陸でも放送を受信できたという報告が届くなど効果は上々というところです。では、こちらへどうぞ……」

その、どことはなしうらなり瓢箪《ひょうたん》みたいな放送員は、宇留木が申し込んだ〝女学生記者の放送局ルポ〟という名目をあっさり信じて、あちこちを案内してくれた。

「あれが、例の銃撃事件のときに、スタジオ内にいた水田氏だよ」

宇留木が鶴子に耳打ちすると、彼女は「あ、この人が……」と興味をわかしたようすだったが、そのあとは円団治の一件のことなどおくびにも出しはしなかった。

水田放送員に導かれるまま、宇留木たちはさして広くもない局舎内を効率よく見て回った。一般見学者向けのお決まりコースでもあるのだろう、それぞれ放送中と準備中の二スタジオを覗かせてもらったかと思うと、ラジオドラマの効果音用にさまざまに工夫された道具類や、最新式の独テレフンケン社製円盤録音機（といっても三分しか収録できないので、録音放送のときには二台持っていって音盤をとっかえひっかえしなくてはならない）、それに無線電信の発明者グリエルモ・マルコーニが来日した際にインタビューしたことにちなんで命名された中継用自動車《ラジオカー》《マルコーニ号》などを見せてくれたりもした。

それらは大人の宇留木にとっても十分面白く、まして鶴子とナツ子にとっては興味が尽きないようだった。だが、これでは正真正銘の社会見学。まさかそのつもりで、このおれをダシに使ったんじゃあるまいなと、宇留木があらぬことを考えだしたときだった。

「あの、水田さん」

鶴子が急に思い出したように訊いた。

「私、こちらで放送されるクラシック音楽が好きでよく聞くんですけど、こちらにあるスタジオはどちらもフル編成の楽団が入るには少し狭いようですね。特に、このあいだの大阪フィルハーモニックオーケストラみたいなのは、やっぱり別の場所から中継するんですか？」

宇留木には、鶴子がなぜ急にそんなことを訊きたがったのか理解できなかった。だが、それ以上に不可解だったのは、水田がこの質問に急所をつかれたように驚き、口ごもったことだった。

「いえ、まあ……」

何だか不得要領なまま、さらに見学は続き、やがて適当な部屋でお茶でもということになった。ところが、どうしたことか鶴子の姿が見えなくなった。また例の探偵癖で、妙なところに迷い込んだのかと気をもむところへ、すかさず西ナツ子が、

「うち、見てきます」

と、小走りに駆け去ってしまった。あまりにとっさのことで、宇留木も水田放送員も止めようがなかった。

「しょうがないな。いくら『うち、見てきます』と言ったって、あの子自身ここが初めてなんだから」

といったようなことで、宇留木は頭をかきかき、水田といっしょに局舎内をもう一度見て回るはめになった。すると、まもなく廊下の前方に一人の制服姿の少女がひょいと姿を現わした。見れば髪の毛を左右から垂らし、しかも眼鏡をかけているのが遠目にわかったものだから、

「おい、西ナツ子君――」

困るじゃないか、と宇留木は声をかけようとした。すると、そんな彼の機先を制するように、

「ごめんなさい、ツルちゃんがなかなか見つからへんもんやから、つい……」

と、今日一日ですでにおなじみとなった舌っ足らずな口調で、ナツ子が答えた。その瞬間、宇留木は何だか変てこと言うか、ひどくチグハグな感じがしてならなかった。目の前にナツ子がおり、確かに彼女の声が聞こえているというのに、何が変てこでありチグハグだというのだろうか。

彼の思いをよそに、〝西ナツ子〟は例の調子でしゃべりながら、次第にこっちへ近づいてくる。ふと気づくと、宇留木の背後にはいつのまにか水田放送員がおり、彼と同様にけげんな表情を浮かべていた。

と、その瞬間だった。ある事実に気づいた宇留木は「あ!」と頓狂な叫びを上げ、今やすぐ近くまで迫った少女を指さした。とたんに、彼女はニコッと微笑むと、口からちょいと舌を覗かせた。

「やっぱり、わかりました? でも、けっこうばれないものでしょう」

言いながら、その少女はお下げ風にくくった髪をほどき、眼鏡を外してみせた。

「こ、こりゃあ鶴子君」宇留木は驚き半分、呆れ半分に言った。「いったい何のまねだい、そりゃあ?」

「ええ、ちょっとね。あ、ナツ子ちゃん、これ貸してくれておおきに」

鶴子はそう言うと、外した眼鏡を宇留木らから死角になる物陰へ差し出した。すると、そこからスッと出た白く華奢な手が眼鏡を受け取ったが、やがて姿を現わした手の主こそは、西ナツ子にほかならなかった。

「もしかして、今の声は西ナツ子君、君がそこに隠れて出していたのか？　やっぱりそうか、どうもおかしいと思った。だが、ますますわからんな。僕らをからかいたかったのだとしても、鶴子君がナツ子君の姿に化け、声はナツ子本人が分担するだなんて、いったい何が言いたかったんだ？」

「ええ、それは」

二人の少女は声をそろえて言った。そのあと顔を見合わせてから、

「ここならここに誰かさんの姿が見え、その人の声が確かに聞こえたとしても――」

「その誰かさんが本当にここにいるとは――」

「限らないということなんです！」

再び声をそろえて言い放ったとたん、背後で水田放送員がギョッとしたように身じろぎするのが感じられた。その反応には、明らかに何か重大な事実が秘められていた。

「水田さん」宇留木は彼を見すえた。「ひょっとして、あのときあなたは、いや、あなた方は――？」

「い、いや、決してそんなことは……」

水田は狼狽しきったようすで言い、必死に手と首を振って否定しようとした。だが、そう言い貫くことの困難さを悟ったのか、にわかに口をつぐみ、うなだれた。だが、次の瞬間、サッと上げた面に晴れ晴れとした笑みを浮かべながら、

「そうそう、お嬢さん。さっきの質問にまだ答えていなかったね。ここの局舎にはオーケストラ

が入れるようなスタジオはないのに、どうやって演奏をしているのか——。答えは簡単、ここから東に一キロほど行った城東線桃谷駅の向こう側に、専用の大型スタジオがあって、オーケストラはもっぱらそこで演奏をしているんですよ。といっても、音楽ばかりじゃありませんよ。ときと場合によっては、落語をやることだってある。狭いのと違って、広すぎる分には不自由はないからね！」

5

「まず僕が調べたことから言うと、桂円団治は、自分に迫る興行主たち——大金を積んでも引き抜こうとする興亜演芸と、何が何でもそれを阻止しようとする獅子根興行部の争いを察知していた。とりわけ、獅子根はこれまでのやり口から考えて、ことと次第によっては流血沙汰も辞さず、円団治を芸人として使いものにならなくしてでも、興亜のもくろみを叩きつぶそうと腹を決めていたようだ。で、そのあとどうなった？　何がどう転がって、彼は無残に射殺されたうえ電信柱からぶら下がるに至ったんだい」

場所は変わって、千日前の《レストラン・ヒラタ》喫茶部。コーヒーに口をつけるのもそこそこに、

宇留木は質問を繰り出した。一方、鶴子は考え考えしながらも、はっきりした口調で答えて、
「ええ……おそらく円団治さんには、獅子根興行部が自分に何らかの危害を――ことによったら殺すつもりで、配下のものを差し向けるという情報を得ていたのでしょう。そして、それがあの日のＢＫ出演中になされる公算が大きいことも。だからといって、出演をとりやめにすれば、ますます獅子根の思うつぼ。で、円団治さんは放送局側と協議のうえ、一つのとんでもない計画を立てたんです。

それは、いつもそうしてきたように上本町のスタジオへ行くよう見せかけて、実は桃谷にある別の演奏所から放送をするというものでした。何でもここは以前、日本ポリドールのレコード吹込所だったそうで、大編成の楽団が入れるスタジオがあったことから、ＢＫが借り受けるようになったと聞きました。場所こそ離れていますが、スイッチ一つで音声は上九の局舎に送れるし、実際私が聞いた大阪フィルの演奏は、そうやって放送されたものでした――あのとき水田さんが教えてくれはったように。

敵を欺くにはまず味方からということで、必要最小限の人間にしかこのトリックは知らされず、それどころか上本町のスタジオの一つを目くらましの茶番のため使ったほどでした。それが、当日行なわれた『饅頭こわい』の放送で、あそこのスタジオには円団治さんはいなかったにもかかわらず、スピーカーからは桃谷演奏所からの音声を流し、ガラス越しに見えるスタジオ内には、彼の羽織だけを着せかけた替え玉が、さも円団治本人がいるかのように座っていただけだったの

です」

「それが、あの水田だったわけか」宇留木は言った。「早い話が、あのスタジオには円団治と放送立ち会いの彼の二人がいたのじゃなく、円団治のふりをした水田放送員がいただけだったんだな。——で、そのあとどうなったと？」

「円団治さんたちの心配は、よりにもよって最悪の形で的中しました。大胆不敵にもＢＫの局舎内に潜入した獅子根興行部差し回しの暴漢は、ピストルを手に放送室まで入り込み、『饅頭こわい』の落げをきっかけにスタジオのドア越しに引金をひきました。あわてたのはスタジオ内の水田さんで、いくら替え玉といっても円団治さんの身代わりに射殺されてはたまったものではない。で、とっさに脱いだ羽織を暴漢めがけて放り投げたのです。この瞬間、たった今までいたはずの桂円団治は消え失せ、水田さんが最初から中にいて放送に立ち会っていたことになったのです。

弾丸は羽織の背中を貫き、後ろの壁に突き刺さる。このとき初めて、暴漢は自分が失敗したことを、まんまとトリックに引っかかっていたことに気づいたのでしょう。ただ、円団治さんやＢＫの人たちが予測していなかったことに、この暴漢は——というより彼を雇った獅子根側ですが、彼らは上本町のほか、桃谷にも放送施設があることを知っていました。となれば、円団治はそちらにいるに違いない——。暴漢はそのまま局舎を出るとまっすぐ桃谷に向かいました。そして、上本町での騒ぎを知ってか知らずか、桃谷演奏所を出ようとする円団治さんと鉢合わせしてしもたんです」

「なるほど、なるほど」宇留木はうなずいた。「で、その暴漢はさっき羽織を撃ち抜いたのと同じ拳銃で円団治を射殺し、そのときの弾は貫通銃創のため彼の体を突き抜けてどこかへ行ってしまった。だが、そこまではいいとして、どうやって犯人は円団治の死体を電信柱のてっぺんまで投げ上げ、電線に絡めるような荒技ができたんだろう。第一、そんなことをしなければならなかった目的は？」

「あれは——あれは、偶然の現象やったんです。少なくとも犯人自身の望んだことではなかったと思います」

鶴子は慎重に答えた。

「うん、どういうことだい？」

「犯人は円団治さんをたぶん屋上に追い上げ、殺害しました。そのあと、死体の始末をどうしようかと考えたことでしょう。その答えはすぐ近くに——いえ、真下にありました。犯人はかわいそうな円団治さんを、ちょうど走ってきた城東線の電車めがけて投げ落としたんです」

「何と、電車にかい」宇留木は目を丸くした。「真下に鉄道の線路があるなんて、何とも都合のいい話だが……おい、待てよ。ひょっとして、君たちはあのとき——？」

鶴子は「ええ」とちょっと照れ笑いしながら、

「実は、ＢＫの局舎近くで宇留木さんと待ち合わせる前、私とナツ子ちゃんは桃谷の方に演奏所——元の日本ポリドールの場所を確かめに行ってたんです。城東線の外側にあるってことはあらかじめ調べてありましたけど、城東線の高架との位置関係や高さまでは行ってみないとわからへんかったから」

「で、その結果はドンピシャだった、と。いや、恐れ入ったね」

宇留木は舌を巻き巻き、言った。八分の感嘆と二分の悔しさをないまぜにした、どこかほろ苦い表情で、

「まさに、そこのビルから死体でも何でも突き落とせば、タイミングを誤らない限り電車の屋根にのっかって、そのままどこか遠くへ運び去ってくれる――結果的には、寺田町を過ぎた先のカーブで遠心力に耐えきれず、ガードから振り落とされたけれどね。で、そのまま近くを走る電線に引っかかり、一晩中宙吊りになった果て、夜明けとともに通行人に発見されたわけだ。やれやれ、あれほどの人気者が、かえってそのゆえに何て悲惨な最期を強いられたことか！」

「ほんまに」鶴子は表情を翳《かげ》らせた。「……ほんまにね」

「だが、それはそれとして、君はどうしてこんなにあっさり、円団治が落語を演じていたのが上本町のスタジオではなく、どこか別の場所だと見抜くことができたんだい。いっこうそのあたりに気づかなかった馬鹿な大人としては、その点が気になるんだが」

宇留木の質問に、鶴子はやや明るさを取り戻して、

「ああ、そのことですか。私がたまたま円団治さんの『饅頭こわい』を聞いていたことは話しましたよね。あのときの記憶では噺が終わったあと、何だか妙な気配があってコールサインが流れ

たけれど、落語そのものには特におかしな点はありませんでした。宇留木さんの話では、暴漢がピストルを撃ったのは落げを言った直後やったみたいですけど、でもその前すでにスタジオには押し入っていたはずで、当然そのことへの反応があってもおかしくなかったのに――そう臆測しただけのことなんです」

「ふむ、まるで別の場所でしゃべっていた円団治にとっては、暴漢の侵入も発砲もそのままでは知る由もなかったろうからね」

「……ただ、どうしてもわからないのは」鶴子は首を傾げた。「放送局の人たちが、なぜあんなに自分たちが使ったトリックのことを伏せていたかなんです。全ては円団治さんの身を守るために仕組んだことなんやから、駆けつけた警察の人たちに一切を明かしてしまえば、こんなややこしいことにならなくてもすんだのに」

するとと、宇留木はひどく皮肉な笑みを浮かべて、

「そういった大人社会の馬鹿さかげんに基づく推理は、僕に任せてもらおう。全てはあの場に居合わせた〝テイやん〟のせいだった。何せ、獅子根興行部が放った刺客を欺くためのトリックに、よりによって大阪逓信局の監督官が引っかかってしまったから、放送局側としても困ってしまったのさ。検閲係のお役人を偽の放送に立ち会わせたとなれば、あとから引っ込みもつかない。で、いずれ破綻するのは承知で口をつぐまざるを得なかったわけさ！

それにしても、今回は君だけじゃなく西ナツ子君にも脱帽ものだね。いや、全く恐れ入った

ね。いちはやく桃谷演奏所の存在に気づいたばかりか、あんな芝居で大の大人を恐れ入らせるとは、いやはや少女探偵畏るべし！」

「その、ナツ子ちゃんのことなんですけど」

鶴子は、どうにも不思議でならないようすで腕を組んだ。

「彼女に関係することで、何かとても大事なことがあった気がするんやけど、今度のことでとりまぎれたせいか、すっかり忘れてしまって……うーん、いったい何やったかなぁ」

＊　　＊

その後、桂円団治を射殺し、死体を城東線に投げ落とした暴漢は、警察の逮捕するところとなったが、その男は獅子根興行部との関係を頑として認めず、獅子根側も知らぬ存ぜぬで突っぱね続けた。なお、このあと幕が切って落とされた獅子根興行部と興亜演芸の引き抜き合戦は、日本の芸能史に特筆される熾烈なものとなった。

なお、鶴子がナツ子にすすめられ、お小遣い稼ぎをもくろんだ「キング」の犯人探し懸賞だが、彼女は結局応募しなかった。というのも、彼女を悩ませた「何かとても大事なこと」が、実はこの件であったと気づいたのは、あいにく締め切り当日のことだった。

木乃伊《ミイラ》とウニコール

——曇斎先生事件帳／橋本宗吉

曇斎先生こと橋本宗吉は実在の人物です。小学生時代からエレキテルの平賀源内が大好きだった私は、大阪にも電気の研究に打ち込んだ蘭学者がいたことを知り、興味をひかれるとともに強い親しみを抱きました。その一方で、探偵小説家になったからにはぜひ捕物帳を書いてみたく、その二つが合体してこのシリーズが誕生しました。実は曇斎先生事件帳はまだ完結していません。このシリーズの中にちらほらと顔を出すある敵役との対決が残されているのです。さて、それは——？

1

「難波橋《なにわばし》より西見渡しの百景、数千軒の問丸《といまる》、甍《いらか》をならべ、白土雪の曙をうばふ。杉ばえの俵物《ひょうもの》山もさながら動きて人馬に付けおくれば、大道轟《とどろ》き地雷のごとし。上荷《うわに》・茶船かぎりもなく川浪に浮びしは、秋の柳にことならず」――と『日本永代蔵《にっぽんえいたいぐら》』に記されてから、ざっと百二十年。西鶴翁《さいかく》が熱っぽく謳《うた》いあげた浪花の繁栄には、今日も今日とて何の翳りもなかった。

ずらりと建ち並んだ蔵はさながら浮絵《うきえ》を見るごとくで、川面には荷を満載した舟・船・船《ふね》。陸上では人々のさんざめきとせわしない足音、それに車輪の響きがひとかたまりになって、天に駆けのぼっていきそうな勢いだった。

そんな中、今しも難波橋を渡り、軽やかに細鼻緒《ほそはなお》の雪駄を進める一人の人物があった。年は三十路《みそじ》半ばか、江戸に比べると侍という重しのないこの都会《まち》では、男の着物も華やいだところがあるが、この男はどこまでも渋好みだった。どうかすると、ほかの人々の中に埋もれてしまいそうだった。

だが、その実、煙草入れなどの持ち物にはびっくりするような金をかけ、羽織は表より裏地に凝りまくっている。このほか肌襦袢《はだじゅばん》は目の細かい天竺金巾《てんじくかねきん》に八王子の襟つき、長襦袢が別染めの羽二重《はぶたえ》と、目につかぬところに気を配る型《タイプ》らしかった。

男はそのまま雑踏をすり抜け、ときに行き合った知り合いには如才なくあいさつしながら、やがて一軒の大店の前にたどり着いた。前の通りに向かって突き出された看板には、「諸国産物廻船匠屋《たくみ》」の文字が見えた。

「あ……旦《だん》さん」

男の姿を見るなり、水まきや掃きそうじをしていた丁稚たちが直立不動になって、

「旦さん、お帰りやす！」

「お帰りやす！」

「お帰りやす！　旦さんお帰りでっせ！」

黄色い声に迎えられて、男は同じ「匠屋」の文字と紋を染め抜いた暖簾をくぐる。またもや「旦さんお帰りやす」に迎えられ、男はむ、と小さくうなずいて店へ上がりこんだ。帳場の結界の中で帳合《ちょうあい》をしていた番頭が、おぉと腰を浮かして、

「こら存外にお早いお帰りで……。例のお客人、もう半刻ほど前からお待ちでごわりまっせ」

後半は小声になって、耳打ちした。旦さんと呼ばれた男——匠屋の主人である西次郎《せいじろう》は小さくうなずいて、

「おお、そうか。では、いつも通り奥のオランダ座敷に？」

「さようで」

番頭はこっくりとうなずいた。

「む、それでは、私がお相手するからお前らはそのままでよい」

匠屋西次郎は、この地に生まれ育ったにもかかわらず妙に大坂訛りの抜けた口調で言った。そのはずで彼は江戸暮らしが長く、服装の渋好みもそのせいかもしれなかった。

オランダ座敷というのは、近年の流行《はや》りに乗って西次郎が奥に造ったもので、特別の客だけが通される。むろん純粋の洋間などではなく、普通の和室に異国渡りの品をやたら並べた何だか倭漢蘭《わからん》ものだが、これは当時としてはやむを得ないことだった。

匠屋西次郎は、すぐそちらに向かうと思いのほか、茶で喉の渇きを潤したり、番頭の帳付けに口出しをしたりして、なかなか動こうとしなかった。

「旦さんも、あのお武家だけは苦手と見えるな。無理もないわ、相手があの千明様《ちぎら》やもの」

丁稚や手代、それに女子衆《おなごし》たちはささやき合うのだった。

千明様というのは、名を陣内《じんない》といってさる大藩の大坂詰め。諸国産物の商いとその廻送のほか、普請《ふしん》の請負にも手を出している匠屋にとって大事な商売相手ではあったが、見るからに脂ぎって万事嵩《かさ》にかかった田舎者で、ひそかに店中から嫌われていた。

このところ、しばしば西次郎とは曾根崎《そねざき》あたりの料理屋で面談しており、しかし委細は両人のほか誰も知らない。それが今日、匠屋にわざわざやって来たについては、商談に進展があったたか

と思われたが、この点についても使用人たちの評判はさんざんで、

「ふん、どうせよそでは飲めん異国渡りの赤い酒と、そのほか座敷に置いてある品物が目当てやわ。今ごろ懐一杯にお土産を詰め込んでるのとちゃうか」

と噂されるありさまだった。だとすると、西次郎がすぐさまオランダ座敷に向かわないのは、陣内のお土産あさりを邪魔しないためか。だが、それも限界だったとみえて、

「それでは、ちょっと行ってくる」

と番頭に言い置いて、腰を上げた——そのときだった。突如ズドンと、鼓膜ばかりか胃の腑まで揺すぶるような音が、奥の方から鳴り響いたのは。

「何ごとだ！」

とっさのことで誰もが茫然となり、金縛りにあったように動けずにいる中、真っ先に行動を開始したのは西次郎だった。心底からの驚きを満面に浮かべ、常日ごろの沈着冷静さにも似ず、足音も荒々しく店から奥への廊下を突っ走って、唐風に装飾を施した障子を開け放った。

とたんに漏れ出たのは、硝煙のむせっぽく、甘酸っぱいような臭い。西次郎はアッと叫ぶと、室内に向かって、

「ち、千明様！」

と呼びかけた。

普通なら小さく切って小物にでも仕立てるゴブラン織りの絨毯を、惜しげもなく床に敷き詰め、

その上には椅子に卓子《てえぶる》。壁には異国の風景や人物を描いた油絵や銅版画、天井からはギヤマン製の燭台を吊り下げた匠屋自慢のオランダ座敷。その真っただ中に倒れている肥《ふと》り肉《じし》の侍は、むろん来客の千明陣内にほかならなかった。

場所が場所だけに、何とも異様な眺めであった。だが何にも増して異様であったのは、絨毯の上に倒れた千明陣内の姿そのものであった。

背後からのドタバタという足音に振り返ると、さっきまで結界の中でいかにも神妙な、ご当家の白鼠《しろねずみ》といった面持ちで帳合をしていた番頭が、こけつまろびつ駆けつけたところだった。

「医者を、早《はよ》う！　それから、店のものはここに立ち入らせるな！」

匠屋西次郎は叫んだ。

「へ、へぇっ！」

番頭にそう叫ぶと、来たとき同様ドタバタと去っていった。その足音を背後に聞きながら、西次郎は度胸を決めてもう一度千明陣内のぶざまなありさまを見下ろした。思いもかけぬものに胸を深々と貫かれ、びっくり仰天したままのような阿呆面。あろうことか、その右手にはヨオロッパ伝来の短筒《たんづつ》――燧石《フリントロック》式の拳銃が握りしめられ、そこからまだ煙がうっすらとたなびいていた。

2

「――――？」

平田箕四郎《ひらたみのしろう》は、小首を傾げて隣家の門前を見やった。師範代理として預かる安堂寺町五丁目の寺子屋・旭昇堂《きょくしょうどう》での一日の課業を終え、子供らを送り出したあとのことだった。

旭昇堂の隣は、言うまでもなく曇斎《どんさい》先生こと橋本宗吉《はしもとそうきち》がいとなむ絲漢堂《しかんどう》。これも言うまでもなく外科本道と蘭学指南をなりわいとするそこに、どうにも珍妙な客がいた。オランダ伊呂波《いろは》のABC《アベセ》を習いにきたのではないのはもちろん、病気か怪我《けが》で診察を受けにきたのでもなさそうだった。

頭は坊主、でっぷりとした体を派手な着物に包んだ大柄な男。右腰には何やら鉄製の棒のような刀のようなものをぶち込んで、何やらただならぬ雰囲気だった。あまり大きくない風呂敷包み、それもボロ同然といったやつを提げているが、大の男がそんなものをブラブラさせているぐらいなら懐に入れればいいものを、そうしないのは何か理由があるのかもしれなかった。

だが、そこまで詮索するまでもなく、相手の顔を見届けたところで、箕四郎の戸惑いはギョッという驚きにとってかわられた。

（のぼくの電兵衛《でんべえ》が、何でまた曇斎先生のところに？）

東西町奉行所の与力・同心の下《もと》で捕物に当たり、江戸でいう岡っ引きに当たるのが手先と呼ばれる男たちである。その親方として羽振りをきかす一人が電兵衛で、ちなみに〝のぼく〟とは貧乏長屋が並ぶ一帯で、荒れ果てた「野漠」の地だったことに由来するともいう。確かにそんなあたりからヌッと現われるにふさわしいご面相だが、箕四郎は幸か不幸か、何度かそれを間近にする機会があった。

彼がこの旭昇堂を訪ね、大坂の地にやってきた当日にかかわり合うことになった事件（「殺しはエレキテル」）。といっても、その主役は隣家の曇斎先生だったが、以来同様なことが繰り返され、結果として奉行所なり電兵衛の鼻を明かすことになった。おそらく面白くはなかったろう。ひそかに含むところもあったに違いない。

その電兵衛が、何の前触れもなく訪ねてきた。じっと看板を見、玄関の内をうかがっているようなのは、何の目的あってのことだろう。ひょっとして、何か言いがかりをつけて、先生に意趣返しでもしようというのではないだろうか。そういえば、思い当たるふしがあった。

以前、箕四郎はひそかに好意を抱いている疋田屋《ひきだや》の真知《まち》とともに、この電兵衛の手下に一服盛り、むりやり絲漢堂に連れ込んでまでして事件の情報を聞き出したことがある。もし、それが露顕したのだとしたら――？

（ま、まずい！）

箕四郎は焦った。今にも電兵衛が腰の鉄刀を抜き放ち、「御用じゃ、神妙にさらせ！」と戸を蹴破って暴れこむのではないか。これは何とかしなければ、だがどうやって——と気をもんだときだった。のばくの電兵衛は、そんな彼を尻目に悠々と、

「ごめんなはれや」

ドスのきいた声を投げかけると、そのまま絲漢堂の玄関をくぐっていってしまった。こうなってはしかたがない。少し間合いをみてから、箕四郎もコソ泥のようにあとを追って中に入った。

そろりそろそろ、抜き足さし足。ごくささやかな控えの間があって、その先が曇斎先生が患者を診たり、書き物をする部屋となっている。その間を隔てる襖の向こうに、

「お、これは親方……」

と驚く曇斎先生の総髪頭がちらりと見えたかと思うと、ちっぽけな風呂敷包みをもたない方の電兵衛の手でピシャリと襖が閉じられた。

さあ、これはいよいよ大変だ。箕四郎はそれこそ手先どもがよくするように襖に身を寄せた。曇斎橋本宗吉先生——この得がたい町人学者であり、師とたのむ人物に何かあるときにはすぐ飛び出す覚悟で耳をとぎすました。

突然の来客、しかも家にはまず呼びたくない種類のそれとあっては、さしも大らかな曇斎先生も戸惑うほかない。片やのばくの電兵衛もどうしたことか用向きを言い出しかねたか、何だか要

領を得ないやりとりが続いた。その果てに、

「いや、それでですな。今日ここへ寄せてもらったちゅうのは、つまり、そのぉ、早い話が――」

のぼくの電兵衛はポンと自分の腿《もも》あたりをはたいたような音を立て、自分で自分に焦《じ》れたように言った。

「そもそもウニコールとはどういうものでんねん、先生？」

その言葉は、いよいよ本題かと襖に耳をくっつけた箕四郎を「へ？」と戸惑わせるに十分だった。

それを受けて、

「ほう、ウニコールでっか」

曇斎先生の、いつに変わらぬ飄々とした声が聞こえた。電兵衛は「さよだ」と答えて、

「ちと御用の筋で、こら蘭学の先生に聞くのが早道やとやってきたような次第でしてな。けどその前に、確かめておかんならんことが――こらっ、誰じゃ！」

だしぬけに語気も荒く間の襖が開かれ、箕四郎は逃げる暇もなく隣室に転げ込んだ。

曇斎先生が「お！」と小さく叫んでのびあがる。一方の電兵衛は箕四郎の首根っこでもつかむかと思いのほか、いかつい顔に呆れた表情を浮かべて、

「こらァ隣の寺子屋の師匠やおまへんか。何でまた、ここに？」

と言った。こうして見ると、いかついことこの上ないご面相ながら、案外に愛嬌がないでもなかった。

「……それで、近所の医者を呼びにやるかたわら、わしらのところにも知らせをよこして、さっそくに匠屋西次郎方に駆けつけたようなことですわ。あいにく、そのときには被害に遭うたお侍はもうとうにことされて、医者の方は無駄足になったわけですがな。それはしようがないとして、話には聞いてましたが、なるほどオランダ座敷というだけあって、さながら異国へ行ったよう。と言うても、ほんまもんの異国がどんなとこや知っとるわけはおまへんが。

それはともかく、どれをとっても見たこともないもんばっかりで、いつも通りの調べがやりにくうて困ったほどでしたが、中でも一番の珍物が死人の胸に刺さっとった代物でした。お初もお初、目にしたとたん何かいなと思いましたで。ましてや殺しの道具に使われたのなんて聞いたこともおまへん」

のばくの電兵衛は、曇斎先生と箕四郎を前に困惑しきったようすで語り続けた。先生の細君・お満が出してくれたお茶を一口すすると、

「そうでんなあ、何ちゅうたらよろしぃか、こう蠟色をして、見た感じといい手触りといい象牙に似てました。ただし、象牙のように太うて曲がってるのとは大違いで、細くひたすらに真っすぐで、ただしよう見るとネジのようなひねりがある。それがプッスリと胸に突き立っとっただけでも異様な眺めやのに、死骸を裏返してみたら、着物こそ突き破ってはおらんかったものの、背中から先っちょがわずか突き出しとったから驚いた。あとで測ったところでは長さ五尺ほどもありましたか。体の手前に出た方の片端は、ぽっきり折れたようになってましたが、突き通された

切っ先は、指でちょいと触れただけで血が出そうなほど鋭くとがってました。

一体全体、こら何やと匠屋西次郎に訊きますと、ウニコールやという。小間物か何ぞで聞き覚えがあったような気がしたんで、それのことかと尋《たん》ねますと、そうやのうて異国の獣の体から採れるもんやという。そらそうで、あんなもんを頭であれどこであれ挿すような女子《おなご》はいてまへんわ。しかし、あれだけ先が鋭利で、しかもびっくりするほど丈夫とあれば槍のかわりには十分になりまっしゃろし、となればどうやって使《つこ》うたかもだいたい見当はつく。こう両手に持ってエイ！と一突き——とはいえ、コンニャクの田楽焼きではあるまいし、あない深く人間の体に突き刺すには尋常ではない力が要ったはずで、そのあたり合点がいきまへんのやけどな。

ま、それはそれとして、ウニコールなんて生き物は見たことも聞いたこともない。あれが角《つの》やとしたら、どんな体から生えとるもんか、そのあたりが妙に気になりましてな。そもそもそんなものが、何でまたこの国に持ち渡られ、あのオランダ座敷にまで置いたぁったのか、その訳は——まぁ、そういったあたりを教えてもらおうと思いまして。何せ絲漢堂の曇斎先生といえば、蘭学の大家やそうですし」

「大家やなんて買いかぶりもええところやが……ふぅむ、なるほど。いや、だいたいお話の方はわかりました」

聞き終わって、曇斎先生は何度もうなずいた。やがておもむろに立ち上がると、棚から書物を何冊か抜き出してきた。何やら重々しい装丁の蘭書もまじった中から一冊の和綴じ本を取り出し、

ある頁を開いてみせながら、

「ほれ、これがUnicorn《ウニコール》——またの名を一角獣ですわ」

そう言って指し示した先には、何とも奇異な姿をした動物が描かれていた。たてがみを靡《なび》かせ、今まさに疾駆しているかのような一頭の馬。それだけなら珍しくもないのだが、何とその頭部からは長い角が真っすぐに突き出て、立ち向かうものを串刺しにせんばかりだった。

(こ、これは……)

平田箕四郎は、思わず息を呑んでしまった。そこに描かれていたのは、まさに後世に言う一角獣、すなわち英語読みすればユニコーンにほかならなかった。

ちなみに、そのとき曇斎橋本宗吉が持ち出したのは、大坂が生んだ大博物学者にして文化サロンの主、故・木村兼葭堂《きむらけんかどう》が著した『一角纂考《いっかくさんこう》』という書物であった。

3

木村兼葭堂の『一角纂考』は膨大な文献からウニコールの正体に迫ったもので、中国の伝説上の動物に始まって、犀《さい》のような角を持つ動物ではないかという説、毒のある泉もユニコーンが角でかき回したあとは無害となるので、百獣はそのあとで水を飲みにくるという有名な伝承なども紹介しつつ、最終的に臥臨狼徳亜国《グルーンランデア》（グリーンランド）に棲む海獣の一種であることを看破した。長らく角と思われてきたのは雄の上あごの牙が長く伸びたものであることを指摘し、その正確な図も掲載している。

そんなにもウニコール——漢字では烏泥哥児——に注目が集まったのは、古来その角を粉末にしたものが万病に効くと言われたからで、現に新井白石《あらいはくせき》も子供のときにこのおかげで命を救われたという。それだけに贋物が当たり前のように横行し、ウニコールといえば嘘偽りの代名詞にさえなったほどだ。そのことが、かえって本草学者や好事家《こうずか》の興味をかきたて、真実の姿を知りたいという探究心を起こさせもしたのだろう。

「まあ、ざっとそんなようなことで」曇斎先生は言った。「本物が舶載《はくさい》されたとなれば、値をいとわず買い手がついて不思議ではおませんし、したがって匠屋はんでしたか、そちらのオランダ座敷とやらに置けば格好の自慢ともなったでしょう。——おっと、思わん長話になってしまいましたが、こんなことがお調べの役に立ちますのか」

「ええ、まあ」

のばくの電兵衛は口ごもった。曇斎先生は重ねて、

「どないかしはりましたかな。何かまだ、お気にかかる点でも？」

「いえ、まあ……とんだアホらしい話でんねんけどな。どうも、この一件、怪体《けったい》なことが多すぎ

ましてな。まるで、その一角獣ですか、そいつがあの座敷に現われて、千明なにがしという侍を刺し殺したと考えとうなるようなありさまでんねん」

のばくの電兵衛が思いがけず示した弱気に、そばで聞いていた箕四郎はおかしくてならなかった。見るからに怖いものなしといった電兵衛親方が、こんな迷信めいたことを言い出すとは、人には誰しも弱点があるものだと思ったりした。

だが、だんだん話を聞くうちに、箕四郎はしだいに笑えない気分になっていった。やがて一部始終を聞き終わったときには、ひょっとして電兵衛の言ったようなこともあり得たのではないかと思えてきたほどだった。

——状況というのは、ざっとこうだった。

殺された千明陣内が匠屋を訪れたのは、当日の昼下がり。すでに何度も訪れていることもあり、彼の到来自体は主人の西次郎から聞いていたので、そのまま奥のオランダ座敷に案内した。そのとき茶菓《さか》をいっしょに持って行った以外は、店の者は一切座敷に立ち入らず、近づいてもいない。

それでもいつ何どき、客人から声がかかるかわからないので、それとなく気を配ってはいた。座敷に通じる廊下は一本しかなく、しかもそこに面した唐風の障子以外に出入り口はないので、陣内が入室して以降、例の銃声がして西次郎が駆けつけるまで、誰一人通ったものがないのは確かだ。

西次郎の命令で、番頭が店先にとって返して医者を呼び、同時に町内の会所に人を走らせて、やがて電兵衛ら手先たち、続いて東町奉行所からの一行の到着となった。その間、何だかだとドタバタしたが、オランダ座敷には下手人の姿はもちろん、逃れ出る小穴さえ見当たらなかった。

座敷は二間続きになっていて、奥の小部屋にもいろいろと珍奇な収集品が並べてあったが、間の襖は開け放たれて、かくれんぼ程度ならともかく人間一人を隠すほどの余裕はありそうになかった。どのみち、その部屋から直接廊下に出ることはできず、必ず陣内の死体の転がった座敷を通っていかねばならないのだから、人目を逃れることなどできそうになかった。

ということは、いったいどういうことなのか。前後の状況を合わせて考えればこうだ。

どのような手段でか匠屋のオランダ座敷に入り込み、しかもそこにいた千明陣内には全く気づかれずにすんだ曲者が、突如彼の前に姿を現わし、たまたま収集品の一つとして置いてあったウニコールの牙で襲いかかった。

陣内はたまたま持っていた短筒――これは以前に別の商人が進物《しんもつ》として贈ったもので、それをよく懐中しているのを同じ藩のものたちが目撃している――を抜き放ち、発砲したが、至近距離にいたはずの相手を仕留めることができず、とうとうウニコールの鋭い切っ先に突かれて、哀れや串刺しになってしまった。

そこへ匠屋西次郎らが、銃声を聞きつけて駆けつける。だが、そのときすでに下手人の姿は座敷から煙のように消え失せ、いくら捜しても見当たりはしなかった――とまあ、こういう風なことになるわけだ。

何もかも理詰めでありながら、理にかなわないことはなはだしい結論に陥ってしまう。どう考えても、そうなってしまうのだ。それは正体が知れるまでの一角獣《ユニコーン》の幻にも似て、真実をつかみ取ろうとするものを翻弄してやまないかに見えた。


「あの、先生」

今日のことはくれぐれもご内聞に——そう言い置いて、のばくの電兵衛が去ったあと、箕四郎は待ちかねたように訊いた。

「そのオランダ座敷とやらでは、いったい何が起きたんでしょうか。今の電兵衛の話が本当ならば、ウニコールの角——じゃない牙ですか、そいつで千明陣内なる人物の胸を刺して殺した奴は、そのまま忽然と消え失せたことになってしまう。あのご仁もぼやいていましたが、これは確かに人間業とは思えない。といって、ウニコールの正体が、こちらの空想画にあるような角の生えた馬などではなく、そちらに描かれたイルカの親戚筋みたいな北海の生き物であるからには、殺しの現場にひそみ隠れていることも、そのあと逃げ出すこともできそうにはないですしね。はて……」

「ははは、こらまたえらいことを考えつきましたな。いくら水の都とはいえ、この大坂の町なかにウニコールが現われて人殺しまでしようとは、木村蒹葭堂先生も予期しはれんかったやろ」

曇斎橋本宗吉は呆れたのを半分、もう半分は箕四郎の若さをうらやむように笑った。

「はあ……」

箕四郎は照れて頭をかく。曇斎先生はふと真顔になって、

「そういえば、西洋にはウニコールにまつわる逸話が数多くあるうちに、こういう話が言い伝えられとるそうです。――一角獣は神に嘉《よみ》された聖なる生き物だけに、悪を憎む心強く、心邪《よこしま》なるものがあればたちまちその角をもって突き殺してしまうというのですな」

「え、先生、それではまさか――？」

箕四郎は驚いて聞き返した。すると橋本宗吉は笑いながら手を振って、

「冗談《てんご》ですがな、冗談……。ただ、殺された千明陣内とかいう人は、とかくの噂があったようやし、どのみち尋常な死にようでないからには、何ぞ背後にからくりのあることでっしゃろ。ただとりあえずの問題は、あの親方が残していったこれをどないするかということですな」

「そうですね……電兵衛さんとやら、またとんだお土産を置いていってくれたものですな」

やや離れた畳の上に置かれた、小さな風呂敷包みを見やると、箕四郎は曇斎先生ともどもため息をついた。

それはまさに、とんだお土産だった。さっき電兵衛自らが開いて中身を披露したのだが、なるほどいかに豪放磊落《らいらく》な親方といえど、これを懐に突っ込む気になれないのは当然だった。ひょっとして、彼がここまでやってきたのは、蘭学の大家にウニコールについて教えを請うためなどではなく、この見るもおぞましい代物の始末をつけるためではなかったか――そんな風に邪推されるほどだった。

——ボロきれ同然の風呂敷にくるまれていたのは、さあ何と表現したものか、土くれのような朽木のような、かと思えば干し肉のようにも見えた。こんなものがいったいどこに？　そう訊いた曇斎先生たちに、のばくの電兵衛は答えたものだった。

「これでっか。さあ、何かと訊かれれば、匠屋のオランダ座敷から見つかった品の一つとしか言いようがおまへん。今日ここへ来た目当ての一つが実はこれでしてな。当の持ち主が妙にその正体を言い渋りよって、橋本先生ならばその正体を突き止めてくださるやろうと、役目を利用して持参したようなことで。ウニコールの件と同様、お知恵を貸したっとくなはれな。大坂一の蘭学者と見込んで，何とぞ一つ！」

そんなことを勝手に見込まれてもな——そうぼやきながらも、曇斎先生は持ち前の好奇心を大いに刺激されたようだった。さっき『一角纂考』を取り出した書架に立ってゆくと、また別の書籍を二冊持ってきた。

『六物新志《ろくもつしんし》』と題されたそれは、橋本宗吉が町人有志の後押しで江戸留学した際に入門した恩師・大槻玄沢の著書だった。「六物」というのは、この時代の蘭方医が注目していた六つの薬のことで、一角《ウニコール》をはじめ、泊夫藍《サフラン》、肉豆蔻《にくずく》、噎蒲里哥《エブリコ》、さらには人魚までが堂々と図入りで掲載されていた。

そして、残る一つの特効薬というのは——。

「あれあれ、のばくの親方はん、もうお帰りになってしまいはったん」

『六物新志』の記述に見入る二人の頭上から、陽気な中年女の声が降ってきた。見上げると、曇斎夫人のお満《みつ》が電兵衛に出したお茶のおかわりを持ってきたところだった。彼女は鑑定のため再び包みから出された品物を見るなり、顔をしかめて、

「何ですのん、それはいったい――いややわ、汚らしい。そんなもん、用がなかったら捨《ほか》してしまいなはれ」

「いやいや、そんなことしたら近所迷惑。第一これはなかなか高価なもんで、めったにわしらのような貧乏所帯では買うわけにいかず、患者はんにおいそれと出したげることもでけへんのやで」

曇斎先生が大層らしく言うと、お満は「へぇ」とびっくりして、

「そうすると、それはお薬でっか。そんなゴミ屑みたいなもんが……で、それは何ですのん」

「これか。これはな、人間の干物や」

曇斎先生はこともなげに答えた。

「えっ」

お満の方はとっさに声も出ない。無理もないことだと思いながら、平田箕四郎は『六物新志』の記述を追った。そこには、先に挙げた五つにまさるとも劣らぬ薬物として、あるとんでもないものの名が記されていた。あろうことか、木乃伊《ミイラ》の三文字が万病治療の高貴薬として。

4

「うむ、これは確かにミイラでんな。それも相当上物《じょうもの》や」

伏見町《ふしみまち》の唐物商・疋田屋杢兵衛《もくべえ》は、持ち込まれた品をためつすがめつ検分したあげくに言った。

その評価に箕四郎が驚いて、

「ミイラに上物とそうでないのがありますか」

と訊くと、「そらありますわいな」と杢兵衛は笑って、

「まあ、どちらかというと薬種屋の領分やが、このミイラというのも贋物の多いことではウニコールとええ勝負かもしれまへんな。まあ、本物らしいというだけで大した値打ちもん。これでこないバラバラになってなんだら、もっとええんやが」

「お父っつぁんいうたら、またそんなところで商売気を出したりして」

娘の真知が、いつもに似ずこわごわと後ろから覗き込みながら言った。今日ばかりは、ものがものだけに薄気味が悪いらしかった。その反応に、ちょっとばかり安心する平田箕四郎であった。

安堂寺町の絲漢堂を、のばくの電兵衛が訪れた翌日のこと。彼が置いていった土くれのような

朽木のような断片の正体については、手持ちの書物で見当はついたものの、やはり現物を扱いつけている商売人の目で確かめてもらおうということで持ってきたのだった。

驚くべきことだが、江戸時代の日本はミイラの輸入大国であった。一説には本場の厄日多国《エゲプタ》（エジプト）あたりから大量のミイラが舶載され、多くは粉末薬として服用された。ために本国ではミイラを取りつくし、それでも需要が絶えないので、悪い奴がひそかに日本国内で〝材料〟を調達し――といったいまわしい噂まで出たほどだ。

実はこれ、大いなる誤解の産物で、もともと没薬《もつやく》として重宝され、ミイラを作る際の防腐剤としても使われる「ミルラ」が混同され、そこから〝人間の干物〟の方のミイラが秘薬として用いられるようになった。とにかく大変な人気で、その製法や由来についてもさまざまな珍説・奇説が紹介された。「ミイラ取りがミイラになる」といった諺《ことわざ》ができたことからも関心の高さが知れよう。だから唐物商の杢兵衛がくわしいのも当然だったし、娘の真知にたしなめられたようについ商売気も出るわけだった。

「それで」彼女は続けた。「匠屋さんのオランダ座敷には、そんなものまで集めてありましたの。異国渡りの美しく珍しい調度や細工物だけやなしに」

「ええ、そのようです」

別に誰かが彼のセリフを奪ったりはしまいに、箕四郎はすかさず真知の質問に答えた。

「電兵衛の話によると、オランダ座敷の奥の間の方に大きな長持のような櫃《ひつ》が縦に置いてあって、蓋を開けてみると、このような塊がまるまる一人分ほども収まっていたそうです。『一人分ほど』というのは五体がバラバラになっていたからで、匠屋西次郎の話では『もともとはちゃんとした形をしていたはずだが、いつのまにこんな風になってしまったかは知らない』とのことだったとか」

それにしても、ウニコールにせよミイラにせよ、匠屋西次郎は何のためにそんなものを買い集め、麗々しく自宅の座敷に置いていたのだろうか。普通に考えればよほどの収集癖や珍物趣味の主かということになるが、どうやらそういう理由からではなく、ある種の計算あってのことらしい。

もともと西次郎は若いときから江戸に出て働いていたが、親戚に当たる匠屋の先代が急逝し、適当な後継者が見当たらなかったことから、商才を買われて跡取りに選ばれたものだった。ごく小さな商いだったのをめきめきと発展させていったのだが、そのやり方はどこか周囲と肌合いの違う点があった。

大坂の町人階級はお上の干渉を極度に嫌い、内心では馬鹿にしきっている侍たちをまつりあげ、ときに金をバラまくことをいとわないのも、彼らに口も手も出させず自分たちで金やモノを動かしたいためだ。一方、江戸の商人はお上にべったりと寄り添い、自分たちの商売やお客である一般庶民にとっては害になるような規制を歓迎し、むしろお先棒をかつごうとする嫌いがある。つまり「政商」としての考え方がしみついているわけだが、匠屋西次郎ははっきりいえばこちらに大いに傾いていた。

そのやり口が、たとえ周囲から白眼視されたとしても有効だったことは、彼の成功が証明していた。江戸表《おもて》から来た役人たちはもちろん、優越感と劣等感がごちゃ混ぜになった田舎侍たちにとっても匠屋の評判は上々で、みるみる公儀の普請や土木仕事にまで喰い入って羽振りをきかせるようになった。

その秘訣は二本ざしの連中に対する従順・尊敬の念と、自らは決して表立っては目立たぬこと、そしてそれらとは裏腹なこけおどかしであった。その象徴といってもよかったのがあの服装であり、例のオランダ座敷であって、さながら異国に遊ぶかのようなあの部屋で客の武士たちは自由気ままに振る舞い、帰りには郷里《くに》への土産として何より喜ばれる高貴薬の類を自由に持って帰ることができるわけだった。

「ねえ、ひょっとして」

そうした世界とは、おそらく最も無縁であろう真知が、にわかに目を輝かせた。

「その長櫃に隠れていた誰かが、いきなり飛び出してきて千明陣内というお侍に襲いかかったんやないかしら。ミイラがバラバラになってしもたのは、むりやり中へいっしょに入ったりしたから……」

「面白い思いつきやが、ちょっと無理かもしれまへんな」曇斎橋本宗吉が言った。「確かに、千明陣内なるお人がやってくるまでは、格別誰も奥の方を気にしてなかったようやから、人知れずオランダ座敷に入り込むぐらいは可能やったでしょうし、長櫃にもぐりこんでおれば相手に気づかれることもなかったでしょう。けど……」

「けど？」

真知が曇斎先生の顔を覗き込みながら、訊いた。相手が箕四郎なら、目まいぐらいしていたかもしれないが、むろん曇斎先生はそんなこともなく、

「そないして櫃の中にもぐりこんでた目的が、千明陣内のふいを襲って殺害するためやったとすると、何ぞ武器を持って隠れそうなもんです。当然、殺しの際にはそれを使うはずですが、実際には五尺もあるウニコールの牙を用いている。そんなものを持って櫃に身をひそめるなんて無理やとすると、新式の短筒を持ってる相手の目前に丸腰で現われたことになる。しかも、そのあとはどないして姿を消したのか。どう考えても、もう一度元いた場所に戻るほかありませんが、人死にが出た部屋でそんなことをしたところで、誰かに見つからないはずはない。といって、やみくもに逃げ出せば必ず誰かの目にとまるでしょうしな」

「そうやとしたら……いったいどういうことになりますの」

真知が目を丸くして、訊いた。

箕四郎はこのとき、彼女の問いに「それはね」とズバリ答えることができたとしたら、どんなにいいかと思ったが、むろんそううまくはいかなかった。

「さあ、それは」

曇斎先生はすっとぼけた笑みを浮かべながら言った。

「そういったことを解き明かすべくお上、いや天下万民から禄《ろく》をもろてる人らに任せるとしまし

ょうよ。とりあえず今のところはな。——おや、どないかしはりましたか、疋田屋はん？」

訊かれて疋田屋杢兵衛は、なおも薄気味悪い断片を手のひらで転がし、しきりと重さや硬さを確かめるようにしながら、

「いや、それが……どうもこのミイラ、ようよう見ると疵物《きずもの》でんな。まあ、効能には変わりはないとはいいながら、こらちょっと値ェを下げんならんかもしれん」

え？　と一同の目が杢兵衛の手元に集まった。真知も今度は気味悪がらず、「どこがですの、お父っつぁん？」と訊いた。

「ほれ、ここやがな」杢兵衛は答えた。「よう見ると、ここに疵というか穴みたいなもんがおまっしゃろ。これさえなかったらよかったのになあ」

（——？）

箕四郎と真知は仲よく首を傾げ、顔を見合わせた。そこへぽつりと曇斎先生が、

「そう、まるで鉄砲玉に撃ち抜かれたあとのようですな。それも、ずっと小ぶりな短筒、ピストールの弾丸に」

「え、ということは、どういうことに——？」

一瞬の間のあと、今度は箕四郎が訊いた。すると曇斎先生はさっきと同じとぼけた笑みを浮かべながら、

「そやさかい、今はとりあえず、それを役目としてる人に任せておきましょうと。何も私らがわ

ざわざ罪人を作るには及ばんことです。幸い、無実の罪に泣く人もまだ出てませんのやしね」

「うむ、うむむむ……」

東町奉行所の定町廻《じょうまちまわ》り与力見習・大塩平八郎《おおしおへいはちろう》は、例によって例のごとく苛立《いらだ》っていた。今回はまた、それに珍妙なうなり声が加わった。これまでのなりゆきに加え、今日になってもたらされた新たな手がかりのせいだった。

彼がそんなにも懊悩《おうのう》し、混乱をきわめたのも無理はなかった。いま彼が取り組んでいる匠屋オランダ座敷の一件――千明陣内殺しは日を追うにつれ混迷を深め、関係者に対する取り調べも、いっこうに事態の打開にはつながらなかった。

殺された千明陣内の属する藩への手前もあり、一方、匠屋西次郎が若いに似合わず要路の大官に顔がきくことからも、一刻も早く片づける必要があった。だが、そのためには目の前に立ちふさがる謎を解かなくてはどうしようもない。

いったい下手人はどこから現われ、どこへ消えたのか。考えれば考えるほど訳がわからない。そこへもってきて、オランダ座敷だと？　烏泥哥児《ウニコール》に木乃伊《ミイラ》だと？　舞台といい道具立てといい、彼の苦手なものばかりだった。

それでも、勉強熱心さでは奉行所でも一、二を争う彼としては、無知のままでいるわけにもいかない。おかげで彼の文机とその周りはふだん読みつけない書籍でいっぱい。もっとも、その中には最新の蘭学書などは一冊も見当たらず、もっぱら不正確きわまる漢籍ばかり。せいぜい新しいところですら、ウニコールを犀の一種もしくはその角だと記している貝原益軒《かいばらえきけん》の『大和本草《やまとほんぞう》』や、防腐剤のミルラと乾燥死体のミイラをごっちゃにして後世に禍根を残した林羅山《はやしらざん》の著述といったところだった。

何より著者なり著書の権威が大事という考えのしみついた彼にすれば、記述そのものの正確さや新しさはどうでもよかった。だから、そうしたカビの生えた本で十分だったのだが、それらをいくら読み込んだところで、答えは出てきっこない。そこへもってきて、その後新たにもたらされた情報は、この若き与力見習をいっそう混乱させるに十分だった。

「なに」

その報告に接したとき、さしも沈着な彼も狼狽せざるを得なかった。

「長櫃のミイラの体内から、短筒の弾丸が発見されたと？　まことか、それは？」

だが、それはまぎれもない事実だった。手先の電兵衛が「さる町のお医者」とやらから聞き込んできた結果から、再度ミイラを調べてみたところ、何とその断片の一つに小ぶりな弾丸が喰い入っているのが発見されたのだ。型からして、千明陣内が握りしめていた短筒に込められていたものと同一であることは間違いなかった。

（ということは、いったい――？）

平八郎は、期せずしてあの市井の人々と同様な独り言をもらさずにはいられなかった。だが、次の瞬間には激しくかぶりを振って、そのあと思い浮かんだ光景を打ち消した。それは、謹厳な彼にはとうてい認めることのできない妄想だった。愚民どもならともかく、ついそんなことを考えてしまった自分自身が許せない気がしたほどだった。

――あの日、あのとき、昼下がりの匠屋オランダ座敷。一人そこでくつろぐ千明陣内をよそに、続きの間に置かれた長櫃の中で異変が起こる。干からびて目鼻もはっきりしない屍《しかばね》がもぞもぞと蠢《うごめ》きだし、とうとう内側から蓋を開いてしまう。どういう神秘現象か、それとも魔性のもののしわざか、ミイラがよみがえったのだ。

ゆっくりと長櫃から這い出すミイラ。やがてその気配に振り返った千明陣内は、さぞかし仰天したことだろう。それをよそにゆっくりと歩み来る屍の手には、どうしたことか鋭利なウニコールの牙が握られていた。たぶんミイラのことで丸腰どころか丸裸、手近にあったのを使わざるを得なかったからだろう。

腐敗をきわめ、堕落をしきった役人の姿に憤り、成敗しようとしたか、それとも何百何千年と貪った死の眠りからふいに覚めたせいで、たまたま目の前にいた陣内を仇とでも勘違いしたか。その事情は知る由もないが、ミイラの殺意はみじんも揺るがず、確実に彼の間近に迫った。

恐怖に耐えきれなくなった陣内は、ついに短筒の引金をひいてしまう。狙いはあやまたず相手の体の一部を貫くが、とっくに死んでいるものを今さら殺したり傷つけることができるわけもなく、ついにミイラの振り下ろした切っ先に胸を貫かれて絶命してしまった。

思いをとげたミイラはそのまま長櫃にふらふらと舞い戻り、自ら蓋を閉めた。だが、それが限界だったと見え、弾丸を受けた衝撃もあってバラバラに崩れ落ちたのだった——。

「馬鹿な、そんな馬鹿な！」

大塩平八郎はガバッと顔をあげ、うずたかく積み上げた書物をはねのけ、蹴散らした。だからといって、それ以外の真相を見出すことができないのが、ますます彼を苛立たせるのだった。

それから、どれほどたったろうか。彼の怒りが収まるのを待っていたかのように、部下のものが案件を持ってやってきた。だが、それらに目を通した大塩はまだ怒りの余燼がくすぶっているように、いらいらとこう言うのみだった。

「なに、長町裏《ながまちうら》で若い女の自害……貧窮と、浪人している父の仕官がかなわぬのを苦にして、だが命だけはとりとめたとな？　阿呆めっ、そのような市井の些事はいちいち報告に及ばぬわ。まして、今は大事の件を吟味中ではないか。全くこれだから、ものごとの軽重をわきまえぬものどもは度し難いわい！」

5

その、長町裏。泥棒がここから出てゆくことはあっても、入ることはあり得ないと揶揄される貧乏長屋が軒を連ねる。忠告を無視してうっかり盗みに入ろうものなら、かえって身ぐるみはがれるというのも、あながち冗談とは思えない。

どこを見回しても根腐れしたような陋屋《ろうおく》続きのただ中に、町が寝静まってもなお月の出を見ない下旬の一夜にスルリと入り込んだ人影があった。墨を流したような闇をかき分けて、年じゅうじっとり湿った路地を足音を殺して突き進んでゆく。

その姿――昼間でもまごつきそうな迷路をものともせず、一片の逡巡もなさげな足取りは、ただ一つの道筋しか心の中にないようだった。たとえ、それが破滅にしかつながらないとしても。

人影はやがて、ひときわみすぼらしい一軒の前で立ち止まった。ちょうどそのとき、遅出の月が街並みの上から光を投げかけ、人影の背を照らし出した。それに追い立てられるかのように、さらなる闇を求めて屋内に逃げ込もうとするかのように、破れ障子に手を掛けた。

ガタピシと音を立てることを予期すると、自然に歯を食いしばり、指先に力がこもる。だが、思いのほか障子はなめらかに横滑りし、かえって人影を躊躇させたほどだった。

一呼吸、二呼吸――。やがて思い切ったようすで戸口の奥の真っ暗闇に身を躍らせる。だが次の刹那、それを受け止めようとするかのように太い腕が突き出された。蝮のように太い指先が容赦なく肌に喰い入った。

（しまった！）

その瞬間、人影の心臓は小さく固く凍えた。みるみるその胸の内が、周囲に漂う夜の闇より、長屋のあわいを流れるどぶどろよりも真っ黒に塗りつぶされてゆく。そこへまた押っかぶせるように、

「ありきたりのご趣向ですみませんのう、匠屋の西次郎旦那」

まるで地鳴りのような、笑いを含んだ声でそう言ったとたん、人影はビクッと総身を震わせた。

声の主――のばくの電兵衛はさらに続けて、

「あいにく、あのオランダ座敷のようには金も知恵も回らんわしらですよってな。まことに相すまんこって……。それにしても、こんな夜中に年老いた父親を驚かしたりしてはあきまへんな。ただでさえ病身のとこへもってきて、自害をはかった愛娘がよそで養生中で、今日はここで独り寝という気の毒な境涯やねんから」

「！」

そう説き聞かされたとたん、匠屋西次郎はがっくりとその場に膝を突いた。折も折、細いなが

らもにわかに輝きを増した月光に照らし出されたその姿に、かつての渋好みながら颯爽とした面影はどこにもなかった。

後日、曇斎先生こと橋本宗吉は、箕四郎や真知たちに語った――。

「全ての発端は、乱暴に言うてしまえば匠屋西次郎という人の、商売そのものの力よりまずお上に取り入ろうとする欲やった。私も傘の紋描き職人やったところを間《はざま》重富《しげとみ》先生、小石《こいし》元俊《げんしゅん》先生らのお力添えで江戸にオランダ語修業に出、たった数か月とはいえ暮らしたことがあるからわかるが、江戸と大坂には数多くの共通点のほかに、どうしようもなく氷炭相容《ひょうたんあいい》れぬ違いというものがあるのは確かや。決して食べ物や言葉のことやのうて、そう、何と言うたらええもんか――オランダ語でautoriteit《オートリテート》、エゲレス語ではオーソリチーとかいうらしいが、とにかくお上、公儀、お偉方に対する身の処し方がな。もっとも、これは商売人より学者や文人の世界に当てはまることのようやが……。

ともあれ、匠屋西次郎という人にとっては、オランダ座敷もそこに取りそろえられた品々も、全ておのが野望のためにある以外の何ものでもなかった。

千明陣内なる侍を自邸に招いたのも、むろんそのため。そしてオランダ座敷で彼を待っていたのは、単に舶来の品々や珍味佳肴《ちんみかこう》のたぐいだけではなく、もっとも端的な――ありていに言うなら女子はんやった。あらかじめ千明陣内が好みそうな、あるいはすでに目星をつけた女を口説き落として、座敷の奥の間に待たせておく。この時点では、そちらの方への出入りを特に注目しているわけやないから、人目にはつかへんやろうし、また当人らも極力そう心がけたことやろう。

さて、その娘はん——もとより私はその名前を知らんし、その必要もないことですが、それを目当てに、こちらは表から堂々と入ってきた千明陣内は、座敷でその娘はんと相対し、さてゆるりと歓談のあと、なだめすかして思いを遂げようとした。しかし、金のために病気の父親のために泣く泣くやってきた娘はんは、やはり怖くなったのと、おそらくは相手のおぞましさに正道《せいどう》に立ち返り、あくまで逆らって言うことを聞こうとはせなんだ。しかし、陣内もそのあたりは承知の上——。相手の態度に業を煮やしつつも、いたずら心を起こし、隅に置かれた箱を示して『中に何が入っていると思う。開けて中を見てみろ』と命じた。あるいは『蓋を開けてみたら許してやらないでもない』とでももちかけたのかもしれませんな。まあ、大方はそういったあたりでしょう。

娘はんは不思議がりながらも、襲われるよりはマシだというのでおそるおそる蓋を開けた。すると中にあったのは、何とも気味の悪い干からびたようなミイラやったからたまったもんやない。多少は覚悟をしてた娘はんも、恐ろしさにキャッと身を引くところを、ひっ捕えた。しかもなおも抵抗はやまず、いよいよ激しくなるのに閉口した陣内は、卑怯にも例の短筒を持ち出して嚇《おど》しつけようとした。けどそれは、脅えて逃げようとする相手とのもみあいとなってしまって、とどのつまり陣内はわれとわが身を撃ってしまった。弾は彼の胸を貫き、蓋が開いたままだった箱に飛び込み、ミイラにめりこんだ。

一方、ころあいを見て座敷に向かうつもりだった匠屋西次郎は、思いがけず銃声を耳にしてすぐ座敷に駆けつけ、何が起こったかを理解した。娘はんは脅えて立ちつくし、陣内は死にきれずに苦しんでいる。このままでは悪辣きわまる取り持ちをしたことが世間に知れるし、いっそ陣内がこのまま死んでくれればともかく、回復でもされたらかえってまずいことになる。おそらく他にも死んでほしい事情があって、今回の人身御供《ひとみごくう》もそれが根底にあったのかもしれまへんな。

とっさにそう計算した西次郎は、店の番頭があとから駆けつけたのを「医者を！」と引き返させておいて、まず娘はんに因果を含めていったん長櫃に隠した。もともとボロボロになっていたミイラは鉄砲玉を喰らって、すでに崩れてしまっていた。だから空隙《くらげき》に身をひそめるのは無理ではなかったにしろ、さぞかし気味の悪いことやったろう。それも、お縄になり、獄門台にかけられかねないとあってはしかたがあらへん。

そうしておいて周りを見回したところ、凶器としてはまさに格好のウニコールの牙が手近にあったことから、とっさにこれで彼の体にうがたれた銃創《たまきず》を刺し貫き、とどめをさした。まさに千番に一番の兼ね合いで、店の者や医者たちがやってきたときには、あたかも短筒を発射したときにはすでにウニコールの牙が刺さってたか、あるいはその寸前やったかという印象が残ったわけです。

そのあとのドタバタした騒ぎにまぎれ、奉行所のご連中がやってくる前に好機をつかんで、娘はんを裏から逃がす。こうして下手人が忽然と現われては消え、したがって足取りの追いようもない事件ができあがった。ミイラの中に深くめり込んだせいで短筒の弾丸が見つからなんだのは予想外やったが、ウニコールと同様、全体を神秘めかす効果もあったともいえる。……あとも、いろいろあるかもしれんが、まぁざっとこんなところですかな」

「あの……それで」

曇斎先生の話を聞き終わり、箕四郎はややあって口を開いた。

「その娘さんが自害を企て、それを言わば餌にして匠屋西次郎を釣り出したのは、いったいどういういきさつなんですか」

訊かれて曇斎先生は、「ああ、そのことですか」と苦っぽい笑いを浮かべて、

「こない言うと自慢になりますが、その娘はんの名や顔はおろか、そんな人がおったことを知る以前から、私は問題のオランダ座敷に誰か女の人がおったことは見当がついていた。その人が銃声とそのあとの騒ぎからやや遅れて、そっと匠屋の裏手から出て行ったであろうこともね。というて、私はそのことを奉行所にわざわざ伝える気にはならなんだ。私の推理を信じる限り、その娘はんはとんだことから人殺しに巻き込まれただけで、なまじ取り調べを受けてお咎《とが》めでも喰ろうては気の毒やと思いましてな」

「あ、では先生は何もかも承知の上で……？」

疋田屋真知がはっとしたようにうなずく。曇斎先生は照れ臭そうに、

「ええ、まあ、そういったところでな。ところが、あの電兵衛親方はこの道で苦労してきただけあって、謎のからくりこそ見抜けなんだものの、当日に匠屋の裏手を出入りしたものがなかったか地道に調べ上げ、例の娘はんのことを探り当てた。ところが、先方もその気配を察したか自害を図り、ミイラの件で再度わが家を訪ねてきた親方からそのことを聞いた私は、こんなことやったらいっそ最初に明かしておいたらよかったと悔やみながら、自分の推理を述べた。となれば、この次は自害しそこのうた娘はんを西次郎が狙いかねん。そうなったら大変やが、半面ほんまに始末しに来るようならこれこそ動かぬ証拠やというので、電兵衛親方は手下を連れてあの長屋に張り込み――で、ああいうことになったわけですわ」

「な、なるほど……」

箕四郎は真知と異口同音に言い、どちらからともなく長く深い吐息をついた。それからふいにあることに気がついたようすで、

「あの、それで娘さんは、その後いったいどのように――？」

「ああ、それは心配ないそうでっせ」

曇斎先生こと橋本宗吉は、やっとここで安堵まじりの明るい笑顔を見せた。

「その娘はんのことは、結局身元不明で片がつくようです。匠屋西次郎は千明陣内が苦しんでるのを見かねてとどめをさしてやったことにしたいし、殺された側にとっても不面目な一件やし、そこは何とかなりますやろ。それに第一、この件の受け持ち与力は、その娘はんの自害未遂の報

告を受けて、みじんも動こうとせえへんかったそうですから、今さら故障は言わせませんとも！」

その朗らかな宣言をきっかけに、絲漢堂に明るい声が満ちた——。

ご当地の殺人——名探偵Z／乙名探偵

今は容易に手に入るようになりましたが、カミの迷探偵ルーフォック・オルメス譚の内容を知ったとき、何としても実物を読みたくてかなえられず、思いが高じて脳内にたぶんこんな風だろうというストーリーとトリックが捏造されていきました。そこで乙名探偵君の登場となり、何作かのショートショートをまとめた短編として発表していったのですが、結果的にそれはミステリのお約束や世界観を片っ端からひっくり返すものとなりました。たとえば、なぜ死体はいつも名所旧跡に転がるのか、と問われたとしたら……。

「エ、みなさま、七薬師《ななやくし》の滝はいかがでしたでしょうか。そこのボク、滝のお水はいただいた？そう、よかったね。さて、これより私どものバスは民話と伝説の御霊《ごりょう》ノ森を過ぎ、いよいよ五戸内《ごとうち》温泉郷の中心へと入ってまいります」

のんびり街道をゆくバスの中、小柄なガイドさんは独特の節回しで流れゆく風景を説明した。平日だというのに車内はほぼ満員で、外国人客も見受けられた。

バスガイドは窓から射し込む陽光を受けながら、これまた独特の手つきでクルリと白手袋を返すと、

「エ、それでは右手をごらん下さい。こちらが五戸内の宿場跡でございます。旅人や車馬、大名行列でにぎわいました五戸内宿には、将軍の代がわりごと朝鮮通信使も立ち寄り、多くの書画を残したそうでございます。

往時を再現した宿場跡では名産の五戸内焼、五戸内サブレ、五戸内いちご饅頭、五戸内ワサビ漬けなどを販売しております。あとでお立ち寄りの際にお買い求め下さいませ」

「警部、警部ったら……」

円田《えんだ》刑事は、チロリアン風の帽子を顔にのっけて眠りこける仙波《せんば》警部を突っついた。その下からのぞいた口ひげが、いびきとともに震えていた。

「ほら警部、もうじき着きますよ」

うム、とか何とか答えながら、警部は帽子のひさしを上げた。だが、まぶしそうに目をしばたたくと、また寝入ってしまった。

「困るなあ」

これには円田刑事も苦笑半分、舌打ちせずにはいられなかった。

「そもそも、こんな観光案内を聞きながら現場に駆けつけるなんて、しまらないことおびただしいよ。かりにも変死体が発見されたっていうのに」

ふだん勤務しているQ市からずいぶん離れてはいるものの、ここ五戸内も同じ警察本部の管轄下にある。事件の通報は、そこに唯一置かれた駐在所からのものだった。それを受け、死体がらみの騒ぎなどにはおよそ縁のない地域ということで応援を命じられた大小コンビは、最寄りの駅で下車すると、そこから指定されたバスに乗り継いだ。

てっきり路線バスだと思ったら、何とそれは五戸内温泉郷一帯をめぐる定期観光バスだった。これには驚き、呆れもしたものの、これが一番手っ取り早い交通手段ときてはやむを得なかった。

「ねぇねぇ警部、それにしても変じゃないですか」

円田刑事は、なおも上司に話しかけた。

「こんなにぎやかな観光地に駐在さんがたった一人なんて、いくら田舎町だって手薄すぎやしませんか。まさか事件や事故のたんびに、こうやってよそから応援に来させるつもりですかね?

それも、遠方からえっちらおっちらと」

「しかたないんだよ。だって、もともとここは……」

仙波警部は帽子の下から、さも眠そうな声で答えた。

「え、何ですって？」

肝心のところがはっきり聞こえなかったので、円田刑事はさらに尋ねた。すると警部は面倒くさそうに、

「ここは何にもなかったんだから、何年か前まで……ムニャムニャ」

と、結局は後の言葉を濁してしまった。業を煮やした円田は、しつっこく問いただそうとした。

だが、そのときバスガイドが一調子声をはりあげて、

「エ、あちらが白梅大観音寺《はくばいだいかんのんじ》でございます。江戸は寛延《かんえん》の昔、五戸内の村にお裄《ゆき》という娘がおりまして、みめうるわしいのと親孝行で近郷の評判でございましたが、さる飢饉の年、両親の困窮に心を痛めまして、自ら人買いに身をゆだねたのでございます。その後、江戸の吉原《よしわら》で花魁《おいらん》の位をきわめ、美貌と才知を文人墨客《ぶんじんぼっかく》に愛されまして、白梅太夫《しらうめだゆう》と唄や芝居にまでうたわれましたが、つらい勤めに労咳《ろうがい》、今でいう肺結核にかかり、ついにはかなくなってしまったのでございます。

このお寺は、家族の夢枕にお裄が立ったのをきっかけに建立されたもので、お裄の姿に模した観音像を本尊とし、その孝心にちなんで家内円満にご利益《りやく》が豊かで、家庭内暴力などにも霊験があらたかだと聞いております。境内には太夫の名にちなんで白梅を植え、季節には梅見の客でに

ぎわい、また梅を主とした精進料理、梅酒をふるまって名物となっております。では、まもなく白梅大観音寺に到着でございます。どうかみなさま、足元にお気をつけてお降りくださいませ……」

その言葉とタイミングを合わせ、バスは参道に敷かれた砂利を踏みしめながら、ゆっくりと停止した。それにつれ、乗客たちがどやどやと立ち上がる。

「ほら、警部、着いちゃいましたよ」

円田刑事が肩を揺すぶると、仙波警部はとうとう観念したように目を開いた。あくびをかみ殺しながら不承不承といった感じで立ち上がると、

「しょうがない、起きるか。だが妙だな、前ここに来たときは、こんな立派な寺があるなんて気がつかなかったが、見落としたのかな」

けげんそうに独り言めいた言葉をもらした。円田刑事はそれを聞いて「え」と首を傾げたが、そのときはバスを降りる方に気をとられて、それ以上は訊かなかった。

「さ、みなさん、こちらへ——本堂から順番に拝観いたします。え、名物のお祈さん人形に白梅観音最中《もなか》ですか。それならあとで行くお土産屋さんにありますから、そのときにどうぞ」

小旗を手にしたバスガイドの誘導で、乗客たちはぞろぞろと絢爛豪華《けんらんごうか》な山門をくぐっていった。だが、警部らだけはその列を離れ、他の参拝客にもまじらずに道路をはさんだ向かい側に渡った。

そこに建つ白亜の建築こそが、彼らの目指す場所だった。いや、目的地は別にあるのだが、五戸内に着いたらとりあえずそこを訪ねるべしということになっていた。

それもけっこうおかしなことだったが、それよりおかしいと言えることがないでもなかった。途中見た町役場その他の建物より、よっぽどこちら——観光協会のそれの方が立派だということだった。

「やあ、これはQ市からどうも、わざわざ……五戸内観光協会長の旅城御簾照《りょじょうみすてる》と申します。ようこそ、歴史と伝説の町へ！」

四十年配の紳士が、にこやかに握手を求めながら歩み寄ってきた。ご大層な白亜の観光協会ビルに入り、外観に劣らず豪華な内装の応接室に通されてまもなくのことだった。

「は、はあ……どうも」

仙波警部は戸惑いしながらも、会釈を返した。そのかたわらから、

「あれが、五戸内の町おこしの最大の功労者だそうですよ」

円田刑事が素早く耳打ちした。警部は「そうか」と小さくうなずいてみせながら、

「いや、大変にすてきなところです。温泉あり史跡あり、神社仏閣もあれば伝統芸能もありと大変なご繁盛ぶりで……できれば、今度のようなことでお訪ねしたくはなかったですな」

「まったくです」

旅城御簾照は顔を曇らせた。だが職責柄なのか、そのあとはきわめて愛想よく、

「ぜひまたご家族連れ、あるいは同僚のみなさんとの慰安旅行ででもおいでください。そのとき

はぜひお世話させていただきますよ。きっとお楽しみいただけますとも。まぁ難点はといえば、とても一日や二日では見て回れそうにないほど見どころが豊富だということでしょうか」

流れるような饒舌で、地元自慢というか観光宣伝を始めた。よほど語りなれているのかなかなかの名調子だったが、今はそれに耳を傾けている場合ではなかった。

仙波警部は内心のいらだちを隠しながら、ゴホンと咳払いして、

「あの……お話はたいへん興味深いんですが、肝心の件を、その」

「おお、そうでしたそうでした」

旅城は言われて初めて思い出したように、あわててソファから立ち上がった。すきのない身のこなしで、警部たちの先に立って案内しながら、

「ではさっそく、死体をごらんいただきましょう。この裏の診療所に安置してありますので」

何だか、そこもまた観光名所の一つのように聞こえなくもなかった。

数分後、仙波警部と円田刑事は、診療所の霊安室に充てられた部屋で、問題の死体と対面していた。

ベッドに横たわっているのは中肉中背、二十歳台半ばの男性と見受けられ、顔やその他にもこれといって特徴はなかった。

「このホトケを発見しましたのは、わしでして……朝のパトロールのときのことでした」

五戸内駐在所の巡査は、めったにない事件に困惑と興奮をないまぜにしながら証言した。

「場所はここから十分ほどの蒼月《そうげつ》ヶ原《はら》といいまして、ちょうど白梅大観音寺や御霊ノ森、宿場跡などが望める一番の景勝地です。そこの木陰に、このホトケさんはちょうど今のような格好で寝そべっていて、あんな時間でなければ行楽客が昼寝をしているのかと思ったことでしょう。しかし、どうもおかしいので近寄って揺り起こそうとしたところ、もうとっくに冷たくなっていたというわけでして……はい」

「なるほどね。で、死因は？」

仙波警部はうなずくと、地元出身らしい診療所の医師に向き直った。

「え、それなんですが……」

その中年の医師の診立てによると、死因は後頭部の打撲らしいと言い、見てみると確かにそれらしい傷があった。警部はそれを仔細に観察していたが、やがて顔を上げると、

「専門家ではないので何とも言えませんが、以前これに似た傷を見たことがあるにはあります。ひょっとして、これは机の角か何かにぶつけた跡じゃありませんか？」

「ええ、どうもそのようで」

医師は遠慮がちに言った。横合いから、円田刑事が「えっ」と声をあげて、

「だとすると、これは何かの事故ですか。だとしたら、どうしてそんなところまで死体を捨てにいったんだろう」

「そうとは限らんよ」警部は言った。「争ったあげくの事故とか、あるいは被害者の頭部を故意に

たたきつけたというケースだって考えられるからね。――死亡推定時刻は？」

「まあ、正式な解剖をお願いしないと何とも言えませんが、おそらく死後、半日とはたっていないんじゃないでしょうか」

「まあ、そんなところですな」

仙波警部は、ベッド上の死者から顔を上げながら言った。

「で、肝心のこのホトケさんの身元は――？」

「それが、まったく分からんのです」

観光協会長・旅城御簾照は言下にいい、首を傾げてみせた。

「いったいこれがどこの誰なのか。どこから来て、なぜこんなことになったのか、見当もつかないありさまで」

「そうなんです」

駐在巡査と医師がこもごも同調して言った。

「この近郷近在の人間のことなら、誰でも知っておるつもりですが、こんな男はこれまで一度も見たことが――ねえ？」

「その通りです。だとすると、外からの観光客でしょうが、そうなるととても見当はつきませんし……」

などと、早くも迷宮入りを示唆するようなセリフが飛び出した。そのことに警部たちが憮然と

なりかけたとき、

　――これは他殺です。

「あれ、警部、いま何か声がしませんでしたか。どっかで聞いたような声が？」

　円田刑事がハッとして周囲を見回した。その問いに、仙波警部は激しくかぶりを振って、

「知らん、知らん！　ぼかァ何も聞かなかったぞ」

　耳を覆って聞こえぬふりをした。折も折、霊安室のドアがけたたましい音を立てて開かれたかと思うと、一人の老人が転げるように入り込んできた。そのままベッドに駆け寄ると、絞り出すような声で、

「こ、こりゃあ……村尾《むらお》、村尾の守《まもる》じゃねぇか！」

「そんなバカな！」

　そのとたん、診療所の医師が頓狂な声で叫んだ。

「村尾守は十五年前、都会の大学から帰省しないまま、行方知れずになったんじゃないか。生きてたとしても、四十近くにはなっとるはずだぞ。そりゃ、言われてみれば確かに似てはいるが……」

「そうですとも」

　旅城御簾照が、そばからさとすような口調で言った。

「村尾守のことは私もよく知っていますが、そんなはずはありませんよ」

「け、けんどあんまりそっくりで……」

老人は、なおも納得しかねるようすだった。警部が何のことだかわからず訊いてみると、どうやらこういうことらしかった。――村尾守というのは、いま駆け込んできた老人の甥とかで、もちろんこの五戸内出身。ここの医師が言った通り、突如消息を絶って久しいのだが、今日この死体の顔をたまたま見たものから話を聞きつけ、まさかと思いつつもやってきたのだという。

「なるほど……や、ちょっと待ってくださいよ」

仙波警部はあることに気づき、大きな口ひげをうごめかした。

「たとえば、このホトケさんが村尾という人の血筋だとしたらどうです。そんなにご当人の若いころにそっくりだというからにはね。それがどういう理由でかこの村に現われ、何らかの奇禍《きか》に遭うか、ひょっとして殺されたとしたら……」

「その村尾さんもまた、何かの犯罪に巻き込まれた可能性が大きい、と」

円田刑事が、そのあとを続けた。まだ事情がよくわからないものの、それが順当なところだった。

「うーん、いや、そんなことは……」

老人は考え込み、次いでかすれた声とともに首を振った。

「いやいやいや、そんなことはやっぱりあり得ん。そもそも、そんな身内があったなんて話、聞いたことはありゃせん」

「そうなんですか？」

仙波警部は視線を惑乱する老人から、旅城に転じた。

「そうです。そう、確かに……村尾は私の幼なじみでもありましたから」

五戸内観光協会長の声には、一点のよどみもなかった。

こうして、一見単純かと思われた事件は、捜査の最初の段階で行き詰まりをみせた。仙波警部と円田刑事は、観光客と名所旧跡、地元民に土産物が乱舞し、入り乱れる未知の土地で、半ば途方に暮れるありさまだった。

かろうじて調べがついたところでは、村尾守は大学院で環境保護学を専攻し、乱開発に反対する市民運動にも参加して熱心に活動していたが、卒業まぎわの年、帰省を前に消息を絶った。

その村尾が、昔のままの姿で現われたというおとぎ話を斥《しりぞ》けようとすれば、この村尾そっくりの若者は誰かということになる。一番手っ取り早いのは、村尾の知られざる息子ということになるが、彼の失踪が十五年前であり、発見された死体は当時の彼と同年輩だとすると、どうにも計算が合わない。

あくまで親子説にこだわるなら、村尾守がまだ十代で父親になるか、死体が実は見た目よりはるかに若かったとこじつけるほかないが、それは相当無理がある。では、いったい——？　そこのところが、全く見当もつかないのだった。

そんなわけで、くたびれはててウドンをすする二人の前に乙名探偵《おとなとるただ》が顔を見せ、

「いかがです、捜査の方は」

などと能天気に尋ねたとき、このエキセントリックな若者を叱りつける元気もなくなっていたのは、やむを得ないことだった。

「いかがも何も」

訊かれて仙波警部は、いつも以上にぶっきらぼうに答えた。

「さっぱりだよ。いいな、お前さんはいつもご陽気で」

すると乙名探偵は、うれしそうに手をこすりあわせて、

「ありがとうございます。ワタシの方はいろいろ興味深いことがわかりましたよ」

「へえ」

円田刑事がしなくていいのに相づちを打ち、警部に足を踏んづけられて悲鳴をあげた。

「と申しますのはね」乙名探偵は続けた。「ここは十五年前まで何の変哲もない田舎町だったんです。それが突然、そこらじゅうでボーリングを始めて温泉を掘り当てるわ、ホテルを誘致するわとなったんです。それにあおられて、菓子屋は饅頭を作るやら、工場は土産物の生産に切り替えるやら、一致団結して〝変身〟に成功したわけです。それだけじゃありません。七薬師の滝だの御霊ノ森、それに蒼月ヶ原といった名所は何と人工的に造成したものですし、五戸内宿場跡ってのも歴史的根拠は何もない、つい最近のデッチあげなんです」

「すると、あの白梅大観音寺も、やっぱり……」

仙波警部の目が細くなった。

「ええ、寺のテの字もなくて、郷土史家を動員して、この近辺出身で花魁になった女性の墓石を見つけ出し、そこから空想をたくましくして由来をこねあげたもんだそうです。ご本尊の観音像をマネキン製造業者に発注するのとあわせてね」

「そうだろうな。どうも以前ここに来たときには、あの寺にしろほかの名所にしろ、あった覚えがなかった。道理でそのはずだよ」

「ひどいもんですね」

円田刑事が呆れ顔で言った。

「しかも、これらは、たった一人の人間の発想から生まれ、実行に移されたものだというんですから、なおさら驚きです。それは、いったい誰だと思います？」

仙波警部は「そ、それは」と言葉に詰まり、ややあって言った。

「観光協会の旅城御簾照か。しかし、それがこの事件といったいどういう関係が——？」

「それはじき分かりますよ。さ、行きましょう」

乙名探偵はいやに明るく言うと、やおら立ち上がった。

「い、行くって、どこへ？」

仙波警部と円田刑事が、異口同音に訊いた。

「決まってるじゃありませんか。犯人指摘の場へですよ」

乙名探偵はあっさり答えた。「えっ」ととっさには口もきけない二人に、《名探偵Ｚ》はてきぱ

きした口調で、

「というわけで、この町の主だった人たちに招集をかけてもらえませんか。いや、大したお手間はかけないつもりです。この村では公民館なりホールなり、人寄せ場所には事欠かないでしょうから」


「みなさん」

三十分後、山沿いにある《五戸内郷土芸能〝どんどろ踊り〟実演会館》で、乙名探偵はおもむろに口を開いた。そこには、町長、町議から旅館の仲居さん、土産物屋のアルバイト店員に至るまで、この村の主だった顔ぶれが集められていた。

「ワタシはここに、ご当地屈指の名勝・蒼月ヶ原で発見された他殺死体——さよう、不幸な事故や本人の過失などでは決してありません——について、その真相ならびに犯人を指摘したいと思います。……まぁまぁ、どうかお静かに。

結論から申しましょう。犯人は、おそらくは単純な理由から被害者を死に至らしめました。あるいはそのことを悔い、自首して出ようとしたこともあったかもしれない。しかし、あいにくそうはならなかった。彼の持つ一つの美学がそれを妨げたがゆえに」

「び、美学？」

仙波警部が、居合わせた人々の幾人もがおうむ返しに繰り返した。すると、乙名探偵は満足そ

うにうなずいて、

「そうです。いや、美学というより、固定観念という方がいいかもしれません。殺人もまた人間の行為であり、しかもギリギリに突き詰められた上でのそれであるからには、それ自体一個の作品といっても過言ではない。作品であるからには、作者ごとにこだわりがあるはずです。この犯人の場合、それは……」

「それは？」

円田刑事が続きをうながした。慣れというのは恐ろしいもので、乙名との遭遇何度目かにして、彼はワトスン役としての呼吸を心得るようになっていた。

「そう、それは――」

乙名探偵は大きく息を吸い、貧弱な胸をふくらませた。

「殺人というものは人口に膾炙《かいしゃ》し、誰もが『いっぺん行ってみたい』と思うような場所で行なわれねばならないという観念です。そうでなければ、人生を賭してまで行なう甲斐はないし、そもそも殺人という名に値しないのだと」

「そんな、まさか！」

異口同音の叫びがまき起こった。中でも仙波・円田コンビのそれがひときわ大きかった。だが、乙名探偵はにっこりと笑みを浮かべて、

「はたしてそうでしょうか。ひところほどではないにせよ、日々テレビで放映されるいわゆる二

時間ものサスペンスドラマは、例外なく殺人を扱い、大半が名所旧跡のある場所を舞台にしています。まるで殺人犯たるもの、必ずどこかの観光地やホテルとタイアップしなければならないかのようにね。そうして行なわれる殺人の件数は、どうかすると現実のそれに十分拮抗しうるかもしれません」

「し、しかしだよ」仙波警部は反駁した。「それはいわば、映像の世界での『お約束』であって……」

乙名探偵は、すぐさまそれに答えて、

「確かに、そうしたことはただの『お約束』です。ですが、その『お約束』を浴びるようにして生活している現代日本人が、いつしかそれに影響されたとして、どこに不思議があるでしょう。現に、われわれの想像力はそうしたものにがんじがらめにされてしまっている。当然、自ら行動するにおいてもです」

「――つまり、自然は芸術を模倣するってアレか」

「なるほど、そういうもんなんですか」

仙波警部が言い、円田刑事が弱々しくうなずいたときだった。乙名探偵のすさまじいばかりな大音声が人々の耳をつんざいた。

「旅城御簾照！」

乙名探偵はその名を叫ぶと、今度はやや低い声で続けた。

「五戸内温泉郷町おこしの功労者にして観光協会長、そして全ての黒幕であり、憎むべき殺人者でもある君――この期に及んでジタバタしたりせず、前へ出たまえ。……出るんだっ！」

あらがうことを許さぬ声音に、旅城御簾照は二、三歩前へ進み出た。乙名探偵はさらに語を継いで、

「君は、あること――おおかたはこの村の今後について村尾守さんと口論の果て、相手を死に至らせてしまった。もとより君は自分の罪を隠蔽《いんぺい》するつもりはなかったのかもしれない。だが、さりとて君にはあっさりと自首するわけにはいかない理由があった。というのも、村尾さん殺しは、君自身が『殺人』になくてはならないと思っていた要件を欠いていたからだ。

そう……おそらくは熱心な二時間ドラマファンであり、いわゆるトラベル・ミステリーの愛読者でもあった君は、自分がこの何もない町で殺人を犯したことに我慢がならなかった。せめて、自分が納得できるだけの道具立てがそろうまでは、犯罪そのものの存在を秘匿《ひとく》しておこうと思った。

そこで、君は村尾さんの死体を冷凍庫にでも詰めて保存した。以来、君はここ一帯を殺人の舞台に仕上げるべく全力を傾け、さまざまな建物はもちろん、もっともらしい故事来歴やここで演じられる〝どんどろ踊り〟のような郷土芸能、果てはさまざまな自然景観までをつくりあげ、それが完了したところで頃はよしと死体を取り出したんだ。もっともそれにふさわしい場所に。それを置くために！」

そ、そんなアホな……異口同音の叫びが仙波・円田コンビの口から飛び出しかけたとき、一瞬早く、穏やかな声が乙名探偵にかけられた。

「その通りだ」

旅城御簾照は、呆気《あっけ》ないほど素直にうなずいた。

「村尾守殺しの犯人は私――いさぎよく罪を認めるよ。ただ、私自身満足のゆく要件がそろうまで、時間がかかっただけのことだ。

そう、私はひっそり帰省した村尾といさかいの果て、彼を突き飛ばして机の角に後頭部をぶつけさせ、息の根を止めてしまった。弁解はしない、まちがいなく他殺だよ。ことの発端は、企業の誘致か観光開発で町の過疎化を防ぐべきだという私と、自然環境を残せという村尾とで言い争いになったことでね。だが、念願かなって五戸内がここまでの観光地になり、そこに以前からの理想を実現することができた今、思い残すことは何もない」

人々は言葉もなく、ただおとなしく彼の告白を聞いていた。これまた、その種の推理ものにありがちなパターンで。そんな中、

「いや、まったく、見事なものだったよ」

乙名探偵は独りパチパチと手を打つと、しんそこ感心したように続けた。

「君は、まず温泉のボーリングから始めた。それは、君の考える殺人が〝湯けむり〟というアイテムを必須としたからだ。その後、何の変哲もないここの風景にブルドーザーを縦横に走らせ、景観そのものを作り変えてしまうなど、君が自分のイメージを実現するために払った努力には、ただただ脱帽のほかはない。だが……君はおのが美学に忠実であるには、根本から誤りを犯して

いた。そのことに気づいているかね」

「誤りだと？　何をバカなことを」

旅城は露骨な嘲笑をもらした。だが、次の瞬間、不安がその笑みを消し去った。彼は乙名探偵をふり仰ぐと、うめくように、

「まさか、そいつはひょっとして……？」

「そうとも」乙名探偵は微笑した。「君が殺したのは一人、それもむくつけき男だった。これでは君が真にめざすべきだった理想の殺人イメージには決してならないのさ、〝湯けむり美人OL連続殺人事件〟には！」

「ああっ、そうだった」旅城は頭をかきむしった。「なぜオレは、美人OLを殺さなかったんだ。そうすれば、混浴露天風呂に死体を投げ込んで盛り上げられたのに。〝背徳の不倫出張〟とかサブタイトルをつけることだって――」

「そこまでだ」

《名探偵Z》はいつになく冷酷にさえぎった。哀れな犯人の狂態を冷ややかに見下ろすと、

「あいにく、泣き言につきあってる暇はない。それも事件の解明ならともかく、ただ切々と心情を訴えるんじゃねえ。何せこれは本格ミステリで、二時間ドラマじゃないんだから」

レジナルド・ナイジェルソープの冒険

――レジナルド・ナイジェルソープ

黄金時代の英米本格ミステリ、その典型的な世界を再現しようと書いた長編『グラン・ギニョール城』。そこに登場する名探偵レジナルド・ナイジェルソープもまた典型的な存在でした。一作きりの、紙の上だけの存在だったはずの彼がまさかの再登板をしたのが、『グラン――』文庫版のボーナストラックとして書いたこの掌編です。その後、『七人の探偵のための事件』で、森江春策や平田鶴子との共演を果たすこともできたのでした。

幸福や善、正義においては、principe universel《プリンシペ・ユニヴェルセル》（世界普遍の法則）がある程度通用するが、こと悲劇や罪悪においては個々の民族文化が、あたかもロンブローゾ博士の指摘した後頭部小孔のように宿命的に刻まれている——というのが、アマチュア探偵レジナルド・ナイジェルソープ君のかねてよりの主張であった。

その日、午後のお茶を楽しんでいた彼のもとに持ち込まれた事件こそ、まさにその典型であり、関係者の背後にひそむ国民性抜きには語れないものであった。そして、今回の事件の謎を解くキーワードとなったのは——「日本」であった。

「とにかく奇妙な事件なんですよ。人間二人を殺したはずの犯人がかき消すように姿をくらまし、しかも唯一の容疑者には絶対のアリバイがあるというんですからね」

ナイジェルソープ邸を訪れたジョゼフ・カートライト主任警部は、すぐにも彼を現場に連れて行きたいところ、強引にティーカップを押しつけられ、しかたなく説明を開始した。

「被害者の名はヒシュル・トコラマ。むろん外国人ですが、当地で数年前から美術商を営み、自らもコレクターとしてかなり知られた人物だそうです。ことの発端はこないだの火曜日の朝なんですが、店に出勤してきたジェレミー・スミスという従業員が、表の鍵が開いているのを不審に思いながら中へ入ってみると、何ともいえない異臭がする。その源をたどって雇い主の執務室までやってきて、ひょいっとドアの隙間《すきま》からのぞくと、あろうことかヒシュル・トコラマが床に倒れていた。ひざまずいた姿勢のまま背後に反り返るような格好でね。それだけならまだしも、あたりは血の海——といっても、ほとんど凝固《ぎょうこ》しかかってましたがね。とにかく、駆けつけたわれわれ専門家ですら、目をそむけたくなる惨状でしたよ」

「それが異臭の正体だったってわけだね。その状況からすると、手口はむろん刺殺だろうね」

「というよりは斬殺でしょうな。腹部をスッパリと切り裂いて、内臓まではみ出そうかというむごさでした。現場の床や壁には、血だけではなくそれらの組織片まで飛び散っていて、惨劇が行なわれたのがそこであることだけは絶対に間違いありませんな」

「おう、それは……」ナイジェルソープは眉をひそめた。「で、死亡推定時刻は——ふむ、遅くとも月曜の夕方か、なるほど。で、凶器は現場からは出たの？」

「第一のですか、それとも第二の現場？」

カートライト主任警部の答えに、ナイジェルソープは小首を傾げて、

「どういうことだね？」

「話が後先になりましたが、実は死体発見前日の月曜日の午後、F——街のど真ん中で若い男がいきなりバッタリと倒れるという事件が起きましてね。巡回の警官が駆けつけて抱き起こしてみたところ、胸板に恐ろしく鋭利な刀が深々と突き刺さっていた。見慣れぬ形といい飾りといい、すぐ持ち主が割れるだろうと調べてみると、何とこれがトコラマの店に長年飾られていた代物だ

と判明したんです。何でも、大君《タイクーン》の持ち物だったとかいう貴重品で……」

「すると、日本刀《サムライ・スワード》というわけか。それは、トコラマ氏の店の従業員の証言かね。死体の第一発見者となったスミスとかいう?」

「そうです。で、被害者の身元はゾルタン・カルペパーといって、黒髪で小柄な東欧系の男なんですが、何と彼はヒシュル・トコラマのためにコーディネーターや通訳をつとめていたことがわかった。何でも、そのおとなしやかで誠実そうな風貌が気に入られたとかでね。ところが、その裏側ではいろいろ不正を働いて、ついにトコラマから首切りを宣告されていたとか」

そうと聞くや、ナイジェルソープは「なあんだ」という顔になって、

「ふむ、それなら話は簡単だよ。全ての元凶はそのカルペパーなる男――彼はひそかにトコラマの店を訪ね、どういうなりゆきかは知らないが先方と激しい争いとなり、あげく一方が異国の刀を持ち出しての立ち回りとなった。カルペパーはそれでトコラマの腹部を切り裂いたが、相手も必死に反攻してついに胸を切っ先で貫かれるに至った。あとは、ハンス・グロッスの『予審判事便覧《ハントブーフ・フューア・ウンターズーフングスリヒター》』でもおなじみ、深い刺創《しそう》を負った人間がその場では絶息に至らず、凶行現場を離れて歩き去ってしまうケースの典型的なやつじゃないか」

「いや、それがね、ナイジェルソープさん」警部は気の毒そうに言った。「トコラマの店とカルペパーが倒れた現場は、たっぷり十数区画は離れていましてね、ケガをしてなくたって歩いて移動できる距離じゃないんです。むろん、胸を刃で刺されたような奴が、バスやタクシーに乗ってい

たという情報は確認されていません。ただ……そのかわりにというのも妙ですが、もっと厄介な目撃情報がありまして」

「厄介な目撃情報というと？」

「ええ、カルペパーのかわりにヒシュル・トコラマらしい人物を見かけたという証言ならあるんです。といっても、誰が見ても異邦人とわかる顔面は帽子やマスクで隠していたそうですが。ではなぜ彼だとわかったかというと、カルペパーの死亡現場近くの路地から外套や帽子が見つかりましてね。色も形も目撃情報とも一致したんですが、これが何とトコラマのものだったんですな。むろん、先のスミスという従業員にも確認させました」

「ほほう……面白いね」

「そうですか、私にはちっとも」警部は小さく手を挙げてみせた。「カルペパーにさえ無理だった道のりが、トコラマに歩けたはずはない。あんな無残な傷を負って、たとえしばらくは生きていたとしてもね。まして、行って戻ることなんかできるわけはありませんよ」

「あるいは、幽霊だったのかもしれないよ」ナイジェルソープは真顔で言った。「自分を斬殺《ざんさつ》したカルペパーへの怨みを報ずべく、凶器をひっさげてエーテル界をひとっ飛び……だが、トコラマらしき人影が現われた理由は、超自然的ながらそれで説明がつくとして、そもそもカルペパーはなぜそんな場所にいたんだい。彼がそこにいたことに、何か理由はあるのかね」

「ええ、それが全くないわけでは……。実はトコラマの商売仇であり、コレクターとしても長年ライバルに当たる人物のオフィスがその近所にありましてね」

カートライト主任警部は困惑したようすで言った。

「その人物の名は？」

「イサム——イサム・アリイとかいうんですがね」

警部は答えた。ナイジェルソープは「ほう」と感に堪えたようすで、

「名前からすると、この人物もやはり？」

「ええ、東洋人です。実はこのイサムなにがし、トコラマからある非常に貴重な日本の骨董品を高値で買い取ったんですが、実はこれが真っ赤な偽物だと判明して、イサムはむろん抗議しましたが、一方のトコラマは知らぬ存ぜぬ。ところが、これがどうやら取引の間に立ったカルペパーがすりかえた臭いんですよ。トコラマから預かったお宝を、用意しておいた贋作とね」

ナイジェルソープは「なるほど……」とうなずくと、しばしその澄んだ瞳をどこでもないどこかに向けた。やおら立ちあがると、帽子と外套を手にして、

「さ、行こうか」

「行くって、どっちの現場へです。トコラマの店ですか、それともカルペパーが死んだ——？」

「そのどちらでもない」ナイジェルソープはにっこりと言った。「イサム・アリイ氏のところだよ。おそらく事件の鍵は彼のもとにある」

「ちょ、ちょっと待ってください」警部はあわてて、「このイサムって御仁については、当然カル

ペパー殺害の動機を持つものとして調べましたが、その日は終日オフィスにこもっていて、トコラマの店はもちろんカルペパーの死亡現場までも出かけた形跡がないんですよ。というのも、イサム・アリイはトコラマ以上に目立つ風貌と体軀の持ち主でして……」

「ほう、それならなおさらお目にかかりたいね」ナイジェルソープは微笑した。「ああ、そういえば、カルペパーの死体を発見した警官は何というんだね」

「スミス──アンドリュー・スミス巡査です」

カートライトの答えに、ナイジェルソープは軽く鼻を鳴らして、

「ふん、トコラマ氏の店の従業員と同姓か。もう少し派手な名前なら、事件の関係者と遜色なかったのに、惜しいことだ。まあ、そんなことはいい。とにかく行ってみようじゃないか」

それから独り言のように付け加えた。

「やれやれ、日本人というのは……その特異な行動原理を、ときには控え目にしてほしいものだよ！」

読者への挑戦

名探偵レジナルド・ナイジェルソープは、何とこの時点で事件の真相を見抜いたようです。彼と同じ結論に行き着くための手がかりは、すでに出そろっています。みなさんもここで本を置いて少し考えてみられてはいかがでしょうか。

では、ご健闘を祈ります！

イサム・アリイ氏は褐色の肌といっていいほど色浅黒く、筋骨たくましい偉丈夫で、鼻下に美しく黒々とした口ひげを生やしていた。なるほど、これでは彼が今そうしているように、故国の民族衣装をまとっていなかったとしても、往来の群衆に溶け込んでしまうことは、はなはだ困難であったろう。

レジナルド・ナイジェルソープは、カートライト主任警部をかたわらに、氏と美術談議を繰り広げていた。彼は若いながらこの道にくわしく、先方はそれが商売なのだから、自然話ははずんだが、やがて話題は絵画や工芸品を離れ、なぜか双方の国に伝わる格闘技、護身術に関するものに移り、しかも次第に熱を帯びたものとなっていった。

（いったい、どういうつもりだろう）

ナイジェルソープとの付き合いにおいては、ままあることとは言いながら、警部には正直、二人の腹の中がつかめなかった――まして、イサム・アリイがいきなりこんなことを言い出そうなどとは。

「で、ナイジェルソープさん」彼はにこやかに問いかけた。「あのとき、私のやったことは、お国の法律ではやはり殺人罪になるのでしょうか」

その発言に警部がぎょっとする一方で、ナイジェルソープは微笑をたたえ、ゆっくりとかぶりを振ってみせた。

「いえいえ、とんでもない。血塗られた日本刀を隠し持って、あなたのオフィスに忍び入り、いきなり斬りかかったゾルタン・カルペパーを、あなたの祖先の地アラビア伝来の武術で取り押え、とっさに相手の凶器で胸を貫かせるよう仕向けたとしても、それはactio illicita in causa《アクティオ・イリシタ・イン・カウサ》、れっきとした正当防衛というもの。それは、こちらにいる主任警部ジョゼフ・カートライト氏が保証しますとも！」

えっ、と言葉を失う警部をしりめに、イサム・アリイは白い被り布《トーブ》をした頭を深々と垂れて、

「ありがとう。私ことイサム・アリイ・イブラヒム――神の御名において感謝いたします！」


「つまり、こういうことだったんだよ」

後刻、レジナルド・ナイジェルソープはカートライト主任警部にこう語った。

「ヒシュル・トコラマ氏は、その奇妙な――といっては失礼だが――名前でもわかる通り日本人だ。彼は信頼していたゾルタン・カルペパーに欺かれた結果とはいえ、ライバルのイサム・アリイに偽物をつかませるという罪を犯し、何よりもライバルである彼を含めた周囲に対し、取り返しのつかない恥をかいてしまった。そして日本人がこうした場合、自らの失策を償うために、いとも簡単に死を選ぶことは周知の事実であり、その方法もきわめてポピュラーと言わねばならない」

「つまり――hara-kiri《ハラキリ》ですか」

「そうとも。ところが、そこへやってきたのが、当のカルペパーだった。たぶん彼から告発されないための弁解でもしようとしたのか、すでに殺意があったのかもしれない。だが、そこで出くわしたのはhappy dispatch《ハッピー・ディスパッチ》(切腹の異称)を図ったトコラマ氏が苦悶している現場だった。仰天した彼は、しかし次の瞬間、とんでもないことを思いついた。トコラマ氏が勝手に自殺してくれたのはありがたいし、このまま放っておけば間違いなく死ぬだろう。だが、偽物をつかませた相手であるイサム・アリイ氏から告発される危険性は依然、残っている。ならば、いっそこうしたらどうだろう。日本人の手から凶器の刀をもぎ取り、これを持ってイサム・アリイを殺害しに行き、再び刀を戻しておけばどうなるか。あたかもトコラマがイサムを殺害し、帰宅後ハラキリしたように見えるのではないか?

そのためにカルペパーは、自分の小柄な体軀や黒髪なのを利用し、店にあったトコラマ氏の外套や帽子で彼に変装してイサム氏のもとへ赴いた。だが、ここで思わぬ事態が起きた。こっそりと彼の部屋に闖入したところ、いちはやく気づかれてしまい、しかも先方が祖先伝来の技を心得ていたものだから、みごと返り討ちにあってしまったんだ。そのあと街路にまろび出たカルペパーは服の下に凶器を隠したまま、まさにハンス・グロッスの紹介するところのごとく、しばしの間さまよい歩いたが、ついに外套と帽子を脱ぎ捨てて倒れ、絶命した——というわけさ。

それにしても、今回は謎解きや推理といえるレベルじゃなかったね。だって、そうじゃないか。たまたま僕らが切腹なんて発想とは無縁な文化に属していたせいで、ちょっと混乱させられただけで、これがもし日本人なら、百人が百人とも正解にたどり着くに違いないんだから！」

【芦辺註1】
ヒシュル・トコラマとは日本人らしくない名前のようですが、邦人初のハリウッドスター早川雪洲は、デビュー作「タイフーン」（一九一四）でTokorama、同じく一大センセーションを巻き起こした「チート」（一九一五）ではHishuru Toriという日本人を演じています。なお、イサム Isam（アラビア文字ではعصام）はアラブの男性に用いられる名前で「紐帯」の意。その後に続くアリイ Ali は父の名、イブラヒム Ibrahim は祖父の名です。

【芦辺註2】
スミス Smith は英語圏で最も多い苗字でして、事件の関係者にたまたま同姓のものが二人いたところで、それ自体には何の意味もないのでした。

アリバイの盗聴

——滝儀一警部補

中三と高一の間の春休みに見た「刑事コロンボ／断たれた音」は、それまでSF少年だった私を本格ミステリの虜にし、人生を一変させるに十分な衝撃でした。そのときすでに小説は書き始めていて、さっそく登場したのが、コロンボ警部にもろに影響を受けた滝儀一警部補だったのです。私の華甲記念文集に収めた「彷徨座事件」などいくつかシリーズもある中で、この第一作は着想からしてコロンボのあるエピソードから得ています。その後、私のメイン探偵は森江春策に交代するのですが、滝警部補（後に警部）には彼のサポート役として登場してもらったのでした。

「じゃ、その一件はよろしく頼んだよ。僕？　ああ、今からちょっとひと寝入りすることにするよ。徹夜の仕事で疲れてるんだ。それじゃな、さよなら」

高塔順一《たかとうじゅんいち》は受話器を置いた。昨晩徹夜したというのは本当だった。だが、彼の眼は眠気にしょぼつくどころか、かえって冴え、ギラギラと輝いていた。

高塔は、オフィスの路地裏に面した窓に向かった。グレイの作業衣を着込み、帽子と黒眼鏡をつけ、用意のロープを地上に降ろす。その一端を窓枠に結び付けると、彼はするすると路地に降り立った。

そこには誰の姿も、なかった。

古びた自転車が打ち捨てられていた。いや、彼の手によって焼却場から拾われ、そしてまたそこに捨てられたというべきか。

高塔順一はそれにまたがると、ペダルをこぎ出した。何たる用意周到さ、みかけは屑鉄同様でも、修理と油さしはぬかりなく、きわめて軽やかな出だしであった——。

高塔順一が島中義朗《しまなかよしろう》に殺意を抱いたのは、言うまでもなく島中の彼に対する強請のためであった。高塔が一時期官吏をしていた時代の公金横領の事実を彼につかまれて以来、高塔は戦々兢々として休まるときがなかった。

一応は信用ある高塔の個人オフィスにとって、島中は巨大な脅威であった。そして――

そして、今こそ決算のとき――と、高塔順一は考えたのであった。

綿密な計画。高塔には絶対的なアリバイが必要だった。彼はまず、殺人の大罪を隠すためにあえて小さな罪を犯した。

島中家の電話に盗聴器を、それ専門のある私立探偵に仕掛けさせたのである。

それが高塔のアリバイ工作をどう助けるか、やがて読者の知るところとなるだろう。


島中義朗の家は、彼のオフィスから近道を自転車でおよそ三十分、人通りの少ない高級住宅地域にあった。

彼はそこから七十メートルばかり離れた道わきの電話ボックスの前で自転車を降りた。十円玉を電話機に抛《ほう》りこみ、島中宅のダイヤルを回した。

しばしの呼び出し音ののち、独り暮らしの島中義朗の紳士的な声が受話器から流れだした。

「はい、島中です」

高塔はなるべく眠そうな声をよそおった。

「あ、島中さん。こちら高塔ですが」

「おお、あなたですか。うちの事業への援助について、お尋ねしようと思っていたところですよ」

また来やがった。彼はくちびるをかんだ。その彼の表情にニンマリと物凄い微笑が浮かんだ。

彼は思った。

——今から、今から、お前を……。

高塔は実は奸悪《かんあく》な策士であった。島中の脅迫に対してきたときの萎縮した姿は、彼の猫被りに過ぎなかったということ——島中は実に彼より一枚下であったのかもしれない。

「もしもし、もしもし」

島中がやや大きな声をあげた。

「ああ、どうも。さっきまでちょっと寝てたもんでしてね。まあ、そんなことについてちょっと話したいことがありますので、来週のそうですね、金曜にでも僕の事務所に来ていただけますか?」

「はい、わかりました。来週の金曜ですね」

電話口に島中の含み笑いが聞こえた。

高塔順一は、哄笑してやりたい衝動をおさえて、受話器をかけた。その手には白手袋がはめられていた。彼は右手に持った棍棒《こんぼう》をぎゅっと握りしめた。

島中には日光浴の習慣があった。低い垣根を乗り越え、目を閉じ臥《が》している彼に近づき……もっとも彼奴《きやつ》が庭園にいなくても何も困ることはない。呼び鈴を押して玄関口まで来てもらうだけのことだ。

彼はペダルをこぐ足を休めた。惰性で島中邸の庭園の垣根まで近づいてゆき……おお、いたいた。のんびり寝そべっていやがる。

彼は自転車を降りた。

あっけない最期だった。棍棒が振り降ろされる一瞬前、高塔順一の手袋をはめた手が島中の口を押えるまで、奴は何にも気づかなかった。高塔には何の感興もなかった。誰にも見られぬよう、再び垣根を越えていった。

決算は済んだ。いざ、カーテン・フォール。やはり、高塔の方が役者が上だったのか。恐喝家、島中義朗の死体だけがあとに残った。

彼はもとの路地裏に自転車をころがしておくと、材木を立てかけた下に挟んでおいたロープにぶらさがり、ひょいひょいともとのオフィスの窓に飛びこんだ。

ロープを巻き戻し、作業手と帽子は細かく細かく切り裂いて水洗便所に流した。黒眼鏡を取り上げると、レンズを薬液でふいた。何のことはない、彼がいつも使っている眼鏡になった。

彼はそれだけのことをやり終えると、ようやくにしてパジャマに着替え、ベッドにもぐりこんだ。そうして彼、高塔順一は眠りについた。さよう、安らかな安らかな眠りに。

意識の向こうから、奇怪な振動音がやって来て、彼の脳髄を震わせた。

高塔は両眼を開いた。ああ、もう朝だ。おや、ブザー？　誰だろう。さては警察？　それでは、と。

彼はガウンをひっかけ、階下まで降りていったのだった。

むろん、彼には立派なアリバイがある。それをぽォーんと投げつけてやればいい。

彼は鍵を外した。

「失礼、こういう者ですが」

戸口に立った男――やや小柄で目立たぬ風貌の男だった――が黒い手帳を示した。

「高塔順一さんですね。私、府警の滝《たき》警部補というものです」

「とにかく、まあお入りください」

高塔は、滝なる警部補を招じ入れた。

――滝儀一《ぎいち》警部補はオフィスの窓際のソファに座り、面した高塔を静かに観察した。

いわゆる秀才型《タイプ》だな――滝は思った。彼は島中義朗氏殺害事件を手短かに述べた。

高塔には何の怪しい挙動も見られなかった。彼は話を一段落終えると、高塔に尋ねた。

「で、あなたと島中氏との御関係はどういうものだったんですか？　島中氏宅を昨夕から捜索いたしましたところ、一冊ファイルがありまして、その中にある人名を一人ひとりあたっているわけなのですが」

「その――ファイルというのは？」

「なに、ただの住所録です。どうやら島中義朗なる人物は、恐喝を商売にしていたらしいんですな」

高塔はわざと顔色を変えてみせた。そこまで警察は嗅《か》ぎつけたのか。だが、その話によれば島中にゆすられていたのはずいぶん沢山《たくさん》いるようだ。すると――うまいぞ、容疑者はわんさかあるわけだ。

「ええ」

高塔は口ごもりながら、

「お恥ずかしいことです。私は、そう、島中にゆすられていました。私の以前の仕事のことで――そのこともお話ししなくてはいけませんでしょうか？」

「いえ」

滝警部補は煙草に火をつけながら言った。

「おっしゃりたくないのなら」

「そうですか」

「そこで私が聞きたいのは、なに、お定まりのことですが、あなたの昨日おられた場所のことです。すなわち、現場不在証明というやつですよ」

滝はゆっくりと煙の輪を吹き出した。その視線は高塔からそれ、穏やかにそして半ばうつろに、流れゆく煙を見ているようだった。

高塔は待ってましたとばかり、だが表面はゆっくりと記憶を探るように、口を開いた。

「そう――昨日《きのう》は、一日ここにいましたよ。おとといの徹夜の仕事で、昼すぎからはここのベッドで寝てました。友人に電話をかけ――」

「それから？」

滝はあくまで穏やかだ。

「三十分もたちましたか、ちょっと目が醒めまして——そうだ、島中に電話をかけたんです」

「島中氏に？」

滝は灰皿に煙草をもみ消した。

「で、それは何時頃なんです？」

滝が卓から身を乗り出してきた。高塔は、

「あれは……友人に電話をしたのが一時半ごろでしたから、大体二時過ぎでしたかなあ」

「島中氏の死亡推定時刻は昨日の午後二時から三時ごろです。——その時点におけるあなたのアリバイは？」

滝はむろん、大して顔色を変えもせず、また語調にきびしさを加えることもしなかった。彼は続けた。

「これはあなたのためなんです。ここから島中邸までは、何か乗り物を使えば一時間以内で行くことができるんですよ」

「だから、私は」

と、高塔が勢いこんで言った。

「島中に二時過ぎに電話したと言ったじゃありませんか！」

滝は手の指を組み合わせ、静かに高塔の顔を見上げた。

「死人は物を言いません」

「だから、私が彼に電話したことが証明出来ないと？」

「残念ながら」

高塔はため息をついてみせた。いよいよ切り札を出すときだ。

「私はそのあとまた寝てしまったし――そして起きたのが今なんですから」

「清掃婦か何か、それを証明できる人物はいませんか？」

「そんなものは雇っておりません」

「それでは」

滝は立ち上がりかけた。

「それでは、あなたの不在証明は、午後一時半から二時ということになりますね」

高塔はあわてて、しかし内心ニヤリとして腰をあげた。

「警部さん」

「警部補です」

「しかたがない。あなたの持ち札はあまりに強すぎる」

「失礼にあたったならお詫びします。何しろ島中事件の関係者はずいぶんと多いもんですから」

高塔は彼を制しながら、

「お話ししましょう。アリバイ証明がただひとつあるんです」

「え？」

いきなり滝が高塔の顔を見つめた。そして再び、ソファに座り直した。

「それは結構。で、それは？」

「自分の罪をばらすようですが、しようがありません。私は島中に脅迫されて以来、気の休まる暇がありませんでした。で、私は彼の裏をかく必要がありました。それで、悪いとはおもいながら――」

「どうなさったんですか？」

「島中の家の電話に盗聴マイクを仕掛けたんです！」

「盗聴マイク？」

滝は明らかに驚いたようだった。

しばしの沈黙があった。ややあって、今度は滝警部補が口を開いた。

「なるほど、そのマイクの音声は録音があるんですか？　あなたはそれが証明になるとおっしゃいましたね」

「ええ」

高塔は小さい声で言った。

「それを専門にしている男に」

「その男の名は？」

「加古《かこ》老人――盗聴器職人です」

「その居どころは教えてもらえますね？」

「今、メモを書きます」

高塔はペンを取った。そして、もう身が破滅したような不景気な顔で滝を見た。

「このことは――罪になるんでしょうか」

滝は笑って言った。

「大丈夫、実刑も罰金も心配することはないですよ。大目に見るべきことじゃないですか、あなたのような場合」

彼はメモを取りあげた。

高塔はその迫真の演技力でもって、卓に顔を伏せた。

そして、再びゆっくりと顔をあげたとき――滝警部補の姿はすでになかった。


さらに何人かのファイル・ブック上の人物を訪ね、はや夕刻も近くなったころ、下町に滝警部補が姿をあらわした。

八百屋や古びた床屋、食堂、映画館の立ち並ぶその中に、一層古ぼけ、すすけ、あかじみた小さなビルがあった。

その正面の端の方に、くもりかけたガラスのはめ込まれた木枠のドアがあった。ガラスにははげかけたペンキでこう書いてあった。

加古探偵事務所

彼は扉を押した。

「加古さんだね――？」

やせた老人はうなずいた。

「警察の滝というものだ」

老人は逃げようとした。が、一瞬ののち、警部補の手が老人の腕をつかんでいた。

「あわてるな、あんたを逮捕するんじゃない。ちょっと聞きたいことがあるんだ。そら、盗聴器のことさ」

加古老人は目を堅く閉じ、顔をそらせた。

「お願いだから、そういやがらんでくれよ。頼む、頼むよ」

彼は老人の腕を離した。老人は言った。

「そこにかけて下さい。警察のおかた」

老人は、長椅子をさし示した。

滝はニッコリと笑った。

「ありがとう」

「たしかに、その高塔さんというお方に電話の盗聴セットをお譲りしました。わしの最後の作品を」

「最後の？」

「はい、これっきりでやめるつもりでした」

老人の声は若々しかった。

「そうだったのか……で、そのセットというのは、どんなものだったのかな？」

「はあ、受話器を取り上げると小型マイクのスイッチが入り、それが発振して、離れた場所の録音機が連動して回り始めますのじゃ」

「すると、電話をとるたびにテープが回るのかい？　こりゃなかなかのアイデアだ」

「はあ、それがわしの新工夫で、受話器が水平に置かれていないときはスイッチが入るという仕掛けになっておりまして」

滝はすっかり感心してしまい、このやせこけた老人にあらためて畏敬の念をさえ感じた。この加古老人の若いときはどんなであったろう。さぞ腕こきの探偵であったにちがいない。

彼らはしばらく、呑気な世間話に打ちとけていた。老人はさかんに気炎をあげた。それに聞き入りながら、滝はふと時を忘れた。

しばらくして、話が一段落ついたころ、滝は老人にこう訊ねた。

「で、その盗聴テープは、どこにあるんだね？」

「ここですよ」

老人は、言った。

「ここ？」

「そう、ここです」

加古老人は続けた。

「電話の電波はここで受信して録音してますのじゃ。そう、あの隣の部屋で」

「で、それで件のテープは？」

「待ってくださいよ」

老人は皮表紙のノートを机から取り出した。どうやら、それはテープと日時、注文主などを記したものらしかった。ごていねいにも、人名の項には、「本名」と「偽名」の二つの欄がある。

「はい、これでしょう」

滝がノートを眺めている間、老人は隣室に行き、テープを一巻たずさえてきた。

「録音機は今十八台ばかり動いちょります。大体、一週間以内にテープを交換いたしますのじゃ。——ほれ、これがその高塔氏ご注文のR—一三九番ですじゃ」

老人は滝の方を見た。滝はしかし、老人の方には目もくれなかった。何か二こと三ことつぶやいたかと思うと、いきなり顔を上気させて、

「じいさん、いや加古大先生、この、このM—二五八番を頼む！　これだこれだ、これを貸してくれ！」

「ええ？」

加古老人はいぶかしげだ。

「M—二五八番のテープだよ！　まったく、まったく、あんたは何てすばらしい人なんだろう！」

滝は顔を真っ赤にしてこう叫んだ——。


「お待たせしました」

趣味のよいスーツを着こんだ高塔順一が、滝の前にあらわれた。

「お忙しいところをどうも」

滝は一礼した。

「今日は、こういうものを持って来ましたので」

滝は足もとに置いていたテレコを卓の上に置き、上衣のポケットからテープを一巻取り出した。

「この前、あなたからお話のあった盗聴テープです——」

リールは回り、幾度か早送りのボタンが押され、いきなりこんな言葉が流れ出てきた。


「はい、島中です」

「あ、島中さん。こちら高塔ですが」

「おお、あなたですか。うちの事業への援助について……」

滝の指が、ストップのボタンを押した。テープは、止まった。

「これは確かにあなたの声ですね。つまり、殺人事件の少し前、ガイ者のうちに電話をかけたのは真実でした。それにしても、あの加古という老人は大変な凄腕でしたよ。彼のおかげで——」

「何です？」高塔は問うた。

「いや、なに」滝は言葉を濁した。「ところで、加古先生んちにこんなおもしろいものがありましてね」

彼はテープを巻き取ってしまうと、上衣のポケットから新たな一巻のテープを取り出した。

「これを聞いてみてください」

気まずい沈黙があった。

「……よろしく頼んだよ。僕？　ああ、今からちょっとひと寝入りすることにするよ。徹夜の仕事で疲れてるんだ。それじゃな、さよなら」

パチン、というスイッチを切る音がいやに大きく響いた。ややあって、高塔が訊ねた。

「これは——？」

「なに、加古老人の盗聴テープですよ」滝は言った。「それも島中義朗ご注文のね」

「！」

「あなたは事件当日、確かに島中宅に電話をかけましたね。そして、今のテープでわかる通り、ここから友人宅へ電話をかけた。本来、この会話のあとには、あなたと島中氏との会話がおさまるはず。でも、このテープにはそれがない！」

滝は続けた。

「あなたは、島中氏に電話をかけた。もし、このオフィスからかけたのなら、この電話につけられた盗聴器からテープにとられてるはず。つまり、あなたはここからかけたんじゃない！　それじゃどこから？　どうしてそんなアリバイ工作を？」

――島中もこっちに盗聴器を仕掛けていやがったのか……何のことはない、欺《だま》しあいだ。ふん、それとも……やっぱりむこうの方が一枚上だったかな。

高塔は氷りついた傲慢な笑いを顔にはりつけたまま、じっと動かないでいた。

滝警部補が言った。

「署までご同行願いましょう」

探偵と怪人のいるホテル——幻想探偵・花筐城太郎

探偵小説は、新奇なトリックとロジックを駆使する謎解きゲームであるとともに、懐かしさと奇跡に満ちた空間でもあります。井上雅彦さんのホラーアンソロジー《異形コレクション》に執筆依頼をいただいたとき、共通の舞台として与えられたクラシックホテルにイメージされたのは、やはりと言うべきかノスタルジックな名探偵対怪人の構図でした。ここにデビューを飾った花筐城太郎と宿敵殺人喜劇王は、その後もさまざまな作品に出没することになりました。実はこの本の中にも……。

【前号までの粗筋】

古《いにし》えより伝えられた大陰謀の為に苦心に苦心を重ねる兇賊《殺人喜劇王》は愈々《いよいよ》実行に移り、手初めに摩訶不可思議の手段を用いて富豪・富田林《とんだばやし》氏を惨殺した。満都の恐怖を尻目に怖ろしい殺人が連続し、神出鬼没の早業に警察は切歯扼腕《せっしやくわん》するばかり。この捕縛に赴いた名探偵・花筐《はながたみ》城太郎《じょうたろう》は却《かえ》って敵の術中に落ちたものの九死に一生を得て脱出、今度こそ雌雄を決し、兇賊に誘拐された令嬢を救出せんものと、かねて目星の某ホテルに乗り込んだ。だが、そこには既に《殺人喜劇王》の妖術が張り巡らされ、花筐探偵の命は風前の灯。果して邪悪が勝つか正義が凱歌をあげるか。深讐綿々《しんしゅうめんめん》たる怪人と巨人はまさに咫尺《しせき》の間に相見えんとする――

何もかもが、彼の好みに合っていた。まさに古風な物語に出てくる西洋館そのものといった、木造五階建てのホテルの外観も、しっとりとした自然に囲まれたたたずまいも、いかにもレトロな内装も一切合財が。

極め付けがこの部屋だ。格天井《ごうてんじょう》からシャンデリアはぶら下がり、壁にはどっしりしたマントルピース。飴色《あめいろ》に磨かれた調度、装飾つきのベッド――要するに、何から何まで彼のためにあつらえられたようなホテルだった。

今回のささやかな旅に難点があるとすれば、まさにそれだった。何であれ、自分の願望が十全にかなったり、あまり楽しかったりするとかえって罪の意識に襲われる——自分でも愚かだとわかってはいるが、長年しみついた思考様式は容易に変わるものではなかった。

たかが映画一本見るにも、少々食事代をはりこむときも、めったにないことだが、こうして気晴らしの小旅行に出るにしても、「これは心身をリフレッシュするためで、結局は仕事の役に立つ。決して楽しみや遊びのためばかりじゃない。ここに来たのも運よくどこやらの〝特別ご招待〟が届いたからだし、こうして休暇を消化すること自体、義務を果たしてるんだから何も気に病むことはないんだ」と言い聞かせないではいられない彼だった。

だが、チクリと胸の奥にうずくものを覚えつつも好みのものは好みだし、楽しいことはやっぱり楽しい。中でも彼を喜ばせたのは、ホテルの部屋に備えつけの聖書を誤って取り落としたとき、その間から滑り出てきた古びた紙片であった。

それは内容からして相当に昔のものらしく、そのくせ紙質の妙に新しい雑誌の一ページで、そんなものを栞《しおり》がわりにするのも変な話だから、ホテルが独自に聖書の装幀をし直したときに、何かの理由で挟み込んだものが飛び出したのだろう。ともあれ、彼はそれを一見してニヤリとせずにはいられなかった。

題名も作者名もわからず、前もなければ後もない【前号までの粗筋】。わずかに仮面の怪人らしいものを描いた挿絵が見てとれる以外は、それがどんな小説であったか示すものは皆無だ。だが、そのゆえに何と面白そうであることか。大仰で古風で、しかも読むものの胸を躍らせずにはおかない物語。それは今や着実に年を取りつつある彼に、少年時代の夢をよみがえらせるに十分であった。

（しかも）彼はいかにも大時代《おおじだい》な文章に微苦笑を禁じ得ぬまま、つぶやいた。（〝名探偵〟とやらがホテルに乗り込むときては）

怪人が囚《とら》われの令嬢――となれば可憐な美少女に決まっている――を隠匿し、それを追う探偵に罠を張って待ち構えるホテルとは、いったいどんなだろう。近代的なのも悪くはないが、やはり木造で、いろんな様式の折衷《せっちゅう》した洋館造りがふさわしい。

「そう」思わず彼は声に出していた。「まさに、このホテルなんかぴったりじゃないか」

そして、もし本当に自分が名探偵・花筺城太郎（何て名だ！）だったなら、と彼は考えた。怪人捕縛と美少女奪還の策を練り、敵の魔手を退けることだろう。何より、こうして自分好みの空間に身をゆだねていることに、いちいちつまらぬ言い訳を考え出す必要などないにちがいなかった。

「で、彼――弟さんはぶじチェックインをすませたわけですな」

そのホテルを望む雑木林に止まった車の運転席で、どこといって特徴のない、平々凡々とした中年男が、隣の助手席に話しかけた。

「ええ、何にも知らずに」

助手席の人物――いやにギスギスした面つきの中年女が目を細めつつ、うなずいた。

「あのホテルにまぎれ込んだ、うちの主人からの連絡によるとね」

「そうですか。ま、それはいいとして」中年男はふいに不安げな表情を浮かべた。「私たちのアリバイは大丈夫なんでしょうね。や、あなた方ご夫婦はともかく、私はご亭主の友人という以外、何のつながりもないんですからね。いざというときに私だけ見捨てられたりしたら……」

「案外、臆病でらっしゃるのね。いっときは毎晩のように高級クラブで豪遊してたそうですのに」

中年女は鼻で笑った。「大丈夫、あなたもれっきとしたお仲間なんですから――誤って分配された遺産を、真にそれが必要な人間の手に奪い取るための計画の」

「それも、弟さんの命もろともにね」

中年男はやけくそのように言った。ふと、車窓から空を見上げると、

「おや、雪だ。今夜は冷え込むかもしれませんな。やれやれ、それにしても気の毒なことだ。さぞや今ごろは、あの古風な建物のどこかでのんびりしてることでしょうな。もうじき実の姉夫婦、それにその借金友達の手で命も財産も取られるとも知らず……」

「ふん、そして」

中年女は、連れの露骨な言いざまをたしなめようともせず、冷たい笑みを浮かべた。

「ありもしないところからの〝特別ご招待〟を信じてね」

「まったくいいホテルに招待されたもんだ」

古風な鍵をもてあそびながら、自室を出た彼は、古びてほの暗くはあるものの、手入れの行き届いた廊下を歩んだ。窓からは思いがけない方向に奥深そうな森や、ときに湖が見え、内装に劣らず目を飽きさせなかった。

すれ違うポーターやメイドの装束もごく古雅《こが》で、さきほどの紙片の余韻もあってか、このホテルはああした物語にいかにもふさわしく思えた。わけても怪人と名探偵が、知恵比べ腕比べ胆比《きもくら》べを繰り広げる舞台としては。

（こんな西洋館が、都会からそう離れてもいない場所に、今も堂々と建っているのなら）彼は考えた。（あの小説で、物語の舞台となる〝館〟を存在させるために、ああまで小理屈をこねることはなかったな。おれのたった一冊の本、最初で最後の著書の中で――）

それは、今も癒えきらぬ痛みと、このうえない苦みをともなう思い出だった。そうだ。あのとき、せっかくつかんだチャンスを後ろめたいものに感じ、好きな道に進むことに罪の意識を覚えるような自分でさえなかったなら……。

「何がびっくりしたって、あの子が知らない間に小説を書いていて、しかもそれが何とかいう懸賞に一等入選したときには焦りましたよ。だって、変に作家志望でも起こされちゃ大変ですもの」

中年女はさもいまわしい出来事であるかのように言った。連れの中年男は、その意味をはかりかねて、

「いや、現に作家志望だから、コツコツ書いて懸賞に応募したんじゃありませんか」

「いえ、それはそうですけどさ。せっかくあの子をそこまで教育してきたのに、小説家になろうなんて謀反気《むほんぎ》を起こされて会社を辞められちゃ、とんだ迷惑ですからね」

「とんだ迷惑、ねえ」中年男は目をしばたたいた。「つまり、作家専業になんぞなられちゃ、売れるようになるまでに貯金が取り崩され、ひいては財産が目減りするというようなことですか」

「そうそう。あの子が結婚でもしない限り——させはしないけど——あの家の財産はいずれ私たちか子供たちのものになるんだから、勝手な真似はしてほしくないのよ。それに、私はもちろん、主人だってお偉い義弟なんかは別に持ちたくないんだしね」

「いやはや、驚いた方々だ」中年男は呆れたような声をあげた。「そのくせ、あなたのご主人が独立して事務所を構えるのには賛成なすって、あげく事業に大失敗で巨額の負債を抱えたわけでしょうが」

「あら、そういうそちらこそ」女は冷ややかに相手を見すえた。「ご本業のかたわら先物《さきもの》に手を出されて、にっちもさっちもいかなくなったんでしょう。それで協力されることになったと主人から聞きましたけど？」

「ん、まぁ、それはそれとして」中年男は咳払《せきばら》いした。「で、どうなさったんですか？」

「そこは八方手を尽くしましてね。親戚一同、寄ってたかって断念させました。もっとも、私自身は決してきついことは言いませんでしたよ。あくまで受賞をほめそやしながら、さてにこやかに言ってやったんです。『それであんた、一生作家としてやっていけるの』ってね。これが一番効いたようでしたね」

——やっていけるの。

姉の心配そうな言葉と義兄のいかにも人生の先輩らしいアドバイスに負け、彼は夢の直前でたたらを踏み、そして永久にチャンスは去った。それは、ようやく幕が上がったばかりの物語世界を葬り去り、そこに活躍すべき探偵や犯人、その他無数の登場人物たちを窒息死させることにほかならなかった。

まるで——と彼は考えた。まるでそれは、あの【前号までの粗筋】だけで続きが失われたようなものではないか。と、にわかに脳裡にひらめくものがあった。

（どうだろう、いっそおれ自身があの中の探偵になって、このホテルを舞台に続きを考えてみようか。そうだ、そうしてみよう。おれが自ら閉ざした物語と登場人物たちへの罪滅ぼしのつもりで）

いかにも子供っぽい思いつきだったが、これほど彼の好みにかなうことはなく、にもかかわらずあの妙な罪の意識にもとらわれずにすんだのは不思議だった。

（そう、おれは花筐とかいう名探偵、宿敵《殺人喜劇王》との対決のためにこのホテルにやってきた……)

罪の意識はなかったが、自分で自分に噴き出さないようにするには一苦労だった。いや、それだから駄目だったのかもしれない。あの粗筋に見るようなヌケヌケとした、リアリティだの何だのに色目を使わない小説づくりを志していたならば、あるいは物語の女神は自分を去らなかったのではないか……

ともあれ彼は、それからというもの、〈白峰〉〈異苑〉〈オルランド〉〈アモンチリャドー〉などといかにも由緒ありげな名のレストランやバーを覗き、古い映画にでも出てきそうなチャペルや宴会場をあてもなく経巡《へめぐ》った。備えつけの新聞に今日の日付が入っているのがかえって奇異な気さえするロビーに腰掛けて沈思黙考にふけりもした。

それらの何もかもが、彼の思いつきを支えてくれた。むろん偶然にちがいないが、彼の行く手にちらちらと蠢いては消える人影までもが、彼の夢想に一役買ってくれているかのようだった。

「えっ、何ですって……はい、はい」

携帯電話を手に、助手席の中年女はいらだたしげな表情を浮かべ、ホテルを眺めながらうなずいてみせた。

「じゃ、わかりました。あの子が部屋に戻り次第知らせて。くれぐれも見とがめられないように……じゃね、はい」

「どうしたんです」電話を切るのを待ちかねて、中年男が聞いた。「ご主人、何を言ってこられたんです」

「ええ、それがね」女はうっとうしそうに、「あの子――弟ったら、何がうれしいのかホテルの中をむやみと歩き回って、一向《いっこう》落ち着かないんですって。これじゃせっかくの計画が台なしだわ。あの子が部屋にいるところを訪ねてゆき、いきなりみんなで押えつけるのが目的なのに」

そのために彼女のご亭主、哀れな犠牲者にとっては義兄だが、彼はあらかじめホテル内に入り込み、共犯者たちのために侵入路を開くことになっていた。

「そして、そのあとは」中年男は暗唱するように言った。「弟さんを眠らせて運び出し、そのあとに私が彼に変装して――何の因果か、ご亭主よりも赤の他人の私の方が、はるかに背格好や顔つきが似せやすいですから――いろいろと奇矯な振る舞いをしてみせたあげく、森の奥の方に入ってゆく姿を目撃される。そして……」

だんだんと声が小さく、滅入るような調子になったのは、男がこの計画に気が進まないのを示していた。だが、中年女はそんな思いをバッサリ断ち切るかのように、

「そして後日、この近くの湖水あたりからあの子の死体が発見される、と。私が彼の原稿から拾い出した遺書めいた小説の一節を残してね。でも、そのためには、もうしばらく時を待たないといけないようだわね」

「そのようですね。それも、願わくばなるたけ長く……あ、いや」

つい本音をもらしかけ、男はあわてて口ごもった。そのあとに続いた気まずい沈黙を破ろうと、必死に話の接ぎ穂《つぎほ》を探した。

「と、ところで奥さん」彼は唐突に言った。「話は変わりますが、近ごろ図書館のお仕事はどうです」

「おや、興味がおありなの、ああいった方面に」

こんなときに何ノンキなこと言い出すのよ、とでも叱りつけられるかと思いのほか、中年女は上機嫌で答えた。

「私の長年の持論がやっと実現しましてね。子供たちや、どうかすると親たちにまで人気のある、けれど決して読ませたくない本を開架の本棚から追放する運動を進めています。それも、うちだけじゃなく全国の児童図書室でね」

「へぇ……どんな種類の本ですか」

「決まってるじゃありませんか。江戸川乱歩の怪人二十面相とかの探偵小説物、それにSFだとかファンタジーとか、ああいったいかがわしく不健全な空想を育てるものは残らず閉架にしまい込んでしまいましたの」

「ほう、いけませんか、ああいったものは」

男は意外そうに言った。女は「もちろんですとも」と胸を張って、

「こういった下劣な代物を児童文学の世界では『怪魔《かいま》もの』といいましてね、確か滑川道夫《なめかわみちお》先生のご命名と聞いておりますが、良心的な作品が売れなくなったのはこれらのせいだというのが定

説ですわ。また寒川《さむかわ》道夫先生は、子供たちが幻だの影だの、塔だの城だの、密林だの黄金だのといった言葉だらけの探偵小説や冒険小説に読みふけるのを見て『これは一体何であろうか。全く前近代的な、怪奇と混迷の中にさまよい歩いている姿ではあるまいか。このどこにも未来を託せるような明るい人権尊重の気持などさがし出すことは出来ない』と嘆いておられ——あら、いやだ。柄にもなく一席ぶってしまって」

女は男に向き直ると、それこそ柄にもなく媚《こ》びるような視線を向けて、

「私なんかより、あなたこそテレビドラマのプロデューサーなんて、すてきなご商売じゃありませんか」

「いえなに、つまらんもんですよ」男は言下に吐き棄てた。「とりわけ、私がやってるようなサスペンスものはね。ああいったものも頭打ちですな。いや、もともと私は純文学志向でしてね。私がテレビ局に入った時分は、よく文芸ドラマのロケでこうしたところへきたもんです。それが今は名所旧跡を見ちゃあ、そこに血まみれの死体を転がすことを考える。山やら森やらを見ると、そこでレイプをする段取りを立ててしまう。あーあ、文芸もののころに戻りたいですよ。いや、いっそバラエティがいいかな。ミステリーなんて殺し場と裸を出すのに便利だからやってるまでで……」

「しっ」

中年女は、にわかに厳しい表情で男のおしゃべりをさえぎると、携帯電話の着信音に耳をすま

せた。すかさず端末を取り上げると、

「はい、私……どう、今のようすは？　はい、はい、わかった」

「どうですって、ご亭主は」

問いかける中年男の声音には、できれば計画が中止になってもらいたいという弱気がにじみ出ていた。だが、答える女のそれはどこまでも非情だった。

「プランは予定通り決行、暗くなるまでそのまま待機せよ――って。今の時刻は裏口といえど、人目につかずにホテルに入るのは難しいみたい。何か妙に今晩はにぎわってるらしいの。ともかくそれが可能になりしだい、うちの人が偽名で確保した部屋に集合よ」

彼――花筐探偵になったつもりの――は、なおもホテルの中をさまよい続けた。今夜はこの古風な西洋館に何かあるのだろうか。むろんふだんがどうだかは知らないが、老若男女、外国人を含めて、何と多彩な顔ぶれでにぎわっていることか。まるでヴィッキ・バウム原作、エドマンド・グールディング監督のあの古いハリウッド映画そのままに。
小耳に挟んだ噂では、今夜――バレンタインの晩には、このホテルではきっと何かが起きるのだという。夢か、悪夢のような出来事が。それを期待してか、人々の顔はあるいは絶望に打ちひしがれ、あるいはひどく幸福そうであり、それぞれに期待を、不安を、喜悦を、恐怖を浮かべて一つとして同じものがなかった。

これはいったいどうしたことだろう、と彼すなわち花筐探偵は考えた。むろん、個々の事情は知る由もないが、ただ一つ確信できたのは、今宵ここに無数の《物語》が群れ集《つど》おうとしているということであった。おそらく彼の姉やお堅いセンセイ方の好みには合いそうにもないものばかりではあろうが。そして、彼という探偵にとっての《物語》とは、もちろん――

「探偵として、怪人と対決することだ」

彼はつぶやいた。今やその声や表情のどこにも、照れやごまかしは見出せなかった。

「で……いよいよやるんですか」

「そうよ、決まってるじゃない。あんた、手筈はととのったんでしょうね」

「ああ、細工は流々というところだ」

さきほどまでの男女の会話に、いま一人の中年男が加わっていた。見るからに脂《あぶら》ぎったアクの強そうな感じで、なるほどこれでは義弟の替え玉はつとまりそうにない。言うまでもなくこれが中年女の亭主で、場所もホテルの一室に移っていた。

「本当はあの薄ら馬鹿の部屋で待ち伏せしたいところなんだが、さすがに鍵は開けられなかった。だから、あいつが部屋に戻ってきたところを襲うことになる」

「そんなことができるんですか。ホテルの廊下に、そう都合よく死角があるかな」

「だから、まず女房が呼び止めて注意を引きつけるんだよ。その隙に背後からあんたが羽交い締めにし、おれがガツン！　とやる」

女の亭主は、グイと太い指をつきつけた。

「ぼ、ボクがですか。でも、となると奥さんの、それに悪くするとボクの顔も弟さんに見られちゃうということに……？」

「ま、そうなるだろうな」亭主は平然と言った。「そうとも、だから着実に殺《や》らなくちゃならない。それとも何かい、おれの代わりにあんたが殴りつけるかい？」

「いや、それは……」

「じゃ、言う通りにするんだな」

亭主は傲然とあごを反らした。ふと周囲を見回すと、さもいまいましげに舌打ちして、

「それにしても、こういう古臭い建物を見てると、商売柄かもしれんがムカムカしてくるな。ガラス張りの鉄骨造りに建て替えるか、いっそ更地のまんま駐車場にでもしちまうか。とにかくとっととブッ壊しちまいたいね。それこそガツン！　とな」

不覚であった。瞬間、後頭部に痛みが花火となってはじけたかと思うと、目の前に暗黒星雲が渦巻いた。この世のすべてがその中に溶かし込まれ、彼自身の意識もそこへ吸い込まれていった。……

いやしくも探偵としては、決して自慢できるありさまではなかった。だが、同情すべき点がな

いでもなかった。それは、自室近くの廊下に唐突に姿を現わし、彼に呼びかけた人影が、ほかの誰にも増して「現実」というものを思い出させたからだ。

「あれ、姉さん？」

きょとんとして言葉を返すのと、背後から羽交い締めにされ、鈍器が振り下ろされるのが同時だった。だが、その一撃は大いなる《物語》のページを開く拍子木でもあった。

＊

探偵・花筐城太郎は、ふと目を覚ました。何がどうなったのか、一瞬訳がわからなかった。何しろ、映画のフィルムが途切れたようにホテルの廊下から室内に場面が飛んだかと思うと、わが身は固く縛《いまし》められ、ベッドに押し込まれていたときては。

しかもその枕頭には、いかにも顔相悪く人品いやしげな男女計三名がしきりとささやき交わし、何やら鳩首《きゅうしゅ》協議のていであった。だが、そこは名探偵である。彼の限りなき叡智《えいち》はたちまちにして状況を了解し、底知れぬ胆力は大胆にも次のセリフを発さしめた。

「おやおや諸君、またえらく深刻そうに相談中だね。僕も一枚加えちゃもらえまいか。諸君よりちっとはましな答えが出せそうだぜ」

悪党どもはギョッとベッドを振り返って、

「ヤ、ヤ、こいつ目を覚ましてやがった」

「畜生、いつの間に」

「あわてるんじゃないよ、いくら目を覚ましたって、身動きできゃしないんだから」

口々に罵《ののし》り騒ぐのを、花筐探偵はニコニコと見上げながら、

「この姐《ねえ》さんの言う通りだ。何も心配には及ばないよ。騒ぐ暇があったら、花筐城太郎はすこぶる元気で、貴殿を捕縛する予定には毫も変わりはないと伝えてくれたまえ。誰にって、むろん君たちの親玉さ。さよう、《殺人喜劇王》という名前のね！」

その刹那、三人の悪党の目に驚愕が火花となって散った。


「おい、こいつ今何て言ったんだ？」

「殺人喜劇……とか何とか。知ってます、お二人は？」

「そんなことどうでもいいじゃない！　それより早く始末しなきゃ」

「そ、そうだ、はっきり顔見られたんだ、おれたち三人とも」


「おや、何か取り出したね。ナイフか、それともピストルかい？」彼は悠々として笑い飛ばした。「何だい、薬かい。ハハン、毒薬だな。それをどうやって服ませようっていうんだ。この花筐城太郎をそんな方法で葬り去ろうなんて、そいつぁいささか不服というもんだぜ」

「ハナガタミ……何のことだ？」

「さ、さあ？」

「ショックでどうかしたのよ。いつもこの子は夢みたいなことを——早く眠らせて！」

名探偵のあまりの落ち着きに気圧《けお》されたか、三人の小悪党はますますあわてふためくばかり。何たる滑稽《こっけい》。寸分も身動き取れぬ囚われ人に、かえって翻弄されようとは。

「どうした、どうした」

花筐は平然と、かわらぬにこやかさで言った。

「やっぱり、ここは御大将にご登場願わなきゃならないようだね。行って君らの首領に伝えたまえ、この花筐が《殺人喜劇王》どのに面会を申し入れていると！」

「また変なことを言い出してますよ」

「畜生、こうなったらひと思いに——」

小悪党は小悪党ながらに腹を決め、じりっと寝台に臥す探偵ににじり寄ったときであった。締め切ったはずの室内を、一陣の冷えきった風が小雪まじりに駆け抜けた。カーテンの音が、平家《へいけ》の大軍勢を敗走させた水鳥の羽音のごとく鳴り響いた。

「だっ、誰だ?」

三人は異口同音に叫んだ。だが、ベッドの彼だけは平然と——

「やっと姿を現わしたね、わが親しき怪人よ」


ああ、何という暗夜の怪異。古風なホテルの一室に、忽然として姿を現わしたは、他の何にも増して古怪な姿の人物であった。何かの挿絵から抜け出したようなダブダブした衣装に身を包み、腰には金ピカの剣を佩いている。そして顔には——恐怖すべき笑いを刻みつけた仮面。

「《殺人喜劇王》!」

花筐城太郎は親しげに、しかしどこまでも鋭くその名を呼んだ。

「君がそのような衣装をまとい、血なまぐさい復讐事業に一身を捧げた理由を僕は大方知っている。そして、その仮面の下の顔をも探り得たつもりだ。君はいかなる手段を用いても初志を遂げようとするだろうし、僕は何が何でもそれを止めるつもりだ。君がそんな僕を滅ぼしにかかったのは当然の話だし、むしろ光栄にすら感じているよ。

だが……そのゆえにこそ僕は君のために惜しむのだ。《殺人喜劇王》ともあろうものが、かかる拙劣な手段を用いたとはね。こんな縄ぐらいで僕という探偵を縛っておけると思っているのかね。

そんな毒薬ぐらいであの世に送れると信じていたのかね。侮辱だ、侮辱だ。とりわけ、こんなつまらぬ連中を手先に用いてそれを行なったことに、僕は憤懣《ふんまん》を覚えずにはいられないのだよ」

その言葉の間、怪人は身じろぎもしなかった。その姿を押し隠した仮面と装束は、いかなる感情も表わしはしなかった。いや、唯一例外があった。その腰の剣と、そこにゆっくりさしのべられた手であった。

「あっ」

三人の小悪党が間の抜けた声をあげる中、幾多の人々の血糊にぎらつく刃がスラリと抜き放たれた。ツカツカと寝台に歩み寄ると、そのまま花筺にその切っ先を突き立てた——かに思われた。

この場にたとえ千人万人がいようとも、その全員が探偵の肉体が切り裂かれ、その血が噴き出すさまを予測したことだろう。だが、案に相違して目前に展開されたのは、プツッという鈍い音もろともグルグル巻きの縄が真っ二つに分かたれる光景であった。

怪人が剣を振りかざしてさえ平然としていた花筺であったが、この成り行きには驚いた。彼の明智をもってしても予測し得なかった事態に戸惑いつつ、ベッドから降り立った。

「花筺君」

怪人はこの世のものならぬ、まるで歯車が軋《きし》り、洞窟を吹き抜ける風のごとき声音で言った。それは確かに仮面の隙間から漏れ出ていながら、同時に部屋のそこらじゅうから聞こえてくるようでもあった。

「君をわが宿願の最大の難敵と見抜いた私の目に狂いはなかった。あるいは君こそ、私の真の理解者なのかもしれぬ。そのことを愉快に思うとともに、私もまたいささか不満を禁じ得ぬ。君ともあろうものが、かかる奴輩《やつばら》をわが配下と見なし、その所業をこの《殺人喜劇王》の命によるものと誤解したことをな」

「なに」花筐は目をみはった。「では、すると――?」

「そうとも、奴らは私とは何の関係もない。おそらくは探偵としての君に何か逆恨みでも抱いて、君をつけ狙ってたまたまここに来たに過ぎないのだ。命知らずにもわが名を騙《かた》ってな。だが奴らにとっては不運なことに、このホテルには君の目星通り本当に《殺人喜劇王》がひそんでいたというわけだ」

意外な言葉に驚き、ついで腑《ふ》に落ちた探偵がうなずくのと、《殺人喜劇王》が三悪人に襲いかかるのが同時だった。アッという間もなく、彼らは怪人の腕に扼《やく》され、あるいは剣に刺し貫かれ、あるいはのど首をつかんで高々と宙に差し上げられた。

「手出しは無用……こやつらの始末は私がつける。私の名誉にかかわることだからな。では親愛なる花筐城太郎君、あらためての勝負のときまでさらば!」

きらびやかな衣装が蝙蝠《こうもり》の翼のようにはためいて、怪人は窓の外へと跳躍した。

「待て! まだ話は終わっていないぞ。君がさらった令嬢はどこだ!」

そう叫ぶや、彼は怪人のあとを追い、ダッとばかりに駆け出して行った――現実よりはるかに豊かで、夢と奇想が綾《あや》なす《物語》の中へと、後ろは振り返りもせずに。

——数日後、ホテル近くの湖畔と森で、中年の男女三人の死体が相次いで発見され、状況などから情痴の果ての惨劇と断定された。ここに奇妙なことは、偽名で投宿したはずの義兄の名がはっきり宿帳に記載されているのに対し、哀れな被害者として果てるはずだった彼の名が見当たらないことだった。そのかわりに記されていた名は「花筐城太郎」、職業欄には誇らしげに「探偵」とあった。

輪廻《めぐ》りゆくもの――ノンシリーズ怪奇

井上雅彦さんの《異形コレクション》の『幻想探偵』に依頼された短編で、実は井上さんご自身も読者のみなさんも、本書収録の「探偵と怪人のいるホテル」に始まる花筐城太郎シリーズを期待しておられたようなのです。それを裏切ったのは申し訳なかったですが、私としてはあえて探偵不在の探偵小説であり、何よりホラーである作品を書いてみたかったのです。あまりにそれまでの作品と切り離されていたため、今日まで再録の機会を得ませんでしたが、これはこれで私の考える「幻想ミステリ」として会心の作になったと考えています。

これが都市型集中豪雨というものなのだろうか、うかうかと打たれるままにしていたら、衣服はおろか皮膚も肉ももろともに、文字通り身ぐるみはがされてしまいそうな雨降りだった。

こうした激しい雨は厄介《やっかい》で迷惑な半面、一種の爽快さがともなうものだが、ここまでひどいとそんな気楽なことも言ってはいられない。何だか悪意と憎悪に満ちているというか、うらぶれたこの街、ことによったら世界そのものを押し流してしまいたがっているような荒々しさがあった。

それは大げさにしても、私の勤め先である商事会社（というもはばかられる零細事務所だが）が入っているのは築何十何年とも知れない老朽建築だけに、あちこちからじんわり雨がしみこむ気配がしていたし、窓の外では、行きつけの喫茶店「プルートー」の小じゃれた看板や、眼科に歯科、耳鼻咽喉科に皮膚科といろんな診療所が入っていて、私も診《み》てもらいに行ったことのあるビルなど、見慣れた街並みが雨しぶきにかき消されてしまっていた。

何にせよ、今日は外回りの仕事でなくてよかった——私は、ささやかな幸運に感謝しながら、たまたま手元にあった「シティ・キング」というタウン誌をめくっていた。手持ち無沙汰のあまりの時間つぶし。だが、百パーセント仕事ではないとも言い切れなかった。

というのも、この雑誌にはうちの社の関係先の広告や記事が載っていることが多いからで、その意味では仕事の一環と強弁《きょうべん》できなくもない。

断わっておくが、年がら年中、こんなのんきさで勤務時間を過ごしているわけではない。いつもは矢継ぎ早に、

「初江《はつえ》さん、いつも通りこれお願い」

「初江さん、これもよろしく！」

「あ、初江さん、ちょっと……」

などと社長をはじめとする面々（というほどの人数ではないのだが）から飛んでくる、命令やら指示やらお願いごとやらへの対処だけでせいいっぱいだ。入れかわりの激しいこの会社では、最年少の女性である——しかも、まだ学校時代の思い出を引きずってもいる——私がけっこう古参だったりもするから、あまり気を抜いてもいられない。

だから、たまにはこんな日もあっていい。うまくしたもので、電話も今日はすっかり鳴りをひそめている。このまま五時になってしまえばいい——そう、思った矢先。

コツ、コツ……雨音がやかましい窓とは正反対の、扉の方からノックの音がした。いやに骨身にしみるような響きだった。

「はい？」

反射的にそう答えて腰を浮かしたとき、ドアの向こうで〝じゃ、お願いしまぁす〟とか何とか、年齢ばかりか性別すら不詳の声がして、何かが置かれる気配があった。

「あ、ちょっと待って……いま出ますから！」

そう言ってほんの数歩先のドアノブをつかみ、開いた戸口の向こうに身を乗り出したのだが、陰気臭い蛍光灯に照らされて奥へと続く廊下には誰の姿もなく、似たようなドアを並べたほかのテナントからは、相変わらず人がいるんだかいないんだかわからない静けさが漂い出るばかりだった。

（………？）

思わず小首をかしげた私は、その拍子に足元にあるものに気づいた。明らかにさっきの声の主が置いていったと思われる大判の封筒を、けげんな思いで拾い上げて、すぐに「なぁんだ」と思った。そこに刷り込まれた団体の名称とマークを一瞥《いちべつ》すると、

（ＪＵＯの回覧か、そういえば、そろそろ次のが来る時期だっけ）

ＪＵＯというのは、中小企業の互助組織のようなもので、それ以外の業界に属するひとにはおよそ無縁な、知る人ぞ知るといっていい団体だ。だが、その活動内容にはなかなかあなどれないものがあって、税金の申告支援や役所との交渉、経営指導や法律相談までほとんど無償で引き受けてくれる。うちのような会社にとっては実にありがたい存在だ。

もっともらしいアルファベット三文字は、何か英語名称を略したものかというとそうではなくて、以前は――今も別に変わったわけではないが――縦横《じゅうおう》会と呼ばれていたのにローマ字を当てただけらしい。正式には、そこに〝商工〟だの〝協同〟だのという単語がくっついてもっと長いらしいが、たぶん業種や系列の枠を越えたタテとヨコの連携を作ろうという意図からの命名だったようだ。

それではあまり格好よくないというので、現在の表記に改められたらしいが、かといって今どきの若者をひきつけそうにはなく、そのせいか新規会員が増えたという話も聞かない。

加えて、半ばボランティア的な組織だけに、専従職員もあまりいないらしく、会の活動に関するお知らせやトピックス、諸種の資料の回覧、それに会費の集金などは会員自身の手で行なうことになっている。現に今、誰かがわざわざ雨の中持ってきてくれたのもそれだ。

じっとりと湿気を含んだ袋から書類やファイルを取り出し、会員各社に配られるものと、そのまま次に回すものを区別し、どちらもざっと目を通しておく。後者はむろん袋に戻すのだが、その前にこの袋を確かに受け取ったしるしとして、ファイルの第一ページに設けられた会員欄に判子《はんこ》を押しておかなくてはならない。

ちなみに、うちの社は、この地区の縦横会会員としては文書回覧の二番目に当たっているらしく、いつも判子を押す欄には一社だけ捺印がすませてある。

丸囲みの中に「秦広」と記してあるのは、確か不動産業らしいその会社の名ではなく、縦横会に関する事務処理の担当者の名だろう。とすると、ハタ・ヒロシとでも読むのか。

あいにく、この秦さんと会ったことはなく、電話などで言葉を交わしたこともない。いつもうちの社にファイルその他の入った封筒が届けられるだけだ。ひょっとして、さっきの声と気配の主が、そうだったのだろうか。

いやいや、まさかうちより小さなオフィスとは考えられないから、この「秦広」氏もそれなりの管理職。そんな仕事はアルバイトにでも任せて、自ら雨の中持参することはないだろう。

私は机の引き出しを開けると、自分の印鑑を取り出した。これはいささか変わった代物で、というのも苗字だけではなく「初江」という下の名前が彫られていて、むしろそちらの方が目立つぐらいだ。

何でも、うちの社にやたらと同姓の人間がいたことがあって、混乱を避けるためにフルネーム入りの印鑑を持たせるようにした名残《なごり》だそうだ。「釈《しゃく》」という私の苗字の持ち主が、ほかにそんなにいるとも思えないが、さっきも触れた通り、ここではもっぱら「初江さん」呼ばわりされているのだから、さして違和感はない。ただ、次以降この欄を目にする人たちには、どう映じていることやら。

判子を手にしかけたとき、窓の外でひときわ大きな雨音が、まるでどこかの滝が応援に駆けつけたみたいな勢いで鳴り響いた。

あらためて濡れそぼったガラスの向こうに視線を投げると、雨はやや勢いを減じたものの、よほどの重装備でなければ外歩きはまだまだ避けたほうがよさそうだった。幸い、縦横会の書類は一週間たってから次に回すことになっているので、今日行く必要はない。

ここに不思議なのは、一週間以内ではなくきっちり一週間たってからというルールで、べつだん不都合なこともなかったので従ってはきたのだが……もしかして回覧一番手の秦広さんは、それを忠実に守るべく、このひどい大雨にもかかわらず封筒を届けさせたのだろうか？

(だとしたら、何て律儀《りちぎ》な……)

そんなことを考えながら、私は見るとはなしに同封の会報に視線を遊ばせていた。ついでながら、うちの社の次には締沢綜業《しめざわそうぎょう》、通称を締綜という会社に回すことになっている。

同じ街区《ブロック》内に四階建てのビルを構えた、うちよりはずっと大きな、しかしやっぱり中小企業で、「帝」と「宗」の二文字に一つの糸へんを共有させた社章《ロゴ》をてっぺんに掲げているのが目印だ。社の略称を表わしているわけだが、こないだふと気づいたところでは「宗」ではなく「宋」の字が用いられ、しかも普通とは逆順になっており、たぶんこれにも何か由来があるのだろうが、そこまでは私などの知るところではなかった。

一週間後にこの封筒を締沢綜業さんに持ってゆくのは、どうせ私の役目となるだろうから、そのとき訊《き》いてみようか。できたら、その日は今日のような天気であってほしくはないものだ。

それにしても、ほんとによく降る――。事務所を離れるわけにもいかず、これといった仕事もなく、私は所在なさのあまり、大して興味もない封筒の中身に目を通し始めた。と、そのとき、

(…………?)

私は、軽く目をみはらずにはいられなかった。それは、ＪＵＯ――縦横会の活動報告のような短信欄に記された、ある名前に対してだった。

(あら、この人は確か、最近――?)

けげんな思いとともに、心中そうつぶやいて、その無味乾燥な活字の羅列に再度目を凝らそう

としたときだった。

「いやー、まいったまいった」

「ただいま、初江さん！」

　事務所のドアが勢いよく開いて、外回りに出ていた社員たちが戻ってきた。私はあわてて所定の欄に判を押すと、それを含めた書類を脇に押しのけ、すっかりぬれねずみの彼らを迎えるべく立ち上がった——。


　それから、ちょうど四週間後。打って変わってカンカン照りの昼下がりのことだった。私は外回りから帰りがけ、ちょっとばかり生じた時間の余裕を有効に活用すべく、行きつけの喫茶店「プルートー」で、独りお茶を楽しんでいた。

　ここは、ずっと以前で時が止まったような昔ながらの喫茶店で、古い外国映画の一場面を模したような内装といい、控え目に流れるクラシックといい、時代離れのしたような雰囲気が、ひそかなお気に入りの場所となっていた。

　そこであらためて思い出されたのは、今とは何もかも対照的な、あの雨の轟《とどろ》く夕まぐれの出来事。いつもいつもルーティンワークとして処理してきたＪＵＯの回覧書類、そのとある一節に含まれた人名だった。

　私を驚かせたことに、それはずいぶん長いこと会っていない、そして本来そう親しくもない知人の名で、しかも奇妙なことには、その少し前に訃報《ふほう》に接したばかりだった。

その知人が、この団体にかかわっていたとは初耳だったし、それ以上に不思議なのは、なぜ亡《な》くなったばかりの人間の名を掲載する必要があったかだ。あれは別にお悔やみ欄などではなかったはずだ。

何か掲載の理由があって、そのあと急死したため削除ないし訂正が間に合わなかったのか？だとしたら、なおさらあそこに名が挙がっていた理由が気になる。

加えて、こういうことがあったのは初めてではない気がする。といっても、そのときはしばしば新聞に載るような有名人で、だから名前こそ知っていたものの、私にとって特に近しい存在ではなかったので、「あれ、そういえば、この人……」と小首をかしげただけで忘れてしまったのだが。

そのときはそれきりで、再度見直すこともしなかったが、今回はちゃんと記載を確かめてみた。なのに、奇妙なことにはいくら調べてみても、その知人の名は見つからなかった。何か別人の名と読み違えたのかもしれないが、それらしいページそのものが見当たらないというのは不審と言うほかなかった。

くわしく調べようにも、私はもう自分の印を押して提出してしまったので、堂々と調べるわけにもいかない。そうこうするうち、封筒を次の会員である締沢綜業に持ってゆく期日になってしまい、その役目を引き受けた私はまたしても中身を改めてみたが、結果はやはり同じだった……。

（あれは結局、何だったんだろう。それに……深く考えてみたこともなかったけれど、あのＪＵ

〇の回覧書類とはいったいどういう意味を持つものなんだろうか）

そんな疑問がふとわいたのは、暑気のせいで少し疲れていたせいかもしれない。

それを解消しようと冷たい飲み物に渇きをいやし、外のまばゆい光のせいで、最初はひどく薄暗く見えた店内に視線をめぐらせる。古びた調度も、ほのかなコーヒーの香りも、何もかもがいつもの通り。

とりわけ変わらないものといえば、カウンターの向こうに見えるここの主人、江馬《えま》さんの穏やかな笑顔だ。小柄で丸っこくて、このうえもなく優しげな風貌に接した人はきっと言うだろう――まるでお地蔵様そっくりだ、と。

それが、ほめ言葉になってるのかどうかは別にしても、十人のうち十人が同じ感想を抱くに違いなかった。

もし、ここにやってきた客が、「プルートー」というちょっと風変わりな名前の由来について尋ねたなら、お地蔵様こと江馬さんはきっとにこやかに、懇切丁寧《こんせつていねい》に教えてくれるだろう。

「ああ、むろん由来はありますよ。え、外国アニメに登場するキャラクターから取ったのかって？　いえいえ、そんなんじゃあなくって……いや、考えてみればそっちも由来は同じかな。要はPluto――冥王星のことでね。昭和の初めにこの星が太陽系九番目の惑星として発見され、ローマ神話の冥府の神の名がつけられたとき、有名な文学者で天文研究家の野尻抱影《のじりほうえい》さんが『冥王星』もしくは『幽王星』という訳語を提案され、京都天文台や世間一般ではすぐに前者を採用したんだけど、なぜか東京天文台はこれを拒否して『プルートー』という表記を十何年も使い続けた。子供のときに、それに基づいた天文図を見て、冥王星の代わりにそんな聞いたこともない星が太陽の周りを回っているのにびっくりしてね。それで、強く印象づけられたというわけなんですよ」

といった、いとも懇切丁寧な調子で。

だが、この日の江馬さんは、そんないつものようすと少しばかり違っていた。

カウンターに積んだ書類とにらめっこしながら、ためつすがめつ、ページを繰ってはまた後戻りの繰り返し。ひどく困りきったというか、判断をつけかねているようすで、ときには長いため息をもらしながら、目やこめかみのあたりを指で押しもんだりしていた。そのときの表情ときたら、何とも苦衷《くちゅう》に満ちていて気の毒なぐらいだった。

お地蔵様、いや失礼、江馬さんにも、そんな風になることがあるんだ——そんな当たり前のことに軽い驚きを覚えたときのことだった。ふと、妙なことに気づいた。

江馬さんが読んでいるものに、どうも見覚えがある気がしていたが、それもそのはずで、あれはあのＪＵＯの回覧物ではないか。

(江馬さん、というかこの「プルートー」もあそこの会員だったのか……)

意外さに驚きはしたけれど、考えてみればそれほどのこともない。縦横会はけっこう歴史のある団体らしいし、草の根的な組織力を持つだけに、いろんな業種を網羅していても不思議ではなかった。

私はそんなことを考えながら、江馬さんのことを見るともなく眺めていたが、その視線に気づいたか、彼の方から顔を上げて、

「いやあ、いつものことながら、こういうのは判断に困りますよねぇ。そうだ、あぁたもこいつの担当者なんでしたっけ。ここに押してある判子は、あなたのものでしょう?」

　言いながら、ちょっと持ち上げてみせた書類には、見知らぬハタ・ヒロシさんのそれと並んで確かに私が押した印鑑があり、その次には例の糸へんと「宋」「帝」を組み合わせた締沢綜業の社章、さらには私も行ったことのある各種診療科の入った雑居ビルの代表印らしきものが、朱肉も鮮やかに据わっていた。

「それにしても、困ったなあ。……そういえば、あぁたは、いつもどうしてます?」

「さ、さあ……いつでもチャチャッと見るだけ見て判子押してますけど」

　いきなり話を振られ、私は戸惑い気味に答えた。

　すると江馬さんは「おぉ、そうですか」と目を丸くし、続いてため息まじりに、

「確かに、そういう思い切りの良さも必要かもしれませんねぇ。だが、あぁたのところはまだ二番目だからいいとして、私のとこはそうもいきませんからなぁ。私んとこで打ち止めにするか、それともさらに次に回すか……うーん、一週間の期限いっぱいまで考えて、まだ判断がつかんとは、いやはや、私も衰えたもんだ」

　私にはどうにも理解しかねる内容を、わかっているものと決め込んだようすで語り続けた。た

だ推測できたのは、例の書類は私のとき同様、かっきり一週間手元に置かねばならず、江馬さんはその間悩み続けていたらしいということだった。やがて、

「よし、決めた。これは未決事項にして継続審議に回してもらおう。うむ、それがいい」

独りごとのように言うと、そのへんの小箱から取り出した印鑑を朱肉に押しつけ、ポンと書類に押捺《おうなつ》した。そのあと、ハッとした表情で壁の時計に視線を投げかけたかと思うと、

「しまった。もうこんな時間か。いかんいかん、このあと夕方までは書き入れどきだから、店を空けるわけにはいかないし、といってなるべく早くに届けないといけないし……」

お地蔵様は弱りきったようすで、何度も時計と書類を見比べた。そのありさまが、いかにも気の毒だったこともあり、私は思わずカウンターに向かってこんな言葉を口にしていた。

「あの、よかったら、私がそれ、持っていきましょうか。まだ時間の余裕はありますし、あんまり遠くないいんだったら……」

「え」

江馬さんは目をしばたたき、次いでうれしそうに、

「そうですか、そうしてもらえれば実に助かりますよ。いえいえ、何も遠いことはありません。ほら、ここの通りをちょっと行った先の『ミロク変成器《へんせいき》』という工場……そこの事務所に持って行ってくれればいいんです。その際、江馬から頼まれたといえば、すぐに通じますから。いやー、助かった。助かりましたよ、初江さん!」

そのしばらくあと、町工場の喧騒に背を向けた私は、時計を気にしながら勤め先へと急いでいた。表向きの活気とは裏腹に、どこかやりきれない陰鬱さを帯びたような工場街がみるみる遠ざかってゆく。

喫茶「プルートー」のお地蔵様こと江馬さんの頼みで立ち寄ったミロク変成器《トランス》というのは、電気関係の部品や測定装置を製造する会社だった。変成器というのは変圧器みたいなものらしいが、事務所に寄りついでに工場の一端をのぞいたぐらいでは、見当がつくはずもなかった。

かろうじてわかったことは、ＪＵＯの封筒はこのあと、この近くにある中華料理店「泰山《たいざん》」に回され、そこからコンピューター・ソフトの開発会社「ｅ－Ｑｕａｌｉｔｙ《イー・クオリティ》」に渡るということだった。いずれも名前こそ耳にした記憶はないでもないが、行ったことは一度もなく、まして知り合いなどいるはずもない。

薬膳料理が女性にも人気らしい「泰山」はともかく、見知らぬ会社を訪ねて入る勇気はなく、たとえ入れたところで、あちこちを渡り歩く書類のことをどこでどう尋ねたものか見当もつかなかった。

どうやら私は、いわゆる〈探偵〉には向いていないらしい。ただの事務員なのだから当然だが、ここに唯一の足がかりとなり得るものがあった。「ｅ－Ｑｕａｌｉｔｙ」の次に書類が回される先が、「シティ・キング」——私が愛読というほどではないにしても、毎号一応は目を通しているタウン誌の出版元兼編集室だということだった。

ここなら、うちの社と仕事上の付き合いもあるし、知人もいないではない。となれば、ここで訊かない手はなかったし、それ以外に方法があるとも思えなかった。

だが、いつ訪ねればいいものか。これまでのパターンだとミロク変成器から中華料理の泰山に回るまでが一週間、さらに一週間ずつを費やしてｅ－Ｑｕａｌｉｔｙ、「シティ・キング」編集室に至るわけだから、それだけ待たないと私の手を離れたあの封筒とは再会できないことになる。

やれやれ、そんなに待たねばならないのかと思ったが、かえってそれでいい気もした。それだけ時間がたてば、興味も薄れ、好奇心も涸れてくれるのではないか。そしたら、回されてくる仕事を何も考えずに右から左へと流してゆく、退屈だがお気楽な日々に戻れるのではないか。

うん、きっとそうだ——私は自分で自分に言い聞かせた。いくら何でも、それだけ時間がたてば、こんなつまらない、しかもあてどのない探偵ごっこを続けようなんて気は失せているだろう、とも。

「やあ釈さん、どうも珍しいですね、そちらの方からいらっしゃるなんて。で、今日のご用は——ああ、あのイベントですか。え、おたくの社でも協賛してくださる。そりゃ、ありがたいなぁ。ま、ともかくそこでお待ちください」

タウン誌「シティ・キング」の副編集長氏は自ら紅茶など入れてくれながら、ひどく愛想よく言うと、ドタバタとどこかへ立ち去ってしまった。

あれから三週間。私はあらゆる予測と期待、それに意思に反して、「シティ・キング」のオフィスに来ていた。

来るつもりはなかったのだ。いや、たとえ来るつもりでも、何の用事もなければかなわないところ、うちの社としての依頼事項があって、その使いに出されたのだから従わないわけにはいかなかったのだ。

これまで何度か訪ねたことのあるタウン誌の編集室は、相変わらずの乱雑さと閑散さだった。おなじみの“City King”の題字を大書したバックナンバーが、そこらじゅうに積まれているのはやむを得ないとしても、ちゃんと採算は取れているのか、作業に支障はないのかと心配になるほどだった。

だが、そんなものよりはるかに私の興味を引いたものがあった。くだんの副編集長が、私を応対するついでにかたわらのデスクにドカンと置いた書類入りの封筒の束だった。そのてっぺんに危なっかしく乗っかっているのは――また何というめぐりあわせだろう、あのＪＵＯからのそれにほかならなかった！

そっとあたりを見回すが、スタッフらしい人影はほかに見当たらず、副編集長も戻ってくる気配はなかった。といって、勝手に中身をのぞき見ていいはずはない。第一、これ自体に大した手がかりはなく、したがって収穫もないことはすでにわかっているではないか。

だが……せっかくこんなチャンスを与えられて、そのまま見過ごしにしていいものだろうか。

とはいえ、まさか手に取るわけには——と愚にもつかない逡巡に時間を費やすうち、あることに気づいた。

それぞれにいろいろ中身を詰め込まれた封筒は、あるいは膨《ふく》れ上がり、あるいは反《そ》り返って、しかも意外に滑りやすい素材でできているものだから、見るからに安定が悪そうだ。

ということは、私がここでちょっと立ち上がり、背中か肩をちょっとぶつければ……？　別に今すぐ立ち上がらねばならない理由はないのだが、あっ、そういえばストッキングの具合を直したいような——うん、確かにそんな気がしてきた。

バサッ！　私のちょっとした動きは、いささか安直なまでに狙いあやまたず、めざす対象を転落させた。そればかりか、ほかの封筒をも巻き添えにしてドサ・ドサ・ドサと崩落させてしまった。

「あ、あ、ごめんなさい！」

私は小声で申し訳のように言ったが、思わぬ事態に焦ってしまったのはあながちお芝居ではなかった。

だが、焦りかつあわてながらも私の手は迅速に動き、封筒の山を拾い上げ積み直すついでに、ＪＵＯの名前入りの封筒からはみ出した中身を探ってみた。だが、その結果は私をなおいっそうの混乱に追い込んだだけだった——。

（こ、これは……）

心中そうつぶやきつつも、指と視線をせわしなく走らせるところへ、背後から、

「あーあ、やっちゃいましたねぇ。いいですよ、僕が片づけますから」

いつの間に戻ってきたのか、副編集長氏の頓狂な声がして、封筒を拾い集めては小脇にかいこみ始めた。幸い私の挙動を怪しんでいるようすはなく、となればもう少し調べたいところだったが、そこはぐっとこらえてＪＵＯの封筒を手渡した。

彼は、それを受け取るや目を丸くして、

「いけない、これは今日中に持って行かなきゃいけないんだった。あやうく忘れるとこだった。まぁ、あとでついでに……どうかされましたか？」

独りごちたあとに、けげんそうに私の顔をのぞきこんだ。

「いえ」

私はあわててかぶりを振った。

——何なら、私がその書類、届けましょうか？

のど元まで出かかった言葉を、やっとのことでのみこんだ。人手がマスターの江馬さんほぼ一人といっていい「プルートー」ではあるまいし、そんなことを申し出るのは、不自然きわまりない。そのこと以上に、たった今かいま見た封筒の中身から受けた衝撃が、そんな大胆な行動を取らせるだけの余裕を与えなかったのだ。

そこにあったのは、確かに見覚えのある書類や冊子ばかり。秦広氏に始まり、ここ「シティ・キング」までの判子が押された捺印欄には、間違いなく私の手になるものもあった。

だが、それらはあの雨の日に届けられ、知人の名を記していたことから私の注意を引いたのと、断じて同一ではなかった。では、何だったというのか。

それは――私の記憶に間違いがなければ、きっかり一年前にうちの事務所に送られてきたものに相違なかった。

どういうことだろう？　一週間ずつの預かり期間を置いて、次々に回されてゆくはずの文書が、一年近くもここの編集室に留め置かれていたというのか。では、ここに届いているとばかり思った、あのときの封筒は今時分、どこをさまよっているというのだろうか。

いくら何でも、そんないいかげんなことをしていいのか。いや、まさか、そのこと自体に何か意味があるとでもいうのか――。

少なくとも、私にとってはたった今目にした内容には、見過ごしにできないだけの意味があった。

私が、前にも一度、亡くなったばかりの人物、それも有名人の名を見かけたことがあるといったのは、まさにこのときのものだったのだ。まさか、今ごろこんなところで再会しようとは……！

考えれば考えるほど混乱する私をよそに、「シティ・キング」の副編集長氏は、相変わらずの能天気さで、

「あ、ちょうどよかった。帰ってきたばかりなのに悪いけど、この版下とこのゲラと、それからこれをいつものあそこに持ってってくれるかな。ああ、それさえしてくれたら、今日は直帰してくれてかまわないから」

それは私にではなく、ちょうどオフィスに戻ってきた編集スタッフ――何となく頼りなさそうな男の子だった――に向けられたものだった。

(どうしよう)

私はとっさに自問した。この何だかきりのなさそうな探偵ごっこを、なおも続けるべきかどうか。だが、答えは考えるまでもなく、とうから決まっていた。さまざまな人から人へ、場所から場所をめぐりゆく、あの回覧書類を追ってゆくまでだと。


――その看板は、車の往来頻繁な大通りに面して、長年にわたり掲げられ続けたためか、ひどくすすけ、古びていた。

中央に「各種印刷・製版全般」などと記した文字を囲んで、看板の上段には「道」と「五」という字、下段には「輪」「転」の二字をそれぞれ左右に割り振って、それぞれ大書してある。

道五輪転《どうごりんてん》――そう解読するのに、ちょっと時間がかかった。輪転とはむろん印刷機のことだろうが、前半の二文字は何のことかと戸惑いながら表札を見ると、「道浦五一《みちうらごいち》」とあった。むろん、ここの所有者の名前だろう。

(なるほど、それを略して「道五」というわけか……ひょっとしたら、ここの家は代々、五郎さんとか五助さんだったりして)

などと感心している場合ではなかった。副編集長が例の封筒を託したスタッフを追って、「シティ・キング」の編集室を逃げるように辞去したあと、何とか相手を見失わずに尾行に成功したのは、ほとんど奇跡といってよかった。

お使いに出されたスタッフの男の子は、今となっては骨董品ものガラス戸をガタピシとこじ開けて中へ入っていったが、まもなく手ぶらで姿を現わし、そのままどこかに去ってしまった。

さて、これからどうすればいいのか。名刺でも注文するか、チラシ印刷について相談してみるか、それとも自費出版や同人誌作りについての問い合わせ——？　私は、私みたいな年格好の女性が、ここのような町の印刷屋を訪ねる口実を必死にひねり出しながら、「道五輪転」の入り口へと歩を進めた。

半ば曇ったようなガラスの向こうで、いかにもベテランの職人らしい人物——これが主人の道浦氏だろうか——が、やかましくも忙《せわ》しなく作動する印刷機や、それらを操作する従業員たちを見守っているのが見えた。下手な嘘などつけそうにない雰囲気だが、といって後戻りはできなかった。

これまた私の記憶が正しいとすればだが、ここに持ち込まれたＪＵＯの回覧書類に私が見出した著名人とは、ときに世論を敵に回しながらも、有力マスコミを背景として常に第一線で活躍してきたいわゆる進歩的文化人で、その急逝《きゅうせい》の際にも何かと話題を呼んだものだった。

その名を掲載した文書が、死後一年を経てようやくここ——数えて十番目の回覧場所に届けられたということに、何らかの意味はあるのか。それとも、ありもしないのか。私はもう全てを結果次第の出たとこ勝負にゆだねながら、古びたガラス戸に手をかけた——。

その刹那《せつな》だった。私めがけて灼熱の光と疾風、それに濛々《もうもう》たる噴煙が、何とも血腥《ちなまぐさ》い臭気を帯びてたたきつけられた。

ガラス戸越しに見えた印刷屋の内部が、まるでだまし絵であったかのように、その向こうには別世界というほかない風景が広がっていた。加えて伝わってきたのは一種異様な鳴動と、叫び、わめき、嘆き悲しむ声また声……。いったい何が起きたのか、自分は今どこにいるのか。一切が混沌の中にあるようで、何一つ理解できなかった。

まるで目つぶしを喰らったようなもので、とてもまぶたを開けてはいられなかったが、ほどなく視野を取り戻すことができた。だが、そこにあったのは、異様とか狂気という言葉ではとうてい表現できない光景であった。

どこまでも続く荒廃しきった大地、火を噴く山々、煮えたぎる池、木々の枝は剣や刃のように研ぎすまされ、しかも肉片のようなものがこびりついている。そして、それらの間を逃げ惑うボロ屑のように醜くみじめな人間どもと、それを追い回す醜悪きわまりない怪物たち——その姿形は、まさに「鬼」そのものだった。

鬼たちは人間どもを容赦なく串刺しにし、ひねりつぶし、皮をはぐかと思えばグラグラと泡立つ池に投じ、はたまた針の山、刃の林に追い立てる。そこには一片の慈悲もなく、救いもなかった。そのかわり、切り刻まれた人体の各部が無数にばらまかれ、その一つ一つが苦痛にさいなまれているかのように、のた打ち回っていた。

ふと見ると、そうした光景を恐ろしい形相《ぎょうそう》で見下ろす、何やら唐風の冠や装束をまとった人物（といって、よいものか）がいた。その眼下には、まるで虫けらのように小さな、ただしほかの人間どもよりははるかにましな身なりをした男がひざまずいて、何か必死に訴えているようすだった。

（あ、あの人は……）

その顔を見たとたん、私は声なき声をあげずにはいられなかった。そのとたん、唐風の巨人がその憤怒《ふんぬ》の相をいっそう激しくしたかと思うと、手にした笏《しゃく》のようなものを振るいざま、そばに控える鬼たちに何ごとか荒々しく命じた。とたんに彼らはその人物に飛びかかり、引き裂き、食いちぎり、斬りさいなみ始めた——。

（や、やめて！）

あまりの残酷さ、非道さに心の中で絶叫した瞬間、私の中で何かが音を立ててはじけ、秘められていたものがはっきりと姿を現わした。と同時に、私がこれまで追っかけてきたものの正体だけでなく、自分とはいったい何者なのかということまでもが、白日の下にさらされたのだった。

（…………？）

ふと気づくと、私はいつのまにか印刷屋の店内にいて、そこの主人らしき人物や、作業の手を止めた従業員のけげんそうな視線を浴びていた。ガッチャン、ガッチャンと印刷機が立てる音だけが、何ともいたたまれない沈黙の中で鳴り響いていた。

「あのぅ……すみません、間違えましたっ」

ややあって、私はやっとのことでそう言い、くるりと踵《きびす》を返すや駆け出した。だが、出がけにここの看板を見上げ、ある事実を確認するぐらいの余裕は残されていた。

それというのは――「道五輪転」という上下二行に書かれた看板の文字は、これを右から読めば「五道転輪」となるということだった。

その奇妙にまがまがしい文字列に、さらに「王」の一字が加えられたとたん、一つの人格と姿形を持って立ち上がった。それは、たった今の血みどろの、文字通りの地獄絵図に見た巨大な影とぴったりと重なり合った。

五道転輪王《ごどうてんりんおう》――それは、人が死んで丸二年すなわち三回忌に、彼ないし彼女の生前の罪を裁き、死後の行き先を定めるとされている冥府の裁判官。いわゆる十王の一人であり、最後の裁きを下すとされている存在であった。

人はみな、死ねば裁きの場に引き出され、六道《ろくどう》――天道・人間道・修羅道・畜生道・餓鬼道・地獄道のいずれかに輪廻《りんね》、すなわち生まれ変わらねばならない。その流れは、初七日すなわち七日目に始まり、十名もの冥官が忌日ごとに順々に亡者の審理を引き継いでゆく。

五道転輪王に先立つ一周忌には、都市王《としおう》による裁きが行なわれる。何とはなし現代的な文字面を、あえて英訳するならCity Kingか。「シティ・キング」――何と、よりにもよって、あのちっぽけなタウン誌と一致しようとは！

私は笑いだそうとして、しかし少しも笑えなかった。同様な暗合を、ほかにいくつも見出すことができたからだ。

たとえば、ソフト会社「e－Quality」はつづめてequality——平等。平等王《びょうどうおう》とは百か日の審決を担当する冥官にほかならない。

中華料理店「泰山」の名から直ちに連想される泰山王《たいざんおう》は、七七日すなわち四十九日目、同じくミロク変成器に、その名の一部が含まれる変成王《へんじょうおう》は、六七日すなわち四十二日目の裁きを受け持つ。

そして喫茶プルートー——Plutoは冥王星、これは日本だけでなく中国や韓国にも共通する訳語だが、ベトナムでは閻王星《えんおうせい》に現地語を当てており、インドではYam grahといって、いずれも閻魔王《えんまおう》にちなむ。言わずと知れた、最も有名な冥界の王者であり審判官だが、また一説には地蔵菩薩の化身ともいう。

私の脳裡に、江馬さんの温顔が浮かんだ。まるでお地蔵様のようだと、誰もが評するあの笑顔が……。

閻魔王が審理を担当するのは、五七日すなわち三十五日目で、たいがいの亡者は最終審判となり、ここで引導を渡されて六道のいずれかに輪廻することになる。そのあとは、言うなれば地獄道や餓鬼道に落とされたもののための救済措置か再審のようなものだ。

その前、四七日すなわち二十八日目の審理を受け持つのが五官王《ごかんおう》だが、あの雑居ビルに入っているのは、眼科に耳鼻咽喉科、皮膚科、歯科。ここには人間の感覚を司る五官が網羅されている。その前の三七日すなわち二十一目の裁きを担当し、いま述べた五官王に引き継ぐのが宋帝王《そうていおう》。宋・帝——いずれも、締沢綜業の社章に秘められた文字だということにお気づきだろうか。

そして、それに先立つ二七日すなわち十四日目において、しょっぱなのハタ・ヒロシこと秦広王《しんこうおう》から審理を引き継ぐのが初江王《しょこうおう》——そう、それこそが私だ。だって、私もまた十王——JUOの一員なのだから！

私はいつのころからか——悠遠の昔から初江王として、死せるものの審判を担ってきた。今の名前や素性、それに仕事は、全て現世に投射された歪《ゆが》んだ影のようなものに過ぎない。ほかの九人の王たちもまた同様だ。

そんな中での私の役割は、死者の数がたまるごとに回覧書類の形で送られてくる彼らの所業を、第一審担当の秦広王に続いて処断し、その行きどころを決定すること。直接、六道のどこかへ送り込むか、それとも次に控える宋帝王に任せるか——それはそのとき次第だ。

私によって直接に地獄に落とされたものも、また数知れない。そうなったものの名は、文書から消し去られ、もう目にとまることはない。それが、私が体験したささやかな不思議の真相というわけだった。

あの哀れな著名人は、このあと一年の長きにわたり、裁きを受けることになるのだろうが、あのようすではそれ自体が地獄の責め苦となろうし、ましてやその結果に温情判決はあまり期待できなさそうだ。まあ、私もそう考えて、あの男の罪悪を隅々まで抉《えぐ》り出し、その逐一について重い罰を加えようと、次の冥官諸氏にさらなる厳しい吟味を頼んだのだが。

そう、私は初江王。言い伝えでは三途《さんず》の川のほとりにお白洲を構え、輪廻転生《てんしょう》を司《つかさど》る、一説には釈迦如来の化身ともいう冥府の裁判官……。


「初江さん、悪いけど、これまたお願いね」

今日もまた、おなじみのあの封筒と書類が私のデスクの上に積まれた。

わかりました、と気軽に答えて、私は中身を取り出し、目を通す。そこには当然、早晩あなたの名も含まれるだろうし、現に今まさにそうなっているのかもしれない。

ふむふむ、なるほど……私は心の中でつぶやき、いつものごとく自分の印鑑を取り出す。血のように鮮やかで、粘っこい朱肉をたっぷりとなじませ、所定の欄にしっかりと押しつけた。

私はふと窓の外を見た。その向こうではまたしても、轟々《ごうごう》たる雨が、この世の何もかもを丸裸にして押し流す勢いで降り続いており、同じ町内に掲げられた九名の同僚たちの裁きの場を、それらを貫いて輪廻《めぐ》りゆくものの経路を、鉛色のカーテンでもかけたようにけぶらせているのだった。

怪人対少年探偵

——少年探偵・七星スバル

今は解散してしまった劇団あぁルナティックシアターに書いた戯曲「黄金夢幻城殺人事件」からヒョイッと生まれた少年探偵・七星スバル君。すでにさまざまな形で私の作品に出演してくれているのですが、本来彼のために用意した物語はまだ書かれていません。でもやっぱり、私の作品世界の探偵チームの一員であることには変わりがないのです。どうかしばらく待ってくれたまえね、虚と実二つの世界をまたにかける君にしかできない冒険があるのだから。

そう、ついにそのときは来たのです。

深讐綿々たる——とむずかしい言葉ではいうのですが、怪人と巨人はここに相対して立ちました。

怪人は和製モリアーティ教授もしくはファントマ、いや、それ以上の天才犯罪者《殺人喜劇王》。そして巨人は——そう呼ぶにはあまりに小柄で華奢《きゃしゃ》でしたが、決してその名に恥じず、大人も及ばぬ活躍をしてきたわれらの少年探偵・七星スバル君。

スバル君が解決してきた事件の数々は、もうみなさんご存じでしょうね。悪魔ベルゼブブを崇拝する蠅神《はえがみ》家の怪事件、謎の美女《月蝕姫《げっしょくひめ》》との知恵の限りをしぼった死闘、そしてキネオラマ城における十三重密室の謎——。

そして今、古代ズルドゥンテナ王朝秘宝展での大胆不敵な盗難予告に端を発し、スバル君は摩天楼のてっぺんからてっぺんに怪しい影を追い、少しでも誤れば死が待っている恐ろしい殺人からくりの暗号盤を解読し、だまし絵の迷路を抜けて、まるで古代遺跡のような大広間にたどり着いたのです。

スバル君のまわりには、ついさっきまで猛烈な格闘をくりひろげていたゴリラ五十頭が長々とのびています。さしも怪力の野獣たちも、われらの少年探偵にはかなわず、ちぎっては投げちぎっては投げされて、あえなくやっつけられてしまったのでした。

「ふぅ、手間を取らせやがった……」

スバル君が独り言をいい、おなじみのキャスケット帽をぬいで額の汗をぬぐったときでした。

ギリギリギリ……どこかで歯車や滑車のきしる音がして、古代文字を記した壁の一つがぱっくりと口を開きました。そして、その向こうから現われたのは、黒装束と頭巾のような黒マスクの怪人物――フ、フ、フ……とふくみ笑いをもらしながらやってきた、そいつこそは、おお、そいつこそは……！

「よくやってきたな。少年探偵・七星《ななほし》スバル！」

「貴様……殺人喜劇王！」

スバル君は叫びました。ああ、堂々と姿を現わし、相手に呼びかけるとは何という大胆さでしょう。そして、ここで出会うとは何と劇的だったことでしょう。

かくして、最初に記した対面シーンとなったわけですが、ああ、何だかドキドキするではありませんか。このあといったいどうなるのでしょうか。かたや犯罪界の諸葛孔明《しょかつこうめい》と呼ばれ、悪の軍団を率いる《殺人喜劇王》、一方のスバル君も決して負けてはいません。

「僕は、ある事件を追ううちに、たまたまお前の悪事を知ったんだが……殺人喜劇王、お前は何と恐ろしい奴だ。僕は見たんだ、罪もない人々をさらって地下の拷問窟に監禁し、責めさいなんでいるのを！」

敢然として言うスバル君の声は、かすかに震えていましたが、それも無理はありませんでした。

それほどに彼が見た光景は恐ろしいものだったのです。それは、まさにこの世の地獄、人の生き血を搾り取るいにしえの纐纈城《こうけつじょう》——ああ、とてもこれ以上は書けません。

「さあ、一刻も早くあの人たちを解放するんだ！　さもなくば……僕と勝負だ！」

ああ、何という頼もしさ。いよいよ、これから双方ともに秘術をつくした争闘となるのか、それとも恐ろしく卑劣な罠が待っているのか。その点、おさおさ油断はないスバル君でしたが、その後の展開は、どれとも異なっていたのです。

「わかった、奴らを解放しよう」

さすがは怪人の中の怪人というべきか、《殺人喜劇王》はあっさり負けを認め、拷問窟の扉を開いたのです。

ドッとばかりに牢獄から飛び出した人々。しかし笑顔で迎えるスバル君のことは一顧だにせず、あっさり突き飛ばし、床に転がったところを平気で踏みつけにしさえして、あっという間に逃げ散ってしまったのです。

やっとのことでスバル君が立ち上がったときには、すべては終わっていました。と、そこへ、

「果たしてあれでよかったのかな。親愛なる七星スバル君よ」

《殺人喜劇王》は、少年探偵に向かって、妙に優しい声で呼びかけました。

「なにっ」と思わず身構えた彼に、

「ああ、待て待て。少しは私の話も聞きたまえ。かりに戦うとしても、それはもう少しあとでも

よかろう」

「話？　殺人喜劇王ともあろうものが、この期に及んでごまかすつもりか？」

勢いこむスバル君に、《殺人喜劇王》は穏やかな笑いをふくんだ声で、

「確かに、私は彼らをさらい、永久に日の目を見られぬところに閉じこめ、日々拷問を加えてきた。だが、それは十分に理由のあることなのだ」

「何だっ、何の理由だ！」

「スバル君、君はかつてあれほどいた心ない輩――『名探偵？　そんなもの実在するわけがないじゃないか』『密室殺人？　完全アリバイ？　馬鹿馬鹿しい！　いつまでそんな子供っぽい夢を見てるんだ』などとほざく声が、めっきり少なくなっているのに気づいているかい。怪しげな館やら不可能犯罪、華麗なロジックやらについて自由に書き、読むことができるようになったことを」

《殺人喜劇王》の指摘に、スバル君はハッとせずにはいられませんでした。実際、かつてこの国を覆っていた、奔放な想像力を悪と決めつける奇妙なタブーは近年すっかり影を薄くしていたからです。

「それは、確かに……」

思わずうなずいてしまった少年探偵に、《殺人喜劇王》はたたみかけるように、

「だとしたら、それはいったいなぜだと思うね。そういうことを言っていた連中はどこに行ったのだろうね」

「！」

スバル君は目をみはりました。「ま、まさか……」と声を震わせる少年探偵に、

「そして」《殺人喜劇王》は続けました。「君たち少年探偵もまた、ずいぶん心ないツッコミに悩まされてきたのではないかい。子供の分際で探偵を名乗り、車を運転したりピストルを振り回したりするのはおかしい——などとね」

「………」

今や言葉もない少年探偵に、《殺人喜劇王》は黒マスクのまま大きくうなずいてみせると、

「そう、私が捕えたのは、すべてそういう手合いさ。訳知り顔の物語の敵、つまらぬ小理屈でこの世界を貧しくつまらないものにしようとしている連中をとっ捕まえ、その罪にふさわしい罰を与えただけのこと。これでも私を悪人と呼ぶかね。いや、悪人には違いないが、奴らを拷問窟に閉じこめたのは、そんなに悪いことだったかね？　君が奴らを解放したことは本当に正しかったと思うかね？」

長い長い沈黙が流れました。そのあとにスバル君はやっとのことで言いました。

「——わかった。そのことの責任は取るよ」

「そうか、それならよかった」

《殺人喜劇王》はうれしそうに、うなずきました。何だか意気消沈して、くるりときびすを返したスバル君に向かって、

「うん？　何だ、もう帰るのか。入り口まで送ろうか。——なに、いらない？　そうか、じゃあまたの機会にな」

その声を背に、少年探偵スバルはとぼとぼと歩を進めて行きましたが、急に思い出したように、

「あの、ところで……ひょっとして『黄金夢幻城』の場所とか知らないかな。あと夕蝉姫って女の子の消息について」

とたずねました。

これこそ、さきほどスバル君が口にした〝ある事件〟の核心で、これについてはまた別のご本（『黄金夢幻城殺人事件』）に収められた物語を見ていただきたいのですが、彼はその名を持つ不思議な場所と、美しく気高い少女の存在する別世界への道筋を捜し続けているのでした。

「いや、知らんな」

《殺人喜劇王》はかぶりを振りました。この世の裏表を知りつくした彼のような大犯罪者がそう答えるというのは、よほどのことに違いありませんでした。

「そうか、そうだよね……じゃ、さようなら」

少年探偵・七星スバルは独り言のようにつぶやくと、また歩き始めました——しだいに元気を取り戻し、小走りになりかけたかと思うと、ふいに立ち止まって、

「次には必ず勝負をつけるからな、殺人喜劇王！　そしてそのときは正義と知恵あるものの側が勝つんだ！」

ふりかえりざま、叫びました。すると、《殺人喜劇王》はマスクの下で微笑んだかのような声音になりながら、

「それでこそ君だ。そしてわれわれが堂々と存在し、あくことなき戦いをくりひろげることこそが、ああいった奴らを笑い飛ばす最大の力となるんだ。だから……また会おう！」

その言葉を背に、少年探偵・七星スバル君は力強く駆けていったのでした——奥底知れない通路の向こう、また幾多の物語のただ中へと。

アリバイのある毒（ラジオドラマ）——愛知県警・坪井警部

名古屋を中心にラジオパーソナリティとして活躍中のつボイノリオさんは、底抜けのナンセンスさで二十代の私の気鬱を吹き飛ばしてくださいました。ずっとあと作家専業になっていた私はつボイさんが京都でのラジオを再開され、しかも放送前にファンとの集いを開いておられると聞き、ノコノコ出かけて行ったのです。

つボイさんはリスナーから作家が出たことを思いのほか喜んでくださり、以降しばしば番組に招いてくださったのですが、そのお礼代わりに書いたのが、ご本人を探偵役とするラジオドラマでした。実は今年も名古屋にお邪魔し、坪井警部の新作を提供する予定だったのですが、コロナ禍のため果たせず……でも必ず演じていただくつもりです。

一九九六年十月十二日、ＣＢＣ（中部日本放送）ラジオ「まるっと土曜日・ザ・特集Ｓｐｅｃｉａｌ　Ｔａｌｋ８〜つボイノリオのミステリーは愉し」にて放送

坪井警部……………つボイノリオ
犯人…………………小高直子アナウンサー
刑事…………………大園康志アナウンサー
タイトルコール……中橋かおりアナウンサー
演　出………………菅野光太郎
制　作………………加藤正史

《問題篇》

犯人のモノローグ「私がなぜ彼を殺そうとしたのか、今となってはそんなことはどうでもいいことです。そうなるまでに彼との間に何があったのか、それもこの際は関係がありません。大事なことは、私という女が彼という男を殺したいほど憎んでいたことと、私が彼を殺そうとした、その『方法』そのもの。何より肝心なことは、完璧だったはずの私のトリックに実はとんでもない穴があったことなのです……」

オープニング　M《ミュージック》　とともに——

N（タイトルコール）「芦辺拓・作、『坪井警部の事件簿／アリバイのある毒』問題篇」

（S《サウンド》・E《エフェクト》）マラソン大会のスタート前の風景。アナウンスなど。

犯人「（ここから、やや客観的な語りとなって）とある土曜日、中部地方のある市で行なわれた市民参加のミニマラソン大会――それが私が彼のために選んだ殺人の舞台だった」

（S・E）スタートの号砲。走りだす参加者たち。

犯人「『じゃ、またあとでね』――そう言うと、彼はミニマラソンの会場へと小走りに駆け去っていった。そのあとに、いつもながらグイグイ押し付けるだけの下手くそなキスの感触があとに残った。あのひとからのプレゼントされた趣味の悪い口紅を、何ミリグラムかでも返してやれたから。今となっては、あのひとの何もかも、キスや口紅の感触までがいとわしかった。でもまぁいい、私たちに『またあと』はもうないのだ。そう思うと、彼がかわいそうでないでもなかった。それにしても、何てひどいニコチンの臭い！　あれだけは絶対に許せない！　大のスポーツ好き――というよりスポーツ馬鹿といっていい彼は、そのミニマラソンに参加することになっていた。そんな彼のために私が選んだ方法は……毒殺だった。化学関係の仕事をしている彼が、いたずら半分見せてくれた即効性の神経毒を、そっと取っておいたものがあった。用いれば効果はてきめん。だが、そのままのませたのでは何にもならない。どうにかして、私には毒をのませる機会がなかったと周囲や警察に思わせる必要があった。だが、いったいどうやって？　心配はご無用、そのためにこそ私はミニマラソン大会を舞台に選んだのだ。

ご存じの通り、コースの途中には何か所か給水所があって、ランナーはテーブルの上に並べられた蓋とストロー付きのコップを取っては飲み、少し離れたゴミ捨て場に捨ててゆく。ここが私のつけめだった。計画はこうだ——。まず、出走前の彼に何重にもカプセルで覆った神経性の毒物を服用させる。これはスポーツ馬鹿であるとともに健康マニアでもあって、ふだんからのんでいる薬があるので、それに似せれば何とかなった。委細は省くが、ともかく毒薬は彼の胃袋に収まった。とはいうものの、いま言ったようなわけでなかなかカプセルが溶けないから、効き目はしばらくあらわれない。彼はそのままコースを走り続け、給水所でドリンクを受け取って飲み、のどを潤したところでコップを捨てるだろう。一方、私は彼より少し遅れて給水所付近へ出かけ、彼が捨てたコップを見定めておく。そして、あとからそのコップに注射器を用いてカプセルに入れたのと同じ毒物をコップに注入するわけだ。

それからほどなく、胃の中でカプセルが溶け出し、中に入れられた毒物がようやく眠りから醒める。そして——」

（S・E）前のせりふとWってランナーの足音、息遣い、彼の苦悶の声、倒れる音、救急車のサイレン——

犯人「（より淡々と）彼はすぐ病院に運ばれたが、そのときにはすでに死亡していた。あとのことも、すべて私が狙った通りだった」

報告する刑事の声がF・I《フェードイン》して——

刑事「（四角四面な感じ）……というわけです。さっそく解剖しましたところ、胃の中から即効性の毒物が発見され、その直前に彼が飲み食いしたものが怪しいということで、給水所近くのゴミ捨て場を調べたところ、針でつついたような不審な穴のあるコップが見つかりました。細かく調べてみると、コップの中からは問題の毒物が見つかりました。コップの外側には被害者の指紋が付着しており、ストローからも本人と同じ血液型の唾液が検出されました。ということで、死因はこのドリンクにまちがいないと思われます。ならば、給水所に置いてあったドリンクのコップに毒を注射するチャンスがあったものが犯人なのでしょうか？　だが、調べたところ不審な人物は見つかりませんでした。それに、給水所のテーブルにはいくつもコップが並んでいるのだから、被害者がどれを取るかはわからなかったはずです。すると、このコロシは無差別殺人だったのでしょうか。犯人にとっては死ぬのは誰でもよかったのでありましょうか？」

M

犯人「（冒頭同様、表情をつけて）こうして、私――真犯人は毒を投じる機会がなかったということで、まんまと捜査圏外に逃れ出ました。すべては私の計算通り……でも、唯一の計算ミスは愛知県が生んだ名探偵との誉れ高い？　坪井令夫《つぼいのりお》警部が捜査を担当したことだったんです」
坪井警部「うーむ、どうも気になるな。一か所、鑑識さんに調べ直してもらいたいものがあるんだが……」
犯人「やがて、届けられた報告を読むと、坪井警部はニヤリと笑みを浮かべ、こんな風に言ったそうです」
坪井警部「よし、これでわかった。被害者はあのドリンクを飲んで死んだんじゃあない。賭けてもいいが、彼の口の中や食道には一切毒は付着していないと思うよ。どういうことかって？　犯人はあらかじめ被害者に、おそらくは溶けにくいカプセルに包むかして毒をのませておき、あとからコップに毒を注射したのだ。彼が通過したあと、ゴミ捨て場に近寄るチャンスがあったものは誰かいるか？　……ふん、なるほど。よし、そいつが重要容疑者だ！」

M（ブリッジ）

犯人「こうして、私は警部に目星をつけられ、そのトリックのすべてを見破られたことを知って自供しました。でも、私にはどうしてもわからないことがありました。——坪井警部は、被害者を死に至らせた毒とドリンクの中の毒物とが別であることをどうやって見破ったのでしょうか？　あ、言い忘れてましたが、私が彼につけた口紅は、別れ際にていねいに拭いてあげましたから、これは関係ないと思います。でも、だとしたらいったいどうして——？」

M

……………………………………………………………

《解決篇》

Mとともに——

N「『坪井警部の事件簿／アリバイのある毒』解決篇」

坪井警部「いいかね、被害者が飲んだと思われてたスポーツドリンクというのは、すでに説明されていた通り、蓋付きのコップにストローを挿したタイプのものだった。もし、彼がその中の毒を飲んで死んだのならだよ、コップの中だけではなくストローの内側からも毒物が検出されるはずじゃないか。――そう、私が鑑識さんに頼んだのは、それを確かめるための分析だったのさ。結果は『ストロー内部にドリンクは付着していたが、その他の成分は一切検出されず』だった。ということは、被害者がドリンクを飲んだときには、まだコップの中に毒が入っていなかったということになる。

……なに、ゴミ捨て場に近づいた人物の正体が割れた？　それも、被害者の知り合いの女性だと？　よし、さっそく会ってみようじゃないか。きっと面白い話が聞けると思うよ」

エンディングのMが流れる――

並木謎浪華《なみきのなぞなにわ》からくり――歌舞伎作者・並木五瓶

―正三と若き日の五瓶―

創作に行き詰まり、いちばん書きたい本格ミステリの発表の場は皆無という状況下、私は何とか活路を見出そうと、会社の泊まり明けには図書館に通っていました。そんな中、出会ったのが並木五瓶で、人生でただ一度受講した創作講座で彼が主人公の短編を書き、それらをもとにした中編を織田作之助賞に投じたところ、最終選考に残りました。その後、朝松健さん編のクトゥルー神話集と伝奇時代小説アンソロジーに、それぞれ五瓶シリーズを書かせてもらったのでした。

今回収録したのは、そのうちの一編「けいせい伝奇城」をもとにした歌舞伎台本です。とうてい上映不可能な作品ではあり、小説よりは珍しいかと収録することにしました。

序幕　明和七年、大坂道頓堀《どうとんぼり》・芝居町の場

役名

一、並木五八《なみきごはち》　後の並木五瓶《ごへい》
一、市山富三郎《いちやまとみさぶろう》　後の三世瀬川菊之丞《せがわきくのじょう》
一、木村蒹葭堂《きむらけんかどう》こと坪井屋吉右衛門《つぼいやきちえもん》
一、蒹葭堂の供の者
一、平賀源内《ひらがげんない》
一、オランダ甲比丹《カピタン》
一、甲比丹の従者、通詞等
一、中の芝居の若い者　甲乙丙
一、中の芝居の見物　数名
一、その他往来の人々
一、見世物小屋の羊
一、中の芝居座頭《ざがしら》の声

本舞台、三間の間。中の芝居・小川吉太郎座の木戸前。幟《のぼり》・絵看板など「桑名屋徳蔵入船《くわなやとくぞういりふね》物語《ものがたり》」興行を表わす。下の方にこれも道頓堀名物の見世物小屋、「紅毛渡来緬羊」の幟。正面の額に羊の図など、五瓶作「富岡恋山開《とみがおかこいのやまびらき》」の序幕・芝神明境内を彷彿させつつ。

座　頭　まず今日はこれぎりィ。

ト、声のみあって、打ち出しの太鼓にて幕あく。中の芝居の小屋内より見物の衆ドッと出て、芝居の評判、口々にほめそやす。

見物甲　何と今度の芝居の趣向、古今無類ではないかいな。

見物乙　さよう〳〵作者並木正三《しょうぞう》、さすが廻《まわ》り舞台にせり上げ・せり下げを案じだした仁だけにアッと驚かされたわ。

見物丙　讃岐高丸《さぬきたかまる》家の馬鹿殿が廓《くるわ》で花魁《おいらん》に入れあげてのだだら遊び、それがバタバタッと道具が組み直ると、たちまち大海をゆく船の上となったにはたまげたなぁ。まさか酔うて眠っているうち、元の部屋そっくりにこしらえた船の中に移されていたとは……いや、正三ならではのとほうもない思いつきじゃ。

見物甲　まことに左様で。しかも、歌右衛門の徳蔵と相模五郎が、互いに互いへ化けてのだまし合い。これも正三が作ならではの珍奇無類の趣向でござりますなあ。

見物乙　珍奇といえば、舞台だけやおまへんで。今日はまたえらい稀なる客人が桟敷にいたはりましたで。

見物丙　おう、そうでしたそうでした。おっ、噂をすれば何とやら。ちょうど出て来るところらしゅおまっせ。

ト、噂する折から、木戸口より小屋の者の先触れに続いて出てきたのは、筒袖の長衣《ジャケット》に股引《ズボン》に革の沓《くつ》、舟形帽といういでたちのオランダ甲比丹。このとき終始鳴り物、オルゴール。

南洋人らしき更紗《さらさ》の被り物した従者や裃《かみしも》姿の通詞に付き添われ、異国情緒たっぷりに歩み出そうとするところを取りまかれて、

往来の人々　紅毛人や、オランダの甲比丹や。

同　へぇえ、オランダ人も芝居見物するんや。

ト、口々に評判するところへ、花道より坪井屋吉右衛門またの名・木村蒹葭堂、大店の主人らしき恰幅よき姿にて、供の者を連れて出る。

供の者　何と旦那様、いつに変わらぬ浪花の栄え、ことに道頓堀の群集雑踏はただごとではござりませせぬなぁ。人ごみ、ご不快にはございませぬか。

蒹葭堂　いやなに、わしは子供のころより八百八橋のただ中で過ごしたゆえ、静かなのが大の苦手。これぐらい騒がしいのがちょうどよいのじゃ。

供の者　なるほど、いかにも旦さんらしいことで……やあ、あれはまたけったいなもんがいてまっせ。

ト、甲比丹一行に気づき、物珍しげに指さすのをたしなめて、

蒹葭堂　これこれ、異国からの客人に失礼なことしたらいかん。あれはオランダ甲比丹。長崎の出島から江戸への往復の途中、この浪花の地に立ち寄ったときには、堂島の米会所、住友さんの銅吹所、それに道頓堀の芝居を見学しはるのが例になったぁる。

供の者　へエエ、さようでございますか。さしずめ、これらが大坂の三大名所、てなもんでやすかいな。

ト、感心し、見物客や往来の人々らもしきりとうなずく。その中に、蒹葭堂を見知ったものもあるようすで、何やらささやき交わす。

甲比丹の方も蒹葭堂に気づき、西洋風に帽子を取り一礼。それにこたえて、

蒹葭堂　フーデンダッハ、オッペルホーフト（こんにちは、商館長）

甲比丹　オウ、フー・ハーテット・メテュ？（おお、お元気ですか）

蒹葭堂　プリマ・ダンキェ（たいへんに。ありがとう）

ト、オランダ語で会話し、双方にこやかに一礼し、甲比丹一行はそのまま上手に去る。

このとき甲比丹、ふと見世物小屋をふりかえってけげんそうに肩をすくめる。

ほどなく立ち去る甲比丹一行を、物珍しげに見送り、ついてゆくものもある中で、

供の者　ハア、なんと旦さん、大したもんでやすなぁ。

ト、しきりに感心する。まわりの人々にも「ほんまやなぁ」「うんうん」と言わせつつ、

兼葭堂らは芝居前にさしかかる。

供の者　それにしても、ああして見ますと、姿形は違うようでも同じ人間、あいさつも交わせば

人情も通じるもんですやすなぁ。

蒹葭堂　人情だけやないで、ときには恋の花咲くこともある。恋の花咲けば、また当然、月満ち

て実るものもあるというわけじゃ。

供の者　へえっ、それはまた……。

ト、とまどった折も折、にわかに小屋内より騒ぎあって、腰より矢立てと帳面を提げた男、

転げるように飛び出してくる。

並木五八のちの初世並木五瓶である。あとから小屋の若い者、肩を怒らせ拳を固めて

出てきて、

若い者甲　やいやい、何用あって幕内に入りこみ、舞台裏をうろついたのじゃ。

若い者乙　あげく奈落にまで足を踏んごむとは、えい、ここな盗人めが。

五　八　違う違う。わしは盗人ではない。ほれ、この芝居町の向かい側、浜芝居の小屋にて作者

をつとめておるものじゃ。

若い者丙　なに浜芝居の作者じゃと。

五　八　そうじゃ。一座の立作者・並木五八というものじゃ。

ト、誇らしげに名乗るが、若い者たちは「誰や」「聞いたことないな」という反応でガックリ。

若い者甲　まあええ、盗人でないというなら、何であんなところに入りこんだか、そのわけを聞かせてもらおかい。

五　八　うむ。今度の正三師匠の新作、その舞台のからくりに感心のあまり、どうしても仕掛けのわからぬところをこの目で確かめとうて、つい中に入ってしもうたのじゃ。

若い者乙　なに、からくりの仕掛けを確かめとうて。

五　八　そうじゃ。

若い者甲　ならば、なおさら許されん。芝居の裏は、決して客には見せぬもの。まして同じ稼業の商売敵に教えられるものか。そうとわかれば、皆の衆。

ト、仲間に目配せすれば、みな「オオ」「合点だ」とうなずき、

若い者皆　それっ。

ト、いっせいになぐりかかろうとするところへ、

兼葭堂　待った！　天下の往来、お女中も子供衆も楽しみに歩く中での乱暴狼藉はやめなはれ。

ト、幡髄院長兵衛ばりに止める。

若い者丙　何やとっ。

ト、いきり立つのを制して、

若い者甲　もしやあんさん、北堀江《きたほりえ》の造り酒屋、坪井屋の吉右衛門旦那やおまへんか。

蒹葭堂　おお、そうじゃ。こんな顔じゃが、知っていてくれましたか。

ト、うなずく。そうと聞いてもほかの若い者はピンと来ないようだが、さきほどの見物客のうちから、

見物甲　それでは、お宅様が、あの木村蒹葭堂先生でおますかいな！

蒹葭堂　ましてこたびのことは、仕事に熱心、ものごとを知りたいゆえの行き過ぎとあれば、許してやってくだされ。なア。

ト、五八を見る。五八、うんうんとうなずく。

このとき下手より楽屋銀杏《がくやいちょう》に紫帽子の若女形、市山富三郎、のちの三世瀬川菊之丞出て、

富三郎　あれは幼馴染《おさななじみ》の五八つぁん、このところの浜芝居の不入り。小屋の名代や金主の旦那方に責められて、思い余ってのしわざかいのう。

ト、心配そうに見守るが、蒹葭堂を見てハッとこなしあって、

富三郎　はれまア、あれは蒹葭堂先生、日本六十余州に名前とどろく大学者。その手元には世界の珍品奇品寄り集まり、唐人もオランダ人も学問の話に訪い来るという……。

そのさなか、五八はわずかなすきに心覚えをつけようと、左手に持った帳面に筆を走らせている。それを見とがめて、

若い者甲　坪井屋の旦那のお言葉とあれば、気を収めもしましょうが、承知できぬはその手の帳面。
若い者乙　さよう、芝居のからくり趣向の仕掛け、こっそり記したその一冊は。
若い者皆　置いていってもらいましょうとも。
五　八　さアそれは。

ト、帳面をかき抱く。「さアさアさア」となって、若い者ども、それをまわりから奪い取らんとする。左手で帳面を振り回し、渡すまいとする五八。

ト、このとき下手の見世物小屋でワッと声上がって、中から大いなる羊走り出る。袢つけた口上役や小屋の者、客ら追いかけて出てきて、「そりゃ、そっちじゃ」「えい、捕まえろ」と大騒ぎ。だが、なかなか強い羊で蹴倒されたりする。

一方の五八、奪い取られそうになった帳面をすばやく懐中へ。だがすぐに左腕をつかまれて帳面を引き出され、とうとう引ったくられてしまうがニンマリ。実はいま渡したのはただの紙束で、本物は右の袂（下手側）に移されていた。

五　八　あちらは偽物。これさえあれば。
ト、にんまりした背後から、
富三郎　アレ五八つぁん、羊が羊が。
ト、叫びながら指し示す。
五　八　やあ、おまはんは富やんやないか。どないしたんじゃ。

ト、ふりむけば、羊が右の袖口から帳面を引き出し、ムシャムシャと食っている。

五　八　ヤヤヤ、これは……な、な、何をしてくれるのや。

ト、驚き嘆く。周囲のものもびっくりしたりあきれたり。

源　内　アイヤ、何をするも、何もないぞよ。

ト、見世物小屋の中よりゆうゆうと、奇妙な形の本多髷に蝙蝠羽織、長脇差というでたちの平賀源内出て、紅羅尾の煙管をもてあそびながら、

源　内　それ紙を食うは緬羊、オランダにてはschaap《スヒアープ》の性にして何の不思議もなし。そもそもこの羊はただの見世物にあらず。この豊富なる毛より、糸を縒り布を織り、大いに国を富ましめんため、はるばる長崎より連れ来りたるものなり……。

五　八　そんなもんわざわざ連れて来いでもええないか。あーあ、せっかくの覚え帳がワヤやがな。

ト、嘆く。人々ドッと笑いはやし、富三郎も苦笑い。羊はなぜか富三郎になつくが小屋の者に引き戻され、往来は元通りのにぎわいに返る。富三郎が五八のそばに寄ってなだめかけると、

五　八　やあ、とんださなかに市山富三郎。またえらいところを……。

ト、言いかけるのに富三郎、シッと唇に指を立て黙らせ、目で蒹葭堂と源内をさし示す。

蒹葭堂　やっ、あなたは……。

源　内　これはこれは、木村蒹葭堂先生ではありませんか。

兼葭堂　そういうあなたは、平賀源内先生ですな。ご高名はかねがね……ですが、よもやこの大坂の地においでとは。

五　八　エッ。

ト、驚くのをきっかけに柝《き》入り、幕——。

二幕目　道頓堀・太左衛門橋《たざえもんばし》たもとの場

役名
一、並木五八
一、平賀源内
一、饂飩屋《うどんや》親爺
一、酔客　甲乙丙
一、歌舞伎衣装の者ども　大ぜい

序幕より数日後の夜更け。川をはさんで宗右衛門町《そうえもんちょう》の灯。下手には親柱に「太左衛門橋」と記した橋のかかりが花道のつけ際と続く形。

上手に、夜泣きうどんの屋台。そこの親爺、ほっかむりで団扇をバタバタと使いながら、

饂飩屋　うどんえぇ、そーばや、うぃーい。

ト、そこへ通りかかった酔客数名が、
酔客甲　おお、饂飩屋はん、一杯おくれんか。今日も冷えるよってなぁ。
酔客乙　わいもわいも。早幕《はやまく》で頼むで。
ト、あるいは手をこすり、あるいは首を縮めて注文する。
饂飩屋　へい、お待っとぉさん。気ィつけとくなはれや。だいぶ熱あっせ。
ト、渡す鉢を受け取って、
酔客甲　ああ、でけたでけた。さぶい晩はこれに限りまんなあ。
酔客乙・丙　ほんまだす、ほんまだす。
ト、こもごもすすりながら噂話を始める。
酔客甲　そない言うたらな、近ごろけったいな噂が立ってるのをご存じでやすか。
酔客乙　とはまた、どないな噂でやすか。
酔客甲　さあ、それが、日本一繁華なこの大坂の地に夜な夜な百鬼夜行の行列が出る、いうから
びっくりするやおまへんか。
酔客丙　ええっ、そんなあんさん、転合《てんご》言うたらあかんわ。
酔客甲　それが転合やおまへんねん。狸や狐の巣食う場所もない町なかに、化け物がゾロゾロー
ッとこう、行列して歩きよりますねやと。
酔客たち、あるいはへエと驚き、そんなあんさんアホなと、こもごも反応するところへ、

いきなり声あって、屋台の陰より並木五八、立ち現われる。

五　八　その話、もう少しくわしゅう聞かせては、いただけまへんやろか。

酔客乙　あんさん、何もんだんねん。急にそんなとこから現われたりしてからに。

ト、驚くのに五八、懐中より取り出した矢立と帳面を構えて、

五　八　ちょっと仔細がありまして、この大坂市中で起きる珍しい出来事を聞いては書き留めておりますのや。

酔客甲　それはご酔狂なこって……それなら聞かせもしましょうが、確かに珍しいといや、こんな珍しい話もたんとはおませんな。

五　八　と、申されますると。

ト、身を乗り出し、ほかの酔客もふむふむと聞き入るようす。

酔客甲　さあ、百鬼夜行というからには、一つ目小僧やらろくろっ首、それに大入道やらの化けもんやと思いまっしゃろ。それが、今時分はやっぱり違いまんねやなあ。

五　八　どない違いますのや。

酔客甲　まず装束が違います。それを申そうならば、まず――

ト、相方になり、花道よりくだんの百鬼夜行の行列、歩み出す。

酔客甲　まず坂田金時か箕田源二猛《みたげんじたける》かという赤面《あかづら》の荒武者を先頭に押し立てて、蘇我入鹿《そがのいるか》か清原武衡《きよはらのたけひら》といった青隈取《あおくまどり》に金冠白衣の悪公卿があとに続けば、車鬢《くるまびん》に紅筋隈、柿素襖《かきすおう》に長袴姿

の偉丈夫が「しばらく〳〵」と立ち現われる。あちらに大星由良之助、こなたに松永大膳らしきお侍が肩そびやかせ、かと思えば前髪立ちに大振袖も美々しい若衆あり、はたまた雲絶間《くものたえま》か八重垣《やえがき》かと見まごう姫君が、アしゃなりしゃなりとおいでたる――。

ト、身振り手振りよろしく語るにつれて現われたのは、その言葉そのままの歌舞伎衣装をまとい、化粧を施したものたち。何やらぎごちないようすで、ぞろぞろと橋へとかかる。何気なく見やった先にそのありさまを見出して、

五八　ヤア、あれは。

ト、叫ぼうとするも声にはならず。ほかのものに知らせようとするも、話に夢中でやきもきするばかり。

酔客乙　なんじゃ、そない聞いとりますと、芝居の役者のようでんな。

酔客甲　違いおまへん。まさしく芝居の中から飛んで出た面々が、現世をまかり通るかのごとき、奇態きわまる眺めやったそうでおます。

ト、話し合うも、相変わらず行列には気づかぬまま。独り五八のみ唖然として見守るうち、歌舞伎衣装の一行、橋を渡ってゆく。

五八、それを他の者に伝えようとして、声にならぬようす。何度も酔客たちと一行とを見比べ、あげくに間を行ったり来たり。

その何度目かに、行列の最も目立つ一人と間近で目を合わせる。

五八　ヤア、その目は。常人にはあらぬその目は――。
　ト、ギョッとのけぞり、尻もちをつく。
　他の連中もそれに気づいて茫然、あれよと指さすうち、歌舞伎衣装の百鬼夜行一行、
　橋を渡ってゆく。
　ト、合方ハタとやんで、五八はすっくと立ち上がり、
五八　はて、日ごろわしらが筆に乗せ、舞台にかけるものどもが、いまこの眼前に現われ出でしとは……。
　ト、腕組み考えこむ。人々の驚き騒ぐうちに、歌舞伎衣装の一行は橋の向こうに姿を消す。
五八　この謎、きっと解き明かし、わしが芝居に、乗せてみしょうぞ。
　ト、われに返ったように筆を取り出し、帳面を開きかけるが、
五八　あ、いかん、今はそれどころではないわい。
　ト、駆け出そうとする。
　ところへ、頭巾の侍下手より進み出て、五八の前に立ちふさがる形。しばし両人の押し合いあって、五八は饂飩屋まで戻され、侍はそのまま床几に腰を下ろし、頭巾を脱ぐ。
五八　ヤア、あなた様は先日の。
　ト、驚く。頭巾の下より現われた顔は、平賀源内。紅羅尾の煙管を構えて、
源内　これこれ親爺どん、一杯いただこうか。この源内が故郷、讃岐のうどんと当地浪花のうどん、

どれ趣向くらべの知恵くらべといこうかい。そこの若い方、そなたもどうじゃ。ああ親爺どん、こちらにも。

饂飩屋、早幕で二杯持ってきて源内と五八に差し出す。

五　八　いや、わたいはちょっと用事がおまして……。

源　内　そう言わずと、さあ召し上がれ。

ト、煙管で行きかけるのを止め、有無を言わさぬ調子ですすめる。五八、やむなくうどんをすすり始めるが、心はここになく、やたら足踏みしながら、橋の向こうをうかがってばかりいる。

両人の腹の探り合いと、人々の騒ぎのうちに――拍子幕。

三幕目　道頓堀・浜芝居小屋内の場
　　　　吉左衛門町《きちざえもんちょう》からくり屋敷塀外の場
　　　　同じくからくり屋敷内の場

役名
一、並木五八
一、市山富三郎
一、木村兼葭堂
一、平賀源内
一、並木正三
一、浜芝居の道具方　甲乙丙
一、浜芝居の帳元
一、浜芝居の大札《おおふだ》
一、吉左衛門町近辺の女　甲乙
一、歌舞伎衣装の者ども実ハ異国人　大ぜい

第一場　道頓堀・浜芝居小屋内の場

トンテンカンと道具建て込みの音やまぬうちに幕あく。それも道理で、舞台上でもまさに舞台を仕組んでいるところ。ただし道具幕で、道具方がなぐりを用いる仕種に合わせて槌音。

並木五八、筆を耳にはさみ、図面を手に道具方らに下知している。首からは拍子木を提げながら、

五　八　さあ、気張ってや。浜芝居は値ェが安うて面白い。まだ名の知れん役者が奮闘公演で見物をわき立たす。わしら裏方も銭のない分、工夫と心意気で大芝居をしのぐのが身上やで。中の芝居になんぞ負けてられるかいな。

道具方甲　負けとないのは、中の芝居やのうて作者の並木正三やろ。

ト、図星をさされてあわてながら、

五　八　いやまあ、そこまで思い上がってはおれへんけどな。せめて志だけは！

ト、威勢よく言ってのけるが、そのあと虚しさにかられたように、ふと黙りこむ。それを見て、

道具方甲　どないしたどないした、またいつぞやの芝居装束の百鬼夜行の件やったら、聞けへんで。あんなほら話、誰が信じるかいな。

五　八　いや、その件やないんやが……。

ト、独り考えこんで、

五　八　いや、その件でもあるな。あればかりは、われながら夢に見たやら現やら。まじめに聞いてくれたんは、女形の富やんだけやったが……ええい、今はそんな場合やあらへん。

ト、思いを振り切り、照れ隠しのように立ち木や塀などの大道具を指さして、

五　八　それそれ、そこの道具には下にコマをつけて、廻り舞台がのうても回るように見せられんか。これぞ廻り舞台ならぬ廻らん舞台という趣向。

道具方乙　またムチャな注文をしなはる。けど、道具はそれでええとして、廻らん舞台に立った役者衆はどないしますねん。

五　八　そこはこう、足摺りして道具といっしょに動けばええだけのことや。ほれ、こないな案配に。

ト、ムーンウォークの要領にてやってみせる。

道具方丙　ほう、ちょっとおもろいもんやな。こうこうのこうっと。

ト、道具方たち、まねてみせるが、足を滑らせてひっくり返ったりしてとんだ騒ぎ。ワアワアと騒がしいところへ、紋付姿の帳元と羽織をまとった大札の二人が現われて、

帳　元　これ五八っとん、いや五八師匠。何をしてますのや。何だすねん、そのけったいな踊りは。

ト、渋い顔で声をかける。

五八　あっ、これは帳元と大札のお二人、お役目ご苦労はんにございます。

帳元　そんなことはよろし。なあ大札はん。

ト、にべもなく話を大札に振る。

大札　帳元さんの言いなはる通りで……すでに重々ご承知のこととは思いますよって、長々とは申しまへんが、今度の興行はあいにく大当たり上々吉というわけには行かしまへなんだ。ここはぜひとも、次の二の替り狂言で取り返し、帳尻を合わしてもらわんなりまへん。よろしか。

ト、手にした算盤を突きつける。

帳元　とにかく、今のようなことでは、名代や金主の方々よりこの小屋を預かる帳元のわての顔が立ちまへん。あんさんも若い身空で狂言作者・並木五八とわが名を番附に掲げとるからには、もうちっと筆に力を入れて見物をうならせる工夫をば凝らしてもらわんことには……なぁ？

大札　ほんまだす。で、どないだすのや、五八師匠。帳尻は合いますのんか。

ト、口々に詰め寄る。大札はこの間もしきりと算盤玉をはじく。

五八　ヤ、それは。

ト、口ごもる。進退きわまったところで、首提げの拍子木をチョーンと打ち鳴らすと、道具幕切って落とされる。

その背後から現われたのは、どこかの屋敷の外見。しかし、ここではこの小屋の裏手とも見える。
ト、そこへ道具方らがコマ（車輪）つきの道具を押して場のようすを変えてゆくので、帳元と大札はあたふた。そのうちに、五八はまんまと姿をくらます。道具方たちも走り去り、あとに残されたは帳元・大札の二人だけ。
帳元・大札　エエあいつめどこへ行きよった。
ト、両人ともに五八のあとを追おうとしてぶつかり合ったり、すれ違ったり。
帳　元　ヤア、これではらちが明かぬ。
大　札　いや全く。そんなら、わてはこっち。
帳　元　わたいはあちら。
帳元・大札　何が何でも捕まえまひょ。
ト、左右に分かれて走り去る。

第二場　吉左衛門町からくり屋敷塀外の場

さきほど道具幕を落としてから、立ち木や塀など、それに井戸囲いなど加わって、やや雰囲気変わり、何やら怪しげな屋敷のように見える。

ト、並木五八走り来て汗を拭くと、

五八　フー、えらい目におうた。金が敵《かたき》の世の中とはいいながら、芝居の当たり当たらずは賽の目より思うようにならんもんやからな。

ト、周囲を見回して、

五八　気づけばここは吉左衛門町。道頓堀も一歩出外れれば、こんな閑静なかいわいもあるものか。それにしても、この屋敷、何やら曰くのあるような、ないような……ハテ。

ト、いぶかしむところへ、この近所に住むらしき女二人、風呂帰りか用事の途次か、小荷物を胸に抱いて小走りに来る。

女甲　まあまあ、それならいいながらにして、木戸銭も払わんと大芝居が見られるのやから、けっこうな話やないか。

女乙　何を言うのやいな、夜の夜中に白粉ぬったくって隈取りつけて、ちゃんと衣装までつけてゾロゾローッと出歩いてるのに出くわしてみぃな、そらもう芯からゾーッとするで。

女　甲　けど、そんな芝居がかりのお化けが出るわけもなし、そら何ぞ役者の乗りこみとか興行の披露目と違うか。

女　乙　何の、それやったら小屋の名ァか芝居の外題、何より役者の名前の幟でも掲げてないはずがない。エエ、いま思い出しても、あた気色の悪い。

女　甲　そんなもんかいなぁ。あ、ちょっと待ちよしなァ。

ト、なお早足になりながら、五八の前を通り過ぎようとするのを、

五　八　あ、モシ、そこのお方。

ト、呼びとめる。女二人、ふりかえって、五八をしげしげと見る。その後、五八が何か言おうとするのには口をはさませぬまま、

女　甲　おやまあ、こんなところで役者の〇〇に似たええ男。

女　乙　ほんにほんに、〇〇屋にソックリな。あ、あけへん。こんなところでこんなお人に出会うやなんて暗剣殺に向かうようなもんや。早よ行こ。

ト、女甲の袖を引く、女甲はなおも見とれて、

女　甲　何でやの。それに、何ぞうちらに尋ねてはるみたいやし。

女　乙　あかんあかん、最前も言うた芝居装束の化け物行列、それが入って行ったんが、ほかならぬここの屋敷。

女甲　へえっ、ほんまかいな。

女乙　そやさかい、こんなときにこんなとこにボーッと立ってるのは、役者の化け物の眷属かもしれへんしィ。

女乙　そらえらいこっちゃ、そんならすぐにも。

女甲　行こう行こう。

ト、女二人あたふたと去る。あとに残った五八、あきれて見送るが、そのうちハッと手を打って、

五八　今の人らの噂話。もし、わしが先夜見た行列と同じものなら、その行先はここ――？

ト、あらためて屋敷を見上げたとき、その塀際の木陰からヒラヒラと振られる白い手に気づく。

五八　おや、あれは何や。わしをこう呼んでいるような。

ト、そちらへ向かうとスッと引っこみ、また別のところから白い手がチラチラ。小紋を散らした明るい色の振袖をまとっているようす。とすると町娘、どこか大家のいとさんのようだが――？

五八　何じゃいな、薄気味の悪い。

ト、言いつつも気になってあとを追う。だが、ツイとまた消えて、また手招きする――のくり返し。

その何度目かに、突如「ああっ」と女の叫び声とともに、手が吸いこまれたように見えなくなる。そしてそれきり現われないので、五八は草をかき分けたり物陰をのぞいたりして探し回るが見つからない。

五　八　ハテ面妖な。

ト、手近にあった井戸囲いに寄りかかりながら、芝居がかりに腕組みする。そこへスーッと井戸の中から、最前袖だけ見せたのと同じ着物をまとった若い娘、幽霊のようにせり上がる。これも幽霊もどきに顔を伏せているが、ヒョイと半身を起こすのと、五八がふりかえるのが同時。井戸の内と外、こもごもびっくり仰天して身をのけぞらせ。悲鳴を上げる。

五　八　ひえええええ、なな何じゃお前は。幽霊か化けもんか。

ト、叫んだ相手は芝居仲間の市山富三郎。ただしこのときは女形の装束ではなく、髪形も衣装もすっかり良家の娘といったこしらえ。

富三郎　えい、化けもんとはあんまりな。いくら役者は化けるのが商売ゆえ、失礼ではないかいな、五八つぁん。

ト、突き飛ばすしぐさ。この言葉に初めて気がついて、

五　八　そういうお前は富やんか。

富三郎　やっと気づいたか五八つぁん。

五　八　こんなところで、そんな姿のおまはんと出会うとは。
富三郎　ハテ稀有不思議なる、
両　人　ことじゃなあ。
　　ト、おかしみをこめつつ見事に決まるが、すぐに二人ともわれに返って、
五　八　こんな芝居してる場合やあらへん。富やん、こんなとこでいったい何をしてたんや。しかもその姿、すっかりふつうの女のようやないか。
富三郎　えへ、よう似合うてるやろ。女形とわかる姿で出歩いてはあんまり目立つによって、ふだんとも芝居とも、ちと趣向を変えてみました。
　　ト、愛らしくしなをつくって見せる。五八、つい引きつけられかけるが、あわててわれに返って手を振ってみせる。
五　八　これ、アホなことを……幼馴染の男同士で味な気分になってどうする。それより聞きたいのは、ここで何をどうすれば、井戸からニューッと出たりするかということや。
　　ト、問いかける。それと訊かれて真顔になって、
富三郎　それは五八つぁん、おまはんが新作の生みの苦しみ、また、さる晩に見たという百鬼夜行の解釈に悩まされているのを見かねて、うちが自分で尋ね歩いてみたところ、どうやらここが。
五　八　ここが、どうしたというのや。
富三郎　ここが、百鬼夜行の出どころかと。

ト、指さす方をともに見すえながら、

五　八　な、な、何やと！

富三郎　聞いたことはないかいな、ここは人呼んで吉左衛門町のからくり屋敷。そして、うちがここまでたどり着いたわけは――。

ト、五八の耳に寄せた口を袖で隠しながら、何ごとかささやく。

五　八　エエ、そりゃほんまのことかいな。

ト、富三郎を抱えるようにしながらキッとなるのを柝の頭。二の柝にて道具廻る。

第三場　同じくからくり屋敷内の場

本舞台三間並足《なみあし》、本縁付《ほんえんつき》屋台。鼠壁《ねずみかべ》鼠欄間。正面見附《みつけ》に襖。ほかに床の間、違い棚など、陰気なる離れ座敷の体にてよろしく。上手一間柳障子《やなぎしょうじ》。下手奥土塀《どべい》、その奥に庭遠見《とおみ》。

ト、襖を開いておっかなびっくり、五八と富三郎入り来る。

五　八　やれやれ、やっと部屋らしい部屋に出た。何ともわけのわからん屋敷やないか。

富三郎　けど、ええのんかいな。案内もないのに勝手に、こない奥まで入りこんだりして。

五　八　しょうがないやないか。玄関口くぐって、中の具合はどんなんやとうかがううちに、いつのまにか来た道を見失うてしもて、前へ進むほか無うなったんやから。何がどうなったんか、さっぱりわからへんわ。

富三郎　ほんになあ……これも何ぞの仕掛けやろか。

　ト、思案するのに、

五　八　これも、とは何ぞ心当たりでもあるのんか。

富三郎　実は最前、井戸から出て五八つぁんを驚かしたのは、何もわざとではないこと。そっとこの屋敷のようすをうかがっていたら、ふいに地面の下にセリ下げられ、あれよという間にあそこへセリ上げられてしもうたのや。ほんにけったいな仕掛けやないかいな。

五　八　なに、セリ上げにセリ下げ？　うーむ、ますますけったいなことになってきよったな。まぁしょうがない、ここは腹を決めて、とりあえずはここで一服しょう一服しょ。

　ト、どっかと畳にあぐらをかく。富三郎寄り添うが、あちこちを見回して不安げなようす。五八は、煙草を吸いつけようとするが、火の気なく困っていると、ドロドロにて火の玉現われ、煙管の先をあぶる。もてあそんでいた煙管の火皿がたまたま背後に向いているときで気づかず、何気なく吸い口をくわえて火が点じられているのに気づき、喜ぶ。

五　八　おお、富やん。気がきくやないか。

　ト、礼を言われてふりむいた富三郎、五八の背後の火の玉に驚き、

富三郎　ひえええええ。

ト、のけぞり驚き恐れるこなし。

五　八　どないしたんや。

ト、いぶかしみ、富三郎が震える指先で、

富三郎　あれあれ、人魂が人魂が。

ト、示した方をふりかえるが、そのときはすでに何もなし。

五　八　けったいなやっちゃな。それで富やん、ここに例の方々が。

富三郎　そうやがな。さるご贔屓筋のお座敷で、お目にかかったのが、例の源内先生。なんでうちなんかが呼ばれたかと思うたら、どうやら先生は大の女嫌い。一度、面白いものを見せるによって遊びにおいでと教えられたのが、この屋敷。

ト、あらためて部屋の中を見回す。

五　八　そらどう考えてもおまはんに思し召しが……それで、こんな所へ誘い出されたんかいな。

富三郎　いいえいな、それでも天下に名高き源内先生、なんぞ五八つぁんの芝居の種でも拾えるかと、こないして娘姿に身をやつし、ここへやってきたんやけど……。

ト、語るうち次第に声うわずり、落ち着かなくなる。

それも道理で、富三郎の真向かい、五八の背後にあたる柳障子の小部屋、にわかに開いて、中から続々と歌舞伎衣装の一団、次々とこの部屋を通り過ぎていく。五八はそれも知らぬげに、

五　八　ふんふん、それで、それで、それからどないした？
富三郎　それで、この屋敷の近くまで行って、こわごわながめとったら、あの蒹葭堂先生が入っていきはるやないの。出迎える源内先生の声もしたように思う。坪井屋の旦さんがおられるなら まだ安心と、ちょっとだけ入ってみようとしたら、けったいなからくり仕掛けで外へ出されてしもうて、どうしても中へ入られへん。そこへやってきたんが、五八つぁん、あんたというわけや。
五　八　そういうことやったんか。けど、さっきはすんなり入れたやないか。
富三郎　さあ、それがうちにも不思議で――不思議で――不思議――。
　ト、またおびえたようす。というのも、五八の背後に例の歌舞伎衣装の者ども折り重なるように固まり、じっと富三郎を見つめている。
五　八　おい、富やん、どないしてん。今日はよう、妙な病気の起きる日やな。
　ト、至ってのんきなもの。
富三郎　ひっ、どうぞお助け……。
　ト、おののきつつ立ち上がって後ずさり。五八はけげんな顔でそのあとを追う。
　ト、床の間の掛け軸の際まで追いつめられたとき、やにわに仏壇返しの仕掛けにて富三郎の体、壁に吸い込まれる。
五　八　ヤア、ヤア、これは。

五　八　ト、見ると、それまでの掛け軸の代わりにかかっているのは、源内作の油絵「西洋婦人図」。

五　八　はて、富やんが消え失せた。そのあとに奇っ怪なるこの絵像。富やん、富やん、どこ行った？

ト、西洋婦人図に近づき、壁をたたくも、ビクともせず。そのうち、婦人図の目のところを一心に見つめると、

五　八　片隅の落款は「源内」と読める。さては、この絵の作者は……。ややっ、そんなことよりこの西洋美人の目は、この目は——あの晩、太左衛門橋で見たやつの目と同じではないか。

するると、もしやあの芝居装束の百鬼夜行とは——？

ト、キッとなって振り返ると、そこにはまさに歌舞伎衣装の異形の者ども。

五　八　うむ、おのれらは。

ト、にらみ合いになり、とど入り乱れての立ち回りとなる。五八は、独り奮戦するも、多勢に無勢で取り押えられる。

五　八　チェーイ残念。こうなったうえからは……。

ト、何か決め台詞でも吐こうとするところへ、その腰を折るように高らかに声あり。

正　三　待った。お若いの、待ちなはれェ。

ト、上方訛りの幡随院ばりに。このとき背後の壁、襖も床の間ももろともに二つに分かれて開く。真ん中に当代一の狂言作者・並木正三、洒脱ながら堂々たる風格、左右

に木村蒹葭堂、平賀源内。彼らを守るかのように歌舞伎衣装の一団、ズラリと居並ぶ。

五　八　オオ、この大仕掛けは、からくりは、なにより見事な舞台の華やぎ。あなたはもしや——。

ト、驚きながらも我が身はしっかりと保ちながら言いかける。

正　三　左様。わしが並木正三じゃ。ちなみにここは、わが父の隠居所として建てたもの。さまざまなるからくりは、父が暮らしを便利にし、心を慰めるためしつらえた名残。驚かせたなら、すまなんだ。

五　八　とんでもないことで……。ご存じもありますまいが、わては並木五八。浜芝居と大芝居の違いはあろうとも、同じ作者どうし、話をさせていただきましょう。

正　三　面白い、その話とは。

ト、大作者らしく鷹揚なようすを見せる。源内と蒹葭堂も愉快そうにうなずく。

五　八　わてが思うに、この大坂の地を舞台に描いた怪談狂言、これは正三師匠、すべてあなたの筆になるものと思いまするが、どうでございます。

正　三　いかさま、左様。

五　八　そして、ここに居並ぶ百鬼夜行、いや芝居装束の人々は、ことごとく異国の血をひく人々でおましょうがな。

ト、喝破する。歌舞伎衣装の者ども、驚きのこなし。源内・蒹葭堂は感心と会心の笑顔でうなずきかわす。

正　三　おお、その通り。浜芝居に置くのは惜しいそなたの才。よくこの正三の趣向を見破りましたな。

ト、苦笑いを浮かべながらも、満足げなようすを見せる。

五　八　異国人を故なくして、長崎出島や唐人屋敷から連れ出すことは堅くご制禁のはず。なぜまた、あなた方がそのような大罪を。

ト、勢いこんで詰め寄る。

正　三　むう、それは。

ト、言葉に詰まり、蒹葭堂と源内を見やる。

蒹葭堂・源内　さて、そのことは。

ト、言葉をにごす。五八とその他の者たちのにらみあいとなるところへ、にわかに声あって、

富三郎　ちょっと待って、五八つぁん。聞けばこれには子細あること。大罪とはとんでもない、まあ、一通り聞いとくなはれな。

ト、鳴り物になり、ここより正三らと歌舞伎衣装の異国人の台詞となる。

異国人甲　われらはいずれも長崎の地にて、生を受けしものにして、

異国人乙　わが父は出島のオランダ人。

異国人丙　わが父は唐人屋敷の清国商人。

異国人甲乙丙　母はともに丸山の遊女。
異国人甲　といって必ずしも真の遊女とは限らず、その名目で夫婦となりしものも珍しからず。
異国人乙　かくして生まれ落ちたわれらにとって母の国は住みにくく、といって長崎の地を離れては、なおさら住み難し。
異国人丙　といって、父の国に渡ることは断じて許されず。はてさて、どうしたものかと……なあ。
ト、異国人たちともに嘆き合う。ところへ進み出て、
源　内　それがしも先ごろまで長崎に滞在しておりましたから、こうした子らが多数いることは聞き及び、まことに人倫の道に反すると嘆いていた折柄、よもやこの大坂にて彼らを手助けし、あまつさえ船で異国へ落ちのびさせる計画が練られていようとは……つくづくと感服いたすとともに助太刀いたそうと決心いたした次第。のう、蒹葭堂殿。
蒹葭堂　はいな……この件、かねて知り合いのオランダ人より頼まれましてな。罪もなく虐げられる人々の話を聞いてはこの坪井屋吉右衛門、大坂町人としては黙っておられず、つい引き受けましたような次第。とはいえ、みなさんのお手助けと、それなる正三師匠のご趣向なくば、どのようなことになっていましたことやら。
五　八　その趣向とは、すなわち。
ト、身を乗り出し、正三を堂々と見すえて、
五　八　異国風の顔立ち、目の色さえ違う人らに化粧を施し、芝居の装束を着せれば体つきさえ

も隠しおおせる。そうしたうえで芝居の一座に仕立てて道中をさせ、どこぞに落ちのびさせる計略と見ましたが、いかに。

正　三　いかにもそうじゃ。こいつは、ますます末頼もしいこっちゃないか。なあ、ご両所。

源　内　まことに……。日ノ本で唯一海外に開いた長崎は、当然のごと監視の目厳しきがゆえに。

蒹葭堂　いったん大坂に出てそこより船出、さらに外洋で乗り換えて――という大胆な戦法やったのじゃが。

五　八　いや、ほんまに並の度胸ではでけんことだす。歌舞伎役者に身をやつす計、まことによい案じではあったけれども、さすがに目の色までは隠しおおせず。しかも、ついつい芝居の化粧や装束のまま、外の空気を吸いに出たのが人目にとまってしもたのは、惜しい目算違いでおましたな。

正　三　さあ、そこや。いつのまにやら噂も広まり、お上の疑いの眼も動き始めた。せっかくこれから彼らをば、父の本国や、日本人の子孫もいてはるかに暮らしやすい呂宋《ルソン》、バタビヤ、暹羅《シャム》といった国々に向け船出さそうとしたところで、二進も三進もいかんようになったわけやが……。

蒹葭堂　さて、これはどないした、

源　内　ものであろうなあ。

ト、三者三様に思案投げ首。異国人たちも、がっくりと首を垂れたところへ、

富三郎　あの、それなれば、これなる五八つぁん――いえ、並木五八師匠がこの狂言の結末、必ずつけてくれましょうとも。

ト、艶然と笑みながら請け合う。

皆々　オオ、それは。
五八　エエ、それは。

ト、あわてるが、すぐに腹を据えたようにスックと立ち、腕組みし、あごに手を当てると、

五八　さて、この狂言の結末は――おお、そうじゃ。

ト、にわかに心づいて大きくうなずき、懐より取り出した帳面に何やら一心に書きつけ始めるのに合わせて――拍子幕。

大詰　道頓堀・浜芝居小屋舞台の場

役名

一、並木五八
一、並木正三
一、市山富三郎
一、帳元、大札、道具方、木戸番ら小屋の者
一、その他見物客など
一、歌舞伎衣装の者ども　大ぜい
一、捕方　数名

柝にて幕開くと、その向こうにもう一枚、定式幕《じょうしきまく》。すなわち芝居の中に芝居が仕組まれている形。その幕と客席の間は、芝居小屋の木戸前という心で、札売りや木戸番が威勢よく声をあげている。

帳元と大札がいつぞやの渋面とは打って変わり、算盤と帳面を見せ合ってえびす顔で

笑い合い、お辞儀して左右に分かれる。

ト、そのただ中に駆け出てきて、表方裏方に下知を飛ばし、詰めかける人々をさばいているのは、上方流に鯔背な姿の並木五八。

五　八　さぁさぁ評判、近ごろ大坂市中を騒がす百鬼夜行の正体やいかに。ご高覧に供しまするは、その全てを解き明かす狂言。心中立てや義理にからんでの生きたの死んだのはもう古い。いや、古うはないが、すでに起きて終わった出来事を芝居に仕組んでいてはもう遅い。このたび作者並木五八が書き下ろしましたるは、今まさに起きたることの正写し。ついさきほど始まったばかりなれば、まだ十分に間に合います。さあ、ご見物の皆様方、木戸口の奥までまで通りましょう通りましょう。

ト、五八自ら柝を打ち幕を開く。そのあとは狂言方らしく舞台袖に回ってツケ打ちをつとめ、芝居を進行する。

もう一つの定式幕開くと、その奥の舞台ではすでに芝居が始まっていて、時代世話入り乱れての大騒ぎ。あの異国人らが扮した赤っ面の荒武者が、同じくか弱き姫君に投げ飛ばされ、高師直《こうのもろなお》が梶川与惣兵衛《かじかわよそべえ》を振り切って塩谷判官《えんやはんがん》をねじふせ拳骨の雨を降らせ、幽霊宙を飛び、要は古今の芝居の総ざらえ。

その中心にあるのは市山富三郎。異国の姫君か天女かという姿で早変わりやら宙乗りやら存分に見せる。

ト、そこへバタバタにて花道から捕方の一団、駆け出でる。その姿は劇中劇のものとも本物ともつかぬ感じで、

捕方の頭　怪しき奴ら、もしやこやつらは国禁犯せし異国人か。疾うひっ捕えよ。

捕方ども　オオッ。

ト、いよいよ大立ち回りとなる。そこへツケ板のところからスッと立ち上がって、

五　八　さて、この狂言のしめくくり。

ト、高らかに言えば、反対側より並木正三現われて、

正　三　かの人々を何とする。監視厳しきただ中で、いかに異国に落ちのびさせん。

五　八　それこそ芝居の——われら作者の腕見せどころ。

正　三　何と。

五　八　実は虚となり、虚は実となる。ほんまにあった出来事をば、芝居に仕立てて送り出せば。

正　三　ヤ、誰も信じず怪しまず。

五　八　いかなるお上も罪には問えず。

正　三　ウム。じゃが、どのようにして送り出す。

五　八　それは正三師匠、あなたの趣向をお借りすれば、ほれこの通り。

ト、指し示すをきっかけに、桑名屋徳蔵のごとき仕掛けにて舞台中の舞台、大船に組み上がる。奥の背景落ちて、大海原に変じる。

舞台から次々突き落とされた捕方たちは、あえなく波にのまれ、甲板となった板の上では、歌舞伎衣装の異国人たちが、手に手に櫂を握って漕ぎ出す。
これも仕掛けにて、船上に柱立ち帆が張られる。そのさなかに、

富三郎　エイ。

ト、船より飛び降り、受けとめられる。大船の舳先グルリと回ったところで、

正　三　なるほど、これは浜芝居でのうてはできぬこと。道頓堀から世界の海へ。

五　八　ぶじに船出いたしたからは、万代不易《ばんだいふえき》戯場栄《かぶきのさかえ》。

ト、富三郎を頼もしくかたわらに、

正　三　まず今日は。

正三・五八　これぎり。

ト、三人よろしくあり、めでたく打出し

幕

からくり島の秘宝――ネオ少年探偵

二〇〇二年のある日かかってきた「子供向けの推理小説を書いていただけませんか」という電話が、作家人生で最もうれしい驚きに満ちた原稿依頼だったことは、ある機会に書きましたが、そこから「五年の学習」と「六年の学習」に書いたネオ少年探偵シリーズ三作もまた最も楽しい思い出となっています。

あいにく「学習」は廃刊となったのですが、その後書き下ろしでどうだとのお話がありました。ところが、ついグスグズするうちに企画が終了し、私の手元に書きかけの原稿だけが残されたのです。さらにその後、ずっとコンビを組んでいた挿絵の藤田香さんが亡くなられ、さらに悔いの残る結果となったところへ今回の短編集の企画がありました。

私のキャラクターとして、ネオ少年探偵は絶対に欠かせません。そこで本来四冊目になるはずだった作品を短編化し、書き下ろしとして収録することにしました。これが読者へのサプライズプレゼントとなれば、こんなうれしいことはないのですが。

少年少女探偵、船に乗る

見上げているとすいこまれてしまいそうな青空の下、ゼリーを一面にしきつめたような海を、一せきのモーターボートが矢のようにつき進んでいました。

ボートは大型の屋根付きで、先頭に赤いペンキで「さんだい丸」と船名らしいものが書いてありました。

「さんだい丸」には、そうじゅう士をふくめ大人三人と子ども三人が乗っていました。どちらも男が二人、女が一人の組み合わせで、うち大人の女の人と子どもたちは同じグループで、楽しそうに話をしていました。

「よかったね。ともかさんが、ついてきてくれることになって。」

子ども三人のうちの女の子——八木沢水穂《やぎさわみずほ》が言いました。まぶしい光と強い海風に大きな目を細めながら、でもほんとに気持ちよさそうに、

「桐生《きりゅう》君の親せきのおにいさんが、急に行けなくなったって聞いたときは、てっきりもうだめかと思っちゃった。ずいぶんたいへんな事故だったみたいだし……ね、桐生君？」

「ああ。バイクの調子がとつぜんおかしくなって、そのままブロックべいにつっこんじゃってさ。

おかげでバイクはめちゃくちゃだってさ。」

答えたのは、長めのかみの毛をバンドでとめた少年で、名前は桐生祐也《ゆうや》。日焼けした顔は元気いっぱいで、きかぬ気のところもありそうでした。

「でも大したけがでなくてよかったね。しばらくは入院しなきゃいけないそうだけど。」

もう一人の、おとなしそうな男の子が言いました。久村圭《ひさむらけい》といって、ほかの二人と同じ小学校の六年生でした。

「うん……でもあれじゃ旅行は無理だし、おれたちだけで行っていいか聞いたら、ぜったいダメだって。ほんとわからず屋だよな。」

「そんなのうちだって同じよ。」と水穂は笑って、「子どもだけでこんなところまで行かせてくれるわけないいじゃない。中学生ならともかく……。」

「そうかなあ、中一と小六じゃ、あんまり変わんないよ。」

「ええっ、そんなのぜんぜんちがうよぉ。」

と言い合いが始まってしまいました。びっくりした圭は二人の間に入ろうとしましたが、いっこうに言うことを聞いてくれません。

しかたなく、圭はさっき水穂が「ともかさん」とよんだ女の人に、

「ね、これから行く島は、何だかとってもむずかしい字を書くんだったよね。倶利伽羅島《くりからじま》——だっけ。それって、どういう意味なの？」

と聞きました。ちょっと話題を変えようと思ったのです。

するとこ三人のやりとりを、にこにこしながら見守っていた女の人は、圭に答えて、

「それはね、倶利伽羅竜王というこわくて勇ましい神様から来たものなの。でも、この地方の人々は、その島をちょっとちがう、とてもおもしろそうな名前でよんでいたそうよ。」

「ちょっとちがう――」

「――おもしろそうな名前って？」

水穂と祐也が議論をやめ、たずねました。

ともかさんが「そう、それはね……。」と答えかけたとたん、彼女がかぶっていたつばの広いぼうしが風に飛ばされ、かん板をコロコロところがって行きました。

みんなが「あっ！」とあとを追っかけようとしたときでした。そうじゅう士でない方の男の人がサッとぼうしを拾いあげました。

その男の人は、パナマという白い山高ぼうをかぶって大きな黒めがねをかけ、口元とあごにひげをモジャモジャはやしていました。この暑いのにまっ白な背広をきっちり着て、ちょうネクタイまでしめているのが、何ともきみょうでした。

「はい、どうぞ。」

「あ、ありがとうございます。」

ともかさんがお礼を言うと、男の人はニヤッと笑って、

「あなたは新島《にいじま》ともかさんですね、森江《もりえ》氏の事務所におつとめの。」

と、いきなり名前とつとめ先を言いあてたのには、圭たちもびっくりしました。

森江氏というのは弁護士で、しろうと探偵としても活やくしている森江春策《しゅんさく》のことです。圭たち少年少女探偵とは最初の事件から縁が深いのは、ごぞんじの読者もいるでしょう。

「ハハハハ……森江氏といえば名探偵として知られた人。その助手のあなたを知っていても、ふしぎではないでしょうに。」

「は、はあ……。」

新島ともかは、返事にこまってしまいました。黒めがねの男はさらに、

「今回は何の事件ですか。森江探偵のすがたが見えませんが、あとからおいでですか。」

「いいえ、そんなことは……今回は、この子たちのつきそいに来ただけです。」

ともかは首をふりました。けれど、黒めがねの男はうたがわしそうに、

「ただのつきそいねえ。まぁいいでしょう……おやおや、早いもので、じきにとう着だ。子どもたち、ようこそ〝からくり島〟へ！」

男が急に変なことを言いだしたものですから、三人は顔を見合わせて、

「か、からくり島だって？」

「『くりから島』じゃなくって……でも、たしかにそう言ったよね。」

「言いまちがえたのかしら、この人？」

そのとき新島ともかが、男が見ているのと同じ方角を「ほら、見て。」と指さしました。

見ると、ついさっきまで遠くだった島が、びっくりするほど近くにありました。

茶色っぽい岩はだにおおわれ、緑おいしげる小島。めずらしくもあやしくもない、日本のどこにでもありそうな風景――けれども、黒めがねの男が今よんだ名前のせいか、この島にはほかにはないふしぎなできごとが待っていそうな気がしてならないのでした。

久村圭はハッとわれに返ると、

「ね、ともかさん。あの島には〝からくり島〟なんてよび名があるの？」

祐也や水穂もその答えを聞こうと、彼女の口元を見つめました。

「ええ、それが倶利伽羅島のまたの名なの。そして、それにはある由来があって……。」

「えっ、どういうこと？」

圭たちが思わず聞き返したときです。エンジン音と入れかわりに聞こえてきたのは、怪獣がうずくまったみたいな黒い岩に、よせてはくだける波のひびきでした。

船はスピードを落とし、すべるように入り江に入っていきます。さん橋が設けられたそこには、白い砂浜が広がっていました。

「おい、あれは何だ？」

とんきょうな声をあげたのは祐也でした。水穂もそれにつられて、せのびしながら、

「ほんと、何かしら。がけとか岩山とかじゃなくって人間のつくったものよね。」

えっ……？　というので、圭もあわてて目でさがし、ついでアッとさけびました。

そのとき彼らが見たものを、さあ何と言えばいいでしょう。島の一角の小高く平らなところに、巨大な石の建造物がすがたをのぞかせているのです。

まるで巨人の国の三角じょうぎでした。まわりが林にかこまれているので、下の方がどうなっているのかはわかりません。

――圭・祐也・水穂、それにともかの四人は、そうじゅう士を残し、黒めがねの男と島におりたちました。それこそは、少年少女探偵の新たな冒険の第一歩だったのです。

倶利伽羅島のふしぎ

夏休みに、みんなで海へ行こう――そんなすてきなアイデアが持ち上がったのは、桐生祐也の話がきっかけでした。

「親せきの時雄《ときお》にいちゃんってのが、こないだ来たとき言ったんだよ。『泳いだりつりしたり《スイミング・フィッシング・アンド》ハイキングもできる島《アイランド》があるんだが、行かないか。友だち《ユア・フレンズ》も連れてきていいぞ。そういや祐ちゃん、少年少女探偵《ボーイ&ガール・ディテクティヴ》とかおもしろそうなこと《インタラスティング》やってんだってな。』――どうする？」

「それはいいんだけど。」水穂が答えました。「何でその人、そんなに英語まじりなの？」

「ああ。それか。子どものとき外国ですごしたことがあるのと、また留学するつもりなので、なるべく頭を英語脳にしてるんだってさ。おれはもうなれちゃったけど。」

「そういうものなのか。たいへんだなあ。」

と圭が感心したように言いました。祐也は手をふって、

「いや、そんなことはどうでもいいんだよ。おれは行こうと思うんだけど、みんなはどうする？」

「もちろん、行くよ。」

「さんせい！」

といったことで話はすぐまとまり、ただでさえ楽しみな夏休みが、いっそう待ちどおしくなったのですが、そこへ思いがけず時雄が交通事故を起こしたとの知らせです。

そこで困ってしまった圭たちに「わたしがついていこうか。」と言ってくれたのが、新島ともかでした。

このもうし出に、三人が「やった！」と大よろこびしたのは言うまでもありません。

待ちに待ったその日、電車に何時間も乗り、船でわたった倶利伽羅島は不便な分だけ人は少なく、海もきれいです。森には道も通っており、いろんなことが楽しめそうでした。

でも、あの白い服に白ぼうし、黒めがねにひげの男は、そうはよびませんでした。

からくり島――！　何と奇妙な、そして謎めいた名前でしょう。

からくりとは今でいう機械装置ですが、科学技術が進んでいなかった昔の人が知恵をしぼり、

とぼしい材料で作ったそれらは、まるで魔法のようだとおどろかれたものです。

　これからすごす島に、そんな名前がついていたなんて……それにもましてのおどろきは、ともかがそれを知っていたことでした。


「ごめんなさい、だまってて。でもかくすつもりはなかったのよ。本当だってば!」

　新島ともかは、圭・祐也・水穂からの質問の矢にたじたじとなりながら答えました。島に上陸し、四人のため用意されたバンガローに入ってまもなくのことでした。

「せっかくだから今度の行き先について調べてみようと思ったのね。そしたら森江先生の本だなに、こんな本があったのよ。」

　ともかが取り出したのは、この地方の歴史ガイドでした。しおりをはさんだページを開くと、そこには「からくり島物語——四海屋轟右衛門《しかいやごうえもん》・謎の三角とりで」とあります。

　新島ともかはバンガローのゆかにすわると、車座になった圭たちに話し始めました。

「江戸時代に四海屋轟右衛門という長者がいて、殿さまも頭が上がらないほど栄えていた。一時は四海屋の帆かけ船が海をまっ白にうめつくしていたぐらい、日本じゅうと商売をして大もうけをしていた。それだけじゃなく、当時はきびしく禁止されていた外国貿易にも手を出していたらしく、そのひみつ基地となっていたのが、この倶利伽羅島だったわけ。

　そんな轟右衛門が愛好し、大金を投じて外国からも買い集めていたのが、からくりだった。それもただの趣味ではなく、田に水を引いたり井戸水をくむのに苦労している村には、すぐ水車や『竜骨車』というポンプを作らせたというから、よほどくわしかったのね。

――ところが、ある夜おそろしい事件が起きた。黒いふくめんをして刀やたいまつを手にした連中が四海屋におしよせたの。」

「それって、盗賊？」

水穂がたずねると、ともかは首をふって、

「ううん。盗賊にはちがいないけど、もっとたちの悪いやつらだった。その正体は、何とここの藩士――侍たちだったの。」

「えっ、お侍さんが何でそんなことを？」

圭が聞くと、祐也が「あ、わかった！」と乗り出して、

「侍たちは、殿さまよりえらいと言われた轟右衛門をこらしめ、ついでに四海屋のばくだいな財産を横取りしようとしたんだ。」

「そういうことね。」ともかは、うなずきました。「江戸時代の終わりには武士の力がおとろえて、お金の力で世の中を動かし始めた町人に頭が上がらなくなっていた。どこの大名も商人に借金をして返せなくなり、証文をもやしてふみたおす藩まであった。でも、四海屋にお金を借りていた大名がくわだてたことはもっとひどかった……。」

――黒ふくめんの一団の目的は轟右衛門らをみな殺しにし、蔵を破って大判小判や宝物をうばい、

火をつけるというものでした。ところが中はもぬけのから、どこもガランとして猫の子いっぴきいないではありませんか！

「しまった！　やられた……。」

「ええい、どこへ行きおった？　草の根分けてもさがし出すのじゃ！」

そう、四海屋の人たちは、お金や荷物を持ち出して、いちはやくにげていたのです。あとでわかったことですが、轟右衛門さんはやとい人にお金を分け、よそへ行っても安心してくらせるようにしてあげたそうです。

こうして悪だくみは破れたのですが、おさまらない侍たちは予定どおり火をつけました。何しろ大きな建物で、ぜんぶもえるまで何日もかかり、そのようすは遠くの町や村からも見えたそうです。

彼らの計画は失敗したものの、借金は返さずにすみました。けれど、悪いことはできないもので、その藩はこれが幕府にばれて取りつぶされてしまった。ところが、ここに残った謎が一つあって――。

「その謎というのは、ね。」

新島ともかは、圭たちを見回しながら話を続けるのでした。

「百万両とも二百万両ともいわれる四海屋の財産が、どこに消えたかということ。今のお金にして一千億円以上ね。その場所としてだれもがうたがったのが、かつての貿易基地で、ひそかに船を出し入れし、荷あげをするしかけがあるといううわさから〝からくり島〟の名がついたこの島だったの。

でも、だれも何も見つけられはしなかった。それどころか轟右衛門が残したトラップに引っかかったとか二度と帰ってこれなかったという話もあり、いつしかだれも近づかなくなって、あとには秘宝の伝説と、轟右衛門がなくなる前に残したという別れの言葉——辞世の句だけが残った。

『天道のまっすぐにさし影失せば　わが志も人の知るなれ』

天の道つまり正義が行なわれ、不正の影のささない世の中になれば、自分がただ金もうけをするために商売をしていたのでないことがわかってもらえるだろう——という意味らしいけどね、この本によると。」

ともかの話のあと、ゆっくりと口を開いたのは圭でした。

「それで——ともかさんはその宝物を探しに、ぼくらといっしょにこの島に?」

「あ、いや、そういうわけじゃないのよ。たまたまよ、たまたま。この話をしたら『それはぜひ行ってあげなさい。』って森江さんが。」

言いわけする彼女に、圭らは顔見合わせて、

「あんなこと言ってるけど……ねぇ?」

「ともかさんてば、わたしたち以上に冒険大好きだものね。」

「ひょっとして、おれたちのことより、自分がこの島に来たかったんじゃないのか。」

などと、ひそひそ話しあうのでした。ともかはあわてて、

「そ、そんなことがあるわけないじゃない。わたしは、みんながざんねんがってたから、ついていってあげようと思っただけで……もう、みんな、そんな顔で見ないの！」

からくり島のきみょうな客たち

その日は暗くなるまで、島のあちこちをめぐって、さっそく浜に出て泳いだり、夜は花火をしたりして遊びました。

圭たちのとまったバンガローは二つ続きになっていて、彼と祐也、ともかさんと水穂がわかれてとまることにしました。案内してくれたのは、あのモーターボートのそうじゅう士で、この島で過ごす人たちのせわを一人でしているとのことでした。

あの黒めがねの男の人も、別のバンガローにとまっているそうです。ほかにこの島には、何人か客がいるとのことでしたが、みんなべつべつの建物にとまっており、食事も自分の部屋で取るとのことなので、あまり顔を合わせることはありませんでした。

それでも、行きのボートで会った白服に黒めがねの男は、山道を歩いて行くところを見ましたし、ムームーといって日本ではフラダンスの衣装として知られる、ゆったりしたドレスを着ている女

の人もいて、この人はがけのような場所の前をうろうろしていました。

ほかに古びた着物すがたの老人もいて、しらがまじりのかみの毛を後ろでくくり、竹ぼうきみたいにたらしていました。下はゲタばきでしたが、昔の人はこれでけっこう山歩きとか平気でしていたそうです。

どの人もじかに話をしたりすることはなく、はなれた場所から何となく「ああ、あんな人もいるんだな。」と気がつくぐらいでした。

ただどの人も、みょうにセカセカと島の中を歩き回っていて、泳いだり何か遊びをしたりということはいっこうにしません。こちらがあいさつしても、無視して答えないか、足早にどこかに消えてしまうのです。

一つ共通していることがあって、それはみんながみんな何か紙を持っており、ときどき立ちどまっては熱心に読みふけるのでした。

「あの人たちも、からくり島の宝を探しにきたんだろうか。」

圭は、ぶあついけれどそれほど大きくない本に読みふけりながら、ふと言いました。そうした人たちのすがたを見かけたあと、バンガローにもどったあとのことでした。

「そう、私もそのことが気になってたの。」と水穂。「あの人たちみんな、この島のけしきを楽しみに来たようには見えないものね。」

「そう言われれば変だよな。だけど、あんなに何人もやってくるなんて……ともかさん、ここってそんなに宝探しの名所として知られてるの？」

　祐也が新島ともかにたずねました。

「さあ、たぶんちがうと思うけど。」ともかは首をふりました。「たしかに、ここには古い秘宝の伝説があるけど、ずっと何も見つからずに来て、ほとんどわすれられているというか、もうみんな本気にはしていないとばかり思ってた。私だってきょうみがあるのは、ここでくりひろげられた四海屋轟右衛門という人をめぐる歴史ロマンだもの。」

　すると、祐也がうでぐみしながら、

「でも、あのおっさんたちは、そんなの知ったことじゃなさそうだよ。ひたすら何かを探してる感じだ。第一、あの紙切れみたいなのは何だろう、ともかさん、心当たりある？」

「いえ、ぜんぜん……第一、この島についてわたしが知ってるのは、さっき話した伝説だけで、ほかに手がかりは何もないんだから。」

　ともかは首をふりました。圭は考えこんで、

「なら、あの人たちにはその手がかりがあることになるよね。最近になって何か新発見とか、新しい手がかりとかあったのかな。」

「さあ……？」

　少年少女探偵のするどさには、さすがの新島ともかも、またしてもたじたじでした。

「そもそも、祐也君の親せきのおにいさんは、なぜここに来ようと思ったのかしら。」

考え深そうに言ったのは水穂です。

「そりゃあ、ここで夏休みを、海で泳いだりつりしたりハイキングしたりしてすごすために……あっ。」

言いかけて、祐也は声をあげました。

どうしたの？　と、けげんな顔になったみんなに、

「ひょっとして時雄にいちゃんも『新しい手がかり』を……ともかさん、ここって携帯使える？」

「えっ？　あ、ちょっと待って。」

ともかは自分の携帯端末を取り出し、少しの間いじっていましたが、やがて、

「ダメみたい。この島には電波はとどかないみたいね。」

がっかりしたように言いました、とたんに祐也が、

「よし、行ってくる！」

と、いきおいよく立ち上がりました。

「ど、どこへ？」

びっくりした圭たちに、祐也は答えました。

「電話のあるところだよ。電波がとどかなくても固定電話ならかけられるんじゃないか。」

「それなら事務所ね。ここのバンガローとかボートとかを管理してる……あそこならきっとあるはずよ。」

水穂が言いました。

「そういうことか……よし、行こう！」

祐也の言いたいことがわかり、圭も立ち上がりました。それからふと思い出して、

「桐生君、この『理科年表』、もうちょっと借りててもいい？」

と、読んでいた本を祐也に見せると、

「何だ、時雄にいちゃんからあずかった中にまじってた本か。いいよ、別にそんなの。それより早く行こうぜ！」

「うん！」

そんな彼らのあわただしい動きに、

「ちょ、ちょっと、みんな急にどうしたの、何しようっていうの？」

森江春策のとき以上に、あたふたとふり回されるばかりの新島ともかなのでした。


そのあと四人はそろって、この島での宿泊や観光をあつかう事務所に行ってみたのですが、なぜかそこはガランとして、だれもいません。

ちなみに、ボートでこの島に着いたときには、そうじゅう士の男の人がここで手続きやバンガローへの案内をしてくれました。

この人は島の管理人でもあり、よほどいそがしいとき以外は客のせわは一人でやっているみた

いでしたが、その人のすがたさえ見えなくなっていたのです。

電話はすぐに見つかり、ぶじに圭たちの街につながったのですが、親せきの時雄にいさんはむろんまだ入院中で話はできません。ただお母さんが、気になる情報を伝えてくれました。それというのは……。

「そういえば、時雄ったらね。倶利伽羅島に行くしたくをしているとき、しきりと変なことをつぶやいていたのよ。『〝さんだいナントカ〟の下を探せ』って――そうだ、たしかるの字で終わっていたから、〝さんだいナントカる〟だったと思う。ごめんね。さっぱり意味わからない話で。」

ということは「〝さんだい×る〟の下を探せ」――？

祐也からその言葉を聞いた圭たちは、顔を見合わせずにはいられませんでした。

「えっ、それってひょっとして――」

「わたしたちが乗ってきた――」

「あの『さんだい丸』のこと？」

これは、どういうことなのでしょう。自分たちをこの島に運んできた、あのモーターボートの下を調べよということでしょうか？

「さんだい丸」の下には――

あくる朝早く、圭たちはさっそく島のさん橋にモーターボート「さんだい丸」を調べに行きました。いくら気がはやっても、海も空もまっくらな夜のうちに調べることはできなかったからです。ちょうど引き潮どきで、海はだいぶ浅くなっていましたが、そこにうかぶ船の底を調べるのは、なかなかうまくいきませんでした。

「どうだい、何か見つかった？」

「何もないよ。それ以上のことは、ちょっとわからないなあ。」

「ぼうか何かでつっついたらどうかしら。」

最初はそこに何かひみつのかくし場所があるとか、人目につかないように水中につり下げてあるのかと思いましたが、どうもそんなしかけをする余地はなさそうです。そこへ、

「はいはい、みんなどいて。あぶないからここはわたしにまかせて。」

そう言いながら砂浜をかけてきたのは、新島ともかでした。さん橋のとっかかりまで来たところで、はおっていたパーカーをぬぎ捨てると、下はあざやかな色の水着です。

圭たちがびっくりするのをしりめに、すばやくゴーグルとシュノーケルを装着すると、あざや

かなフォームで海に飛びこみました。

そのまましばらくは海面ごしに、人魚のようなすがたをゆらめかせていましたが、やがてプハッと息つぎしながら浮上してきました。でも、その表情は決して明るいものではありませんでした。

どうだった？　聞くまでもなく、ともかは立ち泳ぎしながら胸の前でバッテンを作ってみせました。一気にさん橋に飛び上がると、

「水中は暗いし、さん橋は海草や貝だらけだったけど、お魚もいっぱいいたし、とてもきれいだった。それはいいんだけど、船底までツルンときれいで、何もありそうにはなかった……ざんねんだけどね。」

ともかは、もうしわけなさそうにいいました。結局「さんだい丸」の下からは何も見つからなかったのです。

それからしばらく、四人はさん橋の上に体育ずわりしながら、だまりこみました。

夏の朝の光は、しだいに強さを増していきますが、人のけはいは、ここにしかありません。モーターボートがひとばんじゅうここにあったということは、だれもこの島を出ることはできなかったはずです。

なのに、ほかのとまり客ばかりかボートのそうじゅう士までいないというのは、どういうことなのでしょう。秘宝や謎のメッセージ〝さんだい×る〟などよりおそろしいことが起きているような気がして、いいしれぬ不安がおそってくるのでした。

そうした気分をふりはらうかのように、

「これはやっぱり、ちがうんじゃないかな。」

しばらくして圭が言いだしました。

「ちがうって、何が？　もし時雄さんって人の言ってたのが、それじゃなかったとしたら、ほかに当てはまるものってある？」

水穂がするどく聞きました。祐也がかみの毛をかきあげながら、

「うーん、〝さんだい〟は『三大』ってのはどうだろう。三大ビル、三大サル、ツル、ドリル、アイドル……だめかな。」

とっさに、最後に「る」の付く言葉をひねり出しましたが、こじつけなのは、本人もわかっているようでした。

「それもあるかもしれないけど、でもこの島にはどれもなさそうだよね。」

圭がえんりょがちに言うと、祐也は「ざんねん！」とにがわらいしました。圭は続けて、

「少なくとも、消えたほかの人たちは、だれ一人この船を調べたりはしてなかったよね。みんな山の方に行っていた。ということは、探すならそっちなんじゃないかな。」

「山の方ったって、大ざっぱすぎやしないか。だってこの島はほとんど山なんだから。」

「それはそうだけど……。」

と、こまってしまった圭に、助け舟を出したのは新島ともかでした。

「それなら一つだけ心当たりがあるわ。」

え、それは？　と注目した三人に、ともかは言いました。

「あの本にあった『三角とりで』よ。轟右衛門の財宝が見えない謎なら、目に見える謎として有名な——ほら、みんなも見たあれよ。」

「あっ、あの……。」

三人はそろって声をあげました。そう、あの巨人の国の三角じょうぎ。それは、たとえ宝探しや同じ島にいたはずの人々がいなくなった事件を抜きにしても、倶利伽羅島に来たからには見ておきたい場所でした。

ともかが持ってきた本によると、それは島に昔からそびえたつふしぎな建造物で、四海屋轟右衛門が造らせたらしいものの、どんな目的や意味があるのか、いまだにわからない——まさに「謎の三角とりで」なのでした。

「よし、行こう！」

今度は希望と好奇心に満ち満ちて、声をそろえ、こぶしを突き上げる三人なのでした。


「ねえ、ここってあの白服に黒めがねの男の人がいた場所だよね。」

三角とりでに通じる山道を登り始めてまもなく、水穂が言いました。

「ああ、そうだけど。」と祐也。「おれの見たんでは、やたらこのあたりを行ったり来たりして、探しものでもしてる感じだったな。」

「だとすると、あの人はここで何かを探していて、もう見つけたのかもしれない。」

圭の言葉にしげきされたように、ほかの三人もキョロキョロあたりを見回しました。

「ね、あれ何だろう?」

まもなく水穂が指さした先は、道はばが広がって、広場のように開けたところでした。

広場といってもそこには何もなく、草がぼうぼうにはえていたのですが、そのただ中に、何ともきみょうなものがあったのです。

それは直径一メートル半はあるぶあつい石の円盤で、中心からは、やっぱり石でできた柱のようなものがななめに突き出ています。

表面には、むずかしい言葉で放射線状というのですが、末広がりの線が何本も引かれ、ほかにも細かく文字がきざまれていて何か意味がありそうですが、さっぱりわかりません。

丸い石の板の下には、たんねんに彫刻をほどこした台がついていました。もともとはしっかり地面にすえられていたのでしょうが、今はそこからむりやりひっぺがされたように、ほうり出されているのでした。

「何なんだ、これは?」

祐也があきれたように言いました。かたわらから水穂が、

「何だか古代の遺跡みたいね。よっぽど前からここにあるのかしら。」

「そうかもしれない。でも、こうなったのはつい最近のことみたいだよ。」

圭は、その場に身をかがめると言いました。

「ほら、見てごらん。この石でできた何だかよくわからないものは、とっても古いようだけど、それをひっくり返した下からあらわれた土はまだ新しい。ということは――」

「ということは？」

祐也がいらだったように、うながします。

「これがひっくり返されたのはつい最近――きのうかもしれないということだよ。」

「でも、いったい何のために？」と水穂。

「さあ、それは……。」

とたんにたよりなくなった圭を見て、ともかがとりなすようにいいました。

「と、とにかく先に進みましょう。そしたら、また何か見つかるかもしれないし……ね！」

ともかの思いつきは、しかし正解でした。

「あ、あれは？　ほら、あそこのがけに変なものが……それに、また穴が！」

圭が気づいたのは、道にそってあらわれた、ほぼまっすぐに切り立った岩かべでした。

赤茶けて、地層が横すじをきざんだそこに、さっきのとは形はちがいますが、やはりきみょうなものがはりついていたのです。

いいえ、はりついているというよりは、岩かべにじかにほってあるようで、さっきひっくり返されていた石の円盤と同じように、何本も放射線状にすじが引いてありました。

その真下の地面に、ぽっかり穴が開いていました。さっきの台の下のように、ひっくり返したあとではなく、わざわざシャベルかなんかで地面をほってできたものでした。

場所は、がけにほられた半月形のもようの真下にあたりました。

「ねえ、このがけって、あのムームーを着たおばさんのいたあたりじゃないかしら。」

水穂が、ふいに気づいたように言いました。

「あ……。」

「た、たしかにそうだね。」

祐也と圭が言いました。

「いよいよおもしろくなってきたわね。」

みょうにうれしそうに言ったのは、新島ともかでした。

「といっても、わたしはますますわけがわからなくなっただけだけどね。でもとにかく行こう。うちの森江先生がそうするように！」

そして、その次に四人が見たのは、さらにふうがわりなものでした。

「何これ、おっきなコマ……？」

と目をパチクリさせた圭に、

「たしかに似てるけど、こんな大きくて鉄のかたまりみたいなコマ、回せないし、心棒がこんなに長いんじゃ立てられないだろう。」

——祐也がそう言ったとおりでした。

今度は道のまん中にころがっていたそれは、大きな金属の円盤に棒をさしたもので、たしかにコマそっくりです。表面にすじがほられ、文字がきざんであるのは先と同じでした。

ただ、コマだとしたら心棒のさしかたが変で、かたほうがやたらと長いのです。これでは安定して回すことはとても無理でした。

祐也は鉄と言いましたが、野ざらしになっていたのに、あまりさびていないところを見ると、ちがう金属でできたもののようでした。

もう一つ、ここにはめずらしい手がかりがありました。やっぱりほり返された地面に、だれが見てもはっきりとわかる足あとがついていたのです。そう。それは……。

「ゲタのあとだ！」

穴のまわりについた二の字二の字のあとは、明らかにゲタの底にある歯がつけたものでした。

ということは、ここにいたのは……？

「あの着物すがたのおじいさんだ！」

少年少女探偵は、いっせいにさけびました。

どうやら、かれら以外のとまり客たちは、全員が何かの目的で、この島のあちこちを調べていたらしいとわかりました。そのために石や金属でできたものをひっくり返したり、穴をほるなどの乱暴をはたらいていたのだと。

何のために？——おそらくは〝からくり島〟の秘宝を手に入れるために。

もしそうなら、その人たちだけでなくボートのそうじゅう士まですがたを消したことも、きっと関係あるにちがいないのでした……。

四海屋轟右衛門の三角とりで

そのあと、圭たち四人は、もくもくと坂道をのぼって行きました。

いつのまにかおしゃべりや止めてしまったのは、〝からくり島〟をめぐる謎——消えた客たちのゆくえや彼らの探しもの、「さんだい×る」の意味などがますますこんがらがり、わからなくなってゆく一方、それらを一気に解き明かしてくれる何かが、この先に待っているような予感がしたからでした。

今はもう、単調な道が続くばかりで、さっき三つまで見つけたような正体不明のものとは一つも出くわしませんでした。

いや、最後に一つ残っていました。それは山道を登りきった彼らが、ぱっと開けた小高い場所にたどり着いた先に、待っていたのでした——とてつもなく大きく、ずっと謎めいた姿を青空に向かってそびやかせながら。

「こ、これは……。」

「こんなに大きかったなんて！」

「いったい何のためにこんなものを……ともかさん、これが？」

とまどいと驚きの声をあげる少年少女探偵たちに、新島ともかは答えるのでした。

「そう、これが四海屋轟右衛門の三角とりで——〝からくり島〟こと倶利伽羅島最大の名物であり、最難関の謎でもある、ね。」

——それはまったくふしぎな建物でした。

建物といっても、人の住むようなところではありませんし、誰かのお墓や記念ひとも思えません。「とりで」と名がついていますが、たしかなしょうこは何もなく、何かの戦に使われたという記録はありません。ただ山の上にあって四方を見下ろすようすが、それらしく見えたというにすぎないのです。

神殿とか何かの儀式を行なう場所かもしれませんが、これを建てたのが大たん不敵で知られた商人・四海屋轟右衛門だとすると、それらとはちがう気がしてならないのでした。

ともあれ最初、船から見たときの、巨人の国の三角じょうぎという感じはまちがってはいませんでした。みなさんが学校で使う二枚一組のうち、二等辺三角形でない方。あれの長辺を下にして地面に立てたようなのです。

ただし三角じょうぎとちがうのは、高さが二十メートルほどもあり、すべてが美しい石づみで作られていることでした。

この巨大な三角形には厚みがあって、その間に石段があり、てっぺんまで登れるようになっていたのです。

下からではわからなかったのですが、この石の大三角形には、さらにきみょうなものがくっついていました。半円形にえぐれた、これまた巨大な石の土台のようなものです。

こちらは、はば三、四メートルほどでしたが、三角形はこれをまっぷたつに分ける形で地面に立てられていたのです。

「これは、いったい……?」

少年少女探偵は、まずその大きさに、形のきみょうさに、そして正体のわからなさに、ぼうぜんと立ちつくすほかないのでした。

「……ともかさん。」

しばらくしてから、まず口を開いたのは水穂でした。

「これいったい、何かわかります?」

「いえ、さっぱり……何かで見たような気がするんだけど、どうしても思い出せない。」

さすがの彼女も、「三角とりで」のスケールの大きさに、圧とうされたようでした。

「あ、あれは何だろう？」

圭の声が、ふしぎなこだまのようなものをおびながら、あたりにひびきわたりました。巨大な石の壁にぶつかったせいでしょうか。

そのせいもあって、ほかの三人がハッとしてふりかえると、祐也が指さす先には、ヒラヒラとはためく白いものがありました。

それは、三角形の二番目に長い辺に作られた石段のとちゅうに引っかかっていました。

それが、あの黒めがねの男をはじめとするきみょうな客たちが、そろって持っていた紙ではないかと、みんなが気づいたときでした。

「よし！」

祐也がさけぶと、「あっ、あぶない！」と止めるのも聞かず、石段をかけ上がって行ってしまいました。

古い石造りですから、いつどこがくずれてしまうかもしれません。さいわい、祐也はすぐおりてきて、

「ほら、これ——あの変な連中が持ってたのは、これじゃないのか？」

そう言いながら、みんなに広げて見せたのは、次のようなふしぎな文章だったのです。

日時計の下を見よ

そこにとびらあり
知恵箱のごとくに
右に下上に左せよ
必ず時を違えるな

「こ、これは……。」

「いったいなに、じゅもん？」

「いや、むしろ暗号じゃないか。」

暗号！　その言葉が、少年少女探偵たちをわきたたせました。

「きっとこの中に、からくり島の秘密、四海屋轟右衛門さんが悪者たちからかくした――」

「財宝への道すじがふくまれているんだ！」

そんなやりとりを見ていた新島ともかが、あっけにとられて、

「あの、みんな……。」

と言いかけましたが、そこへ水穂がいつもとちがう食いつくような勢いで、

「ともかさん、日時計って英語で何ていうの？」

「え、えぇ？　たしかSundial《サンダイアル》だったかと……。」

「それだ！」

圭と祐也が同時にさけびました。

「時雄さんが口走ったのは『さんだいまる』じゃなかったんだ。日時計という意味の『サンダイアル』だったんだよ。」

「何だよ、そういうことだったのか。時雄にいちゃんったら、やたら英語まじりでしゃべりたがるからって、日本語でそのまま言えばいいじゃないか。まったくややこしい。」

「だったら」と、これは水穂です。「時雄さんも同じ紙をもらってたってこと？ そして、わたしたち以外の人は、みんなここに書かれたとおりに行動していたことになる——『日時計の下を見よ』って指令にしたがって。」

「じゃあ何か」祐也がハッとして、「ここに来るまでに見た、やたらめったらひっくり返されたり、穴をあけられてたものは、みんな……？」

「そう、ぜんぶ日時計だったんだ。ぼく、理科工作の図鑑で見たことがある。地面に水平に置いた文字盤に柱や板を立てたもの、垂直の壁にはりつけられたもの、心棒の長いコマをななめに置いたようなもの——いろんな形があるけど、みんな太陽がどこにあるかによって時刻を測るという点では同じなんだ。」

圭が言うと、水穂がそれに続けて、

「だから、せっかくのりっぱなものがあんなにめちゃくちゃにされていたのね。あれらが日時計だったから、その下を調べれば『そこにとびらあり』と信じていたから……。」

「でも、そのおもわくは大はずれだった。ということは——この紙に書いてあることが、ほんとだとしてだけど——秘宝に通じる日時計も、そこにあるはずの『とびら』も、まだ見つかっていないことになる。」

「だとしたら、それは——」

「……いったいどこに？」

圭たちは、顔を見合わせました。

その視線がゆっくりと持ち上がり、やがて同じ一つのものに向けられました。

「………？」

つられて首をめぐらした新島ともかは、思わず目をみはりました。

「四海屋轟右衛門の三角とりで——まさか、これ自体が一つの日時計だとでもいうの？」

だまりこんだまま、こっくりうなずく少年少女探偵たちなのでした。

日本版ジャンタル・マンタル

まるで、とりでのように大きな日時計——そんなものが本当にあるのでしょうか。

それが、あるのです。古代から数学が盛んで、今も多くの天才数学者やコンピューター技術者を出しているインドには、巨大な石造りの日時計が各地にあります。

二百年ほど前のインドの王様が、領地のあちこちにジャンタル・マンタルという天文観測しせつをつくり、それぞれに巨大な日時計を置きました。

中でもジャプールのジャンタル・マンタルに作られた日時計サムラート・ヤントラは、高さ二十七・四メートルとインド一、いや世界一で、何と二秒単位で時刻を測れる目盛りがついていました。

からくり島こと倶利伽羅島の三角とりでは、形も大きさもジャプールのサムラート・ヤントラにそっくりでした。

どうやって時間を測るかというと、石段つきの巨大な三角じょうぎが日時計の針にあたり、半円形にくぼんだ部分が文字盤になります。ここには細かな数字と目盛りがきざまれており、影の落ちた位置によって時間がわかるようになっているのでした。

おそらく四海屋轟右衛門は、海外貿易を通じてインドの巨大日時計を知り、自分のひみつ基地に造らせたのでしょう。そのときいっしょに、あの石造りだったりコマそっくりな日時計を山道に並べたようです。

その目的はわかりませんが、彼の財宝をねらった人たちは、まんまとそれに引っかかり、三角とりでこそが、かくし場所の日時計であることに気がつかなかったのです。

そうとわかったからには、この日時計の下を調べなければなりません。どこかに「とびら」があり、そこから中に入れるはずでした。

とはいえ、どこもかものっぺらぼうな石積みの巨大日時計のどこにそんなものがあるのか、見当がつかなかったのですが、思わぬところに手がかり、いや足がかりがありました。

「ちょっと、こっちへ来てみて。ほら、これ。」

ともかのよぶ声に、圭たちが行ってみると、巨大日時計の土台部分に黒ずんだ土のあとがついたところがありました。

よく見ると足あとのようですが、その先には白い石のかべが立ちふさがっていて、その先には行けそうにありません。まるで、足あとのぬしはスーッとかべの中に吸いこまれていったように見えるのです。

けれど、そんなはずはありませんから、

「これはひょっとしたら……。」

「うん、そうかもね。」

みんな同じ考えがうかんだとみえ、うなずきあいました。

とはいうものの、このかべのどこにとびらがあるというのでしょう。

「ちょっと、さっきの紙見せて。」

水穂が急に言いだしました。たまたまそのとき持っていた圭が見せると、

「ね、この『知恵箱』って何のことかしら。」

「ああ、それなら。」ともかが答えます。「箱根名物の寄木細工で作られた『ひみつ箱』の昔のよび名じゃなかったかな。ほら、一見どこがふたなのかわからないんだけど、パズルみたいに組み合わさった板をずらしてゆくと、やがてパカッと……ね。」

彼女が言い終わるより早く、三人は黒い足あとのあるあたりのかべに張りついて、なで回したりたたいたりし始めました。やがて、

「……このあたりかな。」

「そうかも。」

などとささやきあったあと、やにわにエイヤッとかべに飛びつきました。よくよく見ないとわからないぐらいの石と石のすき間に指をさし入れると、

「そーれっ！」

声をそろえて右に動かそうとしました。するとどうでしょう。一枚のかべと思われていたものの一部分だけがずれて動いたのです。そして、そのあとにはごく小さいけれど、ぽっかりと穴が……。

「よし、今度は下！」

声とともに力をこめると、最初よりずっとやすやすとかべの一部が動き、さらに大きな穴が開きました。

「つぎは上だよ！」

——もうおわかりですね。少年少女探偵たちは、あの紙に書いてあった「右に下　上に左せよ」

のとおりに石かべの部分部分を動かしていったのです。それも知恵箱、今でいう箱根寄木細工のひみつ箱を開くやり方で！

みるみるかべの穴は大きくなり、とうとう人の一人や二人は楽々と通れるくらいになりました。そして、そのむこうには、中国と西洋とも、あるいはインドともつかない風変わりなかざりをほどこした大きなとびらが……。

「やった、とうとう入り口を見つけたぞ！」

祐也がいさんで中に飛びこもうとしたときでした。

「待って！」

鋭くさけんで、彼のうでをつかんだものがありました。それが、今日はおとなしくおっとりとしている圭のしわざでしたから、祐也はもとより水穂もともかもびっくりしました。

「な、何で？」

不満そうにふりかえった祐也に、

「ごめん、でも思い出してほしいんだ。あの紙に『必ず時を違えるな』と書いてあったことを。」

「どういうことだ？」

「この島からいなくなった人たちがどうなったかはわからないけれど、少なくとも一人はこのとびらを見つけて中に入った。でも、まだ出てきてはいないわけだろ。ということは、中で何かあったんじゃないかと思うんだ。」

「そんなの、中でまだ宝探しにむちゅうなのかもしれないじゃないか。たくさんありすぎて、運ぶのに苦労してるのかもしれない。」

祐也が反論しました。すると水穂が、

「そうかもしれない。でも、ともかさんの話にあったじゃない。財宝めあてにこの島に来たものの、轟右衛門さんのトラップに引っかかって帰ってこれなかった人がいたって。」

「あくまで伝説だけどね。」ともかが言いました。「でも、用心しなくてはならないのも事実ね。ほら、こういう場合、中に入ったとたん、とびらがバタンとしまって、閉じこめられちゃうパターン、よくあるじゃない?」

「じゃあどうすればいいってんだよ。」

祐也は心の中ではわかっていながら、せっかく見つけた謎めいた場所へ冒険に飛びこめないのがなっとくできないようでした。

「圭君は何に気をつければいいと思うの? この『必ず時を違えるな』が、日時計の下を調べようとするものへの警告だとしたら……。」

「時間、だと思う。」

時間? と聞き返す仲間たちに、

「というより、むしろ時刻かな。この日時計の下に入るには、安全な時刻とそうでないタイミングがあるのかもしれない。」

「ありそうな話ね。ここのとびらのしかけは、四海屋轟右衛門にしては甘すぎる気がするの。かといって、何時何分に入ればだいじょうぶだなんてどこにも書き残されてはいなかったみたいだし……。」

ともかの言葉に、みんながうーんと考えこんでしまったときでした。

「ほら、あるじゃない。轟右衛門さんのメッセージが！」

水穂がいつになく大声で言いました。

「ああ、あの――」

「辞世の句！」

「最初、あれを聞いたときにね。」水穂が続けます。「『天道』って言葉が正義という意味で使われてて、あれっと思ったの。だって、それから思い出すのは『お天道さま』つまり太陽のことだったんだもの。そのつもりであの句を読み直してみると――

『天道のまっすぐにさし影失せば』

というのは、『太陽の光がまっすぐにさし、影がなくなるときには』という意味になる。そのとき『わが志』、言いかえれば自分がしてきたこと、やりたかったことが明らかになるというのは……。」

「自分がきずき上げた財産が、かくし場所から表に出る、ということか！　そのときならば中に入れるということなんだな。」

祐也がさけぶように言いました。圭はうなずいて、

「太陽の光がまっすぐにさして影ができないというのは、赤道直下の国でもなければないことだけど、この日時計では、毎日お昼の十二時にそうなるようになっている。ちょうどその部分に針があるからね。ということは、そのときにあのとびらを開けば、安全に中に入れるんじゃないかと思うんだ。」

圭の説明に、最初はキョトンとしていたみんなもなっとくできたらしくうなずきました。

「てことは正午か。いけない、もうすぎかけてるじゃないか！」

祐也があわてたようにさけび、今にもとびらに飛びつきそうにしました。

「待って！」

今度は水穂が止めたものですから、祐也はびっくりしつつも「またかよ。」という顔で、

「圭の次は水穂か。いったい何なんだ。」

「ごめん。でも、何かちがう気がするのよ。轟右衛門さんは江戸時代の人でしょ。なのに、わたしたちと同じ時間を正午、午後零時と言っていたのかと思って。」

「そんなの決まってるだろ。今も昔も一年三百六十五日、一日は二十四時間で変わりないんだから。ほら、そんなこと言ってるうちに空が曇ってきて日時計の影がはっきりしなくなったぞ。どうするんだよ。」

祐也が不満そうに言ったとおり、あれほどまぶしかった太陽が雲にかくれようとしていました。

こうなると、どんなにりっぱな日時計もお手上げです。

そのとき、圭は急に何かに気づいたようすでナップザックから『理科年表』を取り出すと、もうれつな勢いでページをくりながら、

「そうだ、ぼくたちにとって今が何時何分なのかは、日本標準時の兵庫県明石で定められた時間にしたがっている――っていうのは習ったよね。でも昔はまだそんなものなかったから、その土地ごとに太陽の位置にもとづく時間があった。えーっと、この倶利伽羅島のあるあたりは明石より五分遅く日が上るから、太陽の南中もそれだけズレると見ていい。」

「ということは正午五分すぎだな……おい、それだってもうすぐだぞ！」

「まだ早いよ、桐生君。もともと明石だって毎日正午ぴったりに太陽が南中するわけじゃない。というのは、地球が太陽のまわりを回るコースは完全な円ではなく、ややいびつなだ円で、しかも地じくをかたむけながら回っているから、いろいろズレが生じる。これを『均時差』といって、今日はマイナス六・五分――だから、この日時計でぴったり正午をさすのは、日本標準時にこの時差を足し、均時差を引いて、ええっと……。」

「そういう場合は、マイナスのマイナスだから足すのよ！」

新島ともかが、横から助け舟を出しました。

「そうか、午後0時11分30秒！」

圭がさけぶと、水穂が新島ともかに、

「ということは……ともかさん、時計見せて！」

「はい、これ。あと三分ってところね。」

「今ちょうど二分前……。」

「一分を切ったよ！」

「三十秒前、二十秒前、十秒前……。」

「五、四、三、二、一……。」

もうそのときには四人はとびらのそばにいて、飛びこむ準備は万たんでした。そして、

「ゼロ！」

のかけ声とともに、取っ手をつかんだ手に力をこめました。あっけなく開いたとびらの内側に飛びこみざま、それがかってにしまって閉じこめられないように重しをはさみ、そのまま中におどりこんだのでした。


同じとき、雲間にかくれていた太陽が顔を出し、巨大な日時計を照らしました。圭たちの計算はまさにドンピシャで、日本標準時の正午十一分過ぎ三十秒となったそのとき、巨大な石の三角じょうぎは文字盤に何の影も落とさなかったのです。

それこそ四海屋轟右衛門が「天道のまっすぐにさし影失せば」と定めた、そのときでした。そして「時を違える」ことなく、とびらを開いたことは何百年ぶりかで彼のからくりを動き出させ

るきっかけとなったのです……。

よみがえったからくりの夢——大団円

——少年少女探偵と名探偵の助手が、日時計の内部に入りこんだそのとき。

とびらと連動して、日時計のあちこちでぽっかり窓が開きました。そこから入ってきた太陽の光は鏡を使って巨大な凸レンズに集められ、そこではるかに強い光線となって、近くにあるガラス球内で焦点を結びました。

球の中の空気はたちまちぼうちょうして押し出され、パイプを通じて別の容器に送られると、そこに満たされていた水があふれて、これまたパイプごしに空っぽのバケツに流しこまれました。急に重くなったバケツは下にさがり、その取っ手に結びつけられたロープを引っ張ると、それとつながったウィンチが回り始めました。

からくり島のからくり——四海屋轟右衛門の残した夢が、ついによみがえったのです。

そして、圭たちは今そのただ中にいました。

カチカチと回る無数の歯車、のたくるロープやチェーン、生き物のような動きを見せるカム、レバー、脱進器に調速器、息づくポンプに脈打つピストン、シリンダー……まるで小人国の住民となって、からくり時計の中に入りこんでしまったかのよう。

やがて、彼らの前に立ちふさがった巨大な門。それがギギギ……とひとりでに開き、その中からあらわれた金色さん然とかがやくものの正体を知ったとき、少年少女探偵たちは感動とおどろきに、いつまでもいつまでもよいしれたのでした。

ですが、ここでの発見は、そうしたすばらしいものばかりではありませんでした。

――助けてくれェ、ここから出してくれェ……。

どこからか聞こえてきた悲しげな、そして苦しげな声に、みなもとを探してみると、何とそこには一人の男が、奇怪な形のわなにとらえられてもがいているのでした。

「あれは……。」

圭たちは、こもごもさけばずにはいられませんでした。

「わたしたちをこの島に運んでくれたモーターボート――」

「『さんだい丸』のそうじゅう士のおじさん！」

まさかと思いましたが、まちがいありませんでした。そして、その男の人が「さんだい丸」のそうじゅう士であることと同じくはっきりしたのは、彼こそはあの黒い足あとのぬしであり、そしてこの島の事件で起きた一連の事件の犯人だということでした。

さて……からくり島こと倶利伽羅島から発見された四海屋轟右衛門の秘宝が、どんな大さわぎをまき起こしたか、一千億円をはるかにこえる値打ちのそれが、どんな風に役に立てられ、どれだけの人を幸せにしたかは、みなさんもよくごぞんじでしょう。

そしてそのことを久村圭、桐生祐也、八木沢水穂の少年少女探偵トリオがどんなにかほこらしく思ったかも、ご想像のとおりです。

ですから、今はここに名探偵・森江春策によって明かされた、子どもの手にあまる調査結果について報告しておくにとどめましょう。

「今回はまた、すごい活やくだったね。ぼくの出番がなかったのはざんねんだが、君たちが、新島君のサポートはあったにせよ、ほぼ独力で謎を解き明かし、冒険をなしとげたのはすばらしいことだよ。かの有名な少年探偵団にだってできなかったことだ。

それで、今回の事件なんだけどね、君たちと同じころにあの島に来たのは、もともと四海屋轟右衛門の秘宝について研究しているグループのメンバーもしくは子孫だったんだ。といっても何の成果もあがらないいまま、グループは休会同然だったんだが、その中心だった最長老の研究家が最近なくなってね。その人の遺品から、からくり島の秘宝に関する新しい手がかりが見つかり、元のメンバーに写しがとどけられたんだ。それが、あの『日時計の下を見よ』に始まる謎めいた文章さ。

桐生君の親せきの時雄さんもその一人で、おじいさんが倶利伽羅島の研究に熱中していた関係で受け取ったんだが、あまり本気にはしてなかったようだ。でも理科年表を用意したり、いい線は行ってたのかもしれない。

ところが彼は直前にバイク事故を起こしてしまい、島には行けなくなった。ねんのため言っておくが、これはだれかにねらわれたとかではなく、百パーセントぐうぜんだった。そして、それが事件をややこしくしたんだ。

さて、研究グループのメンバーは、今度こそ秘宝を発見してやるといきごみながら、島にやってきた。だが、彼らのことをこっそりねらい、あわよくば宝を横取りしてやろうとしていたのが、モーターボートのそうじゅう士で島の管理人をかねていたあの男だった。

その男は、島にやってきた人たち――白服に黒めがねのひげ男やムームーを着たふとった女の人、着物にゲタのおじいさんを、へやに案内するふりをしておそいかかり、島のかたすみにある小屋にかん禁しておいた。その人たちは、あとでぶじに助けられたよ。

そうしておいて、彼らに変装し、新しい手がかりである『日時計の下』を調べて回った。そして、あてずっぽうにそれらしいものを、ひっくり返したりほり返したりしたんだが、あのグループには一人一か所しか調べてはならないというルールがあり、宝を発見したものがひとりじめと決めていたらしい。でも三人に化ければ三回チャンスがあるというわけで、その証人となるのを期待されたのが、時雄さんのかわりにやってきた君たち四人だったのさ。いくら変装がとくいでも、子どもと若い女性からなるグループには化けられないからね。

これでボートがそのままなのに、島からいっぺんに人が消えた謎ははっきりしたよね。自分もふくめて一人四役を演じていたのが、トラップに引っかかって出られなくなったので、ほかの三人もまとめて消えてしまったんだ。

まあ、こんなことを調べあげたからといって、じまんにはならない。とにかく君たちの勇気と知恵には感服のほかないよ。

……そうだ、今度のおてがらへのごほうびというのも変だが、何かほしいものはあるかい？といっても、ぼくには一文も入ったわけじゃないから、大したものはあげられないけどね……どう？」

森江春策の事務所で、そう問いかけられて、少年少女探偵三人は顔を見合わせました。

「ほしいものといっても……なぁ？」

「とっさに思い浮かばないし、どうしようかしら。」

「そう言われても、うーん……。」

おちつかないようすでソファにこしかけ、もじもじと考えこむ彼らに、

「何でも言っていいのよ、名探偵森江春策に不可能はないんだから。」

新島ともかがにこにこしながら言い、森江春策が「おいおい。」とつっこんだときでした。

久村圭が「あのぅ……。」と小さく手をあげました。

「ぼくたち、これまで『電送怪人』事件に『妖奇城の秘密』事件、それに『謎のジオラマ王国』事件とでくわしてきて……ねぇ？」

おずおずと言ったあと、桐生祐也の方を見ました。すると彼は、

「今度また『からくり島の秘宝』事件にかかわることができて、とても楽しかったんだけど……なぁ？」

祐也にうながされて、八木沢水穂が口を開きました。

「えっ、わたしが言うの？　……わかった、じゃあいっしょに言おう。わたしたちが――」

「ぼくたちが――」

「おれたちがほしいもの、それは……。」

ちょっと不ぞろいに言葉を重ねたあと、三人は声をそろえ、いっせいに言ったのです。

「新しい事件、新しい謎、そして新しい冒険！　どうかそれらをください、それも一日も早く！」

へえっ⁉　これには、さすがの森江とともかも、とっさには答えられませんでした。それこそ数知れない事件・謎・冒険を重ねてきた彼らでしたが、さすがにこの三人にそれをうけあうことはできなかったのです。

はたして、少年少女探偵の願いは実現するのでしょうか――それはおそらく、読者のみなさんの応援なくしてはかなわない夢なのです。

スタンドアローンな探偵たち

かつての推理小説の世界では、一作きりの主人公というのが当たり前であり、シリーズキャラクターに否定的な考え方は珍しくありませんでした。

同一のキャラクターを何度も登場させることは、作品にマンネリズムをもたらし、作者と読者の馴れ合いを生む。だからいけないというのですが、弁護する側の言い分も変てこで、毎回新たな登場人物を創り出し、読者に紹介するよりも「便利」だからいいのだと。

こうした論議は「名探偵否定論」とごっちゃになって語られることが多く、いっそう不毛なものになっていったのですが、何よりやりきれないのは、読者にとっての名探偵なりシリーズキャラクターと出会う楽しみ、作者にとっての彼や彼女を書く喜びという側面が完全に無視されていたことでした。

私はむろんシリーズキャラクター大好きで、複数の作品世界をつなげていくことに何の抵抗もありません。むしろ、せっかく作った主人公にいくつもの物語を与えてやりたいということから、私の全ての創作が一つの大きなシリーズだといっても過言ではないのです。

でも、そんな中でも一作のみの登場で終わった探偵たちというのは少なくありません。それはもともと一度きりの起用と決めていたものもあれば、さまざまの事情から(主として私の非力から)次なる登場の機会を得ていないものたちもおり、今日はこの場を借りて本書に再録される機会を得られなかった〈探偵〉たちの話をさせて下さい。

まず最も他から孤立した作品の、孤絶した探偵といえば『紅楼夢の殺人』（二〇〇四）の賈宝玉でしょう。『紅楼夢』という一つの大いなる物語の中で、美しく不幸な少女たちを守り、彼女らと共に生きた彼は、あの物語の中にいます。ですから、彼があの物語以外に登場することはおそらくあり得ないでしょうし、望むところでもないでしょう。

ただ悲しむ必要はないのです。この作品の文庫版に解説を寄せてくださった故・井波律子先生が書かれたように「『紅楼夢』世界の少年・少女はもともと天上世界の住人であり、下界における戯れの時が終われば、また天上世界に帰ってゆく」のですから。

『三百年の謎匣』（二〇〇五）の連鎖短編のおのおのに登場し、探偵役をつとめる人々も同様です。彼らはそれぞれの時代の中で一生に一度の謎と遭遇し、それを解明したのですから、やはり再登板の機会はなさそうですが、しかし彼らがあの前作とは全く別個の事件に遭遇し、推理を披露することはありえないことではないのです。

それでは『スチームオペラ』（二〇一二）のエマ・ハートリーやサリー・ファニーホウはどうでしょう。あの作品を読まれた方は、続編ましてや彼女らのシリーズキャラクター化など不可能だとお思いでしょうね。ところがどっこい、そうではないのです。「続きは不可能」という前提から続く物語もある――それが本格ミステリというものの何とも厄介な面白みなのです。

その一方で、再度の登場を作者たる私が考えており、おそらく当人たちもやる気満々であろうにもかかわらず、いまだその機会を得ていない探偵たちも大勢います。

たとえば短編集『黄金夢幻城殺人事件』（二〇一一）にようやく収めることのできた「中途採用捜査官：忙しすぎた死者」（一九九七）の大阪府警財務捜査官・鴻坂之敏警部、「ドアの向こうに殺人が」（一九九八）の城川真由、本堂耕矢、曽我涼太、趙明麗の高校生四人組、「北元大秘記――日本貢使、胡党の獄に遭うこと」（二〇〇〇、執筆は一九九六）の青年船長・維明《これあきら》と〝公子《わかさま》〟一味がそうです。

それらの作品がそれぞれ短編一本きりで終わったのには諸事情あるとはいえ、そのときは用意されていた第二第三の冒険が脳内から雲散霧消してしまったのは、読者にもキャラたちにも申し訳ない限り……でもね、全てが失われたわけではなく、実はドラマは見えないところで今もくりひろげられており、決してそのまま終わってしまったわけではないのです。いつまたひょっこりと顔を出して語り始めてくれないとも知れないのですよ。

どんな風にかって？　たとえば、私のスタンドアローン長編の登場人物たちの現在を、今ここで明かしてしまうとすれば――

まずは『切断都市』（二〇〇四）の梧桐《ごどう》渉警部と櫓部長刑事――この事件をきっかけにコンビを組んだ二人は、軍隊的規律と人海戦術による捜査からは距離を置き、ちょっとスコットランドヤードの刑事コンビのように活躍しているはずです。

次に『月蝕姫のキス』（二〇〇八）の暮林一樹と行宮美羽子。あれから十数年を経た彼らが、片やエリート警視と天才的ヴィラネスとして知力をつくした戦いをくりひろげていると想像した人はあるでしょうか。そして、それが二人の愛の形だとはよもや……。

そして『降矢木すぴかと魔の洋館事件』（二〇一五）の降矢木すぴかと宝田光希――この二人についてもまだ語られねばならない物語と秘密があります。彼らはそれらを明かしたくてうずうずしているはずですが――え、お前さんが書かなきゃ、何のことだかわかりようがない？ そりゃそうですよね。

そうだ、『七人の探偵のための事件』（二〇一一）自体はシリーズ長編だけど、あそこに登場する探偵たちのうち、社会派風ベテラン刑事の獅子堂勘一警部補、ミステリアスな麗人の霧嶺《きりね》美夜《みや》。それに探検家の壇原《だんばら》真人《まこと》には、まだ独立した事件が書かれてないのだった（最初の二人には森江シリーズへのゲスト出演があるけど）。これも何とかしなくちゃいけませんね。

今回、こんな本を出していただくに当たり、あらためて自分のキャラクターたちと向き合ってみて、シリーズものであれスタンドアローンなものであれ、彼ら彼女らは生きているのだということを再認識した次第です。そして聞こえてきたのは彼らの声・声・声――「ほら、なまけてないでさっさと書けよ」「まさか忘れてるんじゃないだろうね」「早く活躍させなさいってば！」etcエトセトラ。

わかった、わかりましたってば、きっと書きますとも――というわけで、みなさん、あと当分はおつきあいの程、お願い申し上げます！

シリーズ別作品リスト

（発表順、★は長編、＊は本書収録。連載長編は完結時を基準とした）

《素人探偵・森江春策》

1 殺人喜劇の13人★ 東京創元社・一九九〇年十一月
2 殺人喜劇のＸＹ 『鮎川哲也と十三の謎'91』東京創元社・一九九一年十二月
3 殺人喜劇の鳥人伝説＊ 『奇想の復活』立風書房・一九九二年九月
4 殺人喜劇の不思議町 「創元推理５」一九九四年七月
5 殺人喜劇の$C_6H_5NO_2$ 「創元推理６」一九九四年九月
6 殺人喜劇の迷い家伝説 「創元推理８」一九九五年三月
7 歴史街道殺人事件★ トクマ・ノベルズ・一九九五年八月
8 時の誘拐★ 立風書房・一九九六年九月
9 地底獣国《ロスト・ワールド》の殺人★ 講談社ノベルス・一九九七年九月
10 殺人喜劇の時計塔 「小説現代増刊メフィスト」一九九七年十二月

11　殺人喜劇の森江春策　『探偵宣言』講談社ノベルス・一九九八年三月
12　十三番目の陪審員★　角川書店・一九九八年八月
13　百六十年の密室　「幻想文学」55号・一九九九年五月
14　不思議の国のアリバイ★　青樹社・一九九九年九月
15　怪人対名探偵★　講談社ノベルス・二〇〇〇年五月
16　疾駆するジョーカー　『密室殺人大百科・上』原書房・二〇〇〇年七月
17　和時計の館の殺人★　カッパ・ノベルス・二〇〇〇年七月
18　深津警部の不吉な赴任　「小説宝石」二〇〇一年二月
19　時の密室★　立風書房・二〇〇一年三月
20　密室の鬼　「ジャーロ」No.3・二〇〇一年四月
21　赤死病の館の殺人　『赤死病の館の殺人』カッパ・ノベルス二〇〇一年七月
22　グラン・ギニョール城★　原書房・二〇〇一年十二月
23　七回殺された猫の冒険　「月刊サスペリアミステリー」二〇〇三年三月　※掌編
24　少年は探偵を夢見る〔原題・少年探偵はキネオラマの夢を見る〕「ミステリーズ！」vol.01・二〇〇三年六月
25　街角の断頭台《ギロチン》　「ミステリーズ！」vol.04・二〇〇四年三月
26　読者よ欺かれておくれ　「ミステリーズ！」vol.06～07・二〇〇四年八・十月

27　三百年の謎匣　「ミステリマガジン」二〇〇四年十二月〜二〇〇五年一月〔連鎖長編『三百年の謎匣』早川書房・二〇〇五年四月に組み入れ〕
28　滝警部補自身の事件　「ミステリーズ！」vol.08・二〇〇四年十二月
29　時空を征服した男　「ミステリーズ！」vol.10〜11・二〇〇五年四〜六月
30　幽鬼魔荘殺人事件と13号室の謎　『少年は探偵を夢見る　森江春策クロニクル』東京創元社・二〇〇六年三月
31　審理〔原題・裁判員法廷二〇〇九〕　「オール讀物」二〇〇六年四月
32　千一夜の館の殺人★　カッパ・ノベルス・二〇〇六年七月
33　評議〔原題・評議——裁判員法廷二〇〇九〕　「ジェイ・ノベル」二〇〇六年十月
34　二つの扉　『迷宮パノラマ館』有楽出版社・二〇〇七年六月　※習作・一九七七年作品
35　飛蝗亭事件　同右　※習作・一九七六年作品
36　カイン屋敷　同右　※習作・一九七六年作品
37　自白　『裁判員法廷』文藝春秋・二〇〇八年三月
38　彼女らは雪の迷宮に　「小説ＮＯＮ」二〇〇八年一〜八月／祥伝社・二〇〇八年十月
39　森江春策の災難　二〇〇九年四月配信／小学館文庫『探偵Xからの挑戦状！』同年十月
40　綺想宮殺人事件★　「ミステリーズ！」vol.29〜36・二〇〇八年六月〜二〇〇九年八月／東京創元社・二〇一〇年四月

41　ヴェルデンツ大公国の密室　「小説NON」二〇一〇年五月　※のち長編化
42　寝台特急あさかぜ鉄人事件　『カラー版鉄人28号限定版BOX2』小学館クリエイティブ・二〇一一年三月
43　「黄金夢幻城殺人事件」殺人事件　『黄金夢幻城殺人事件』原書房・二〇一一年九月
44　七人の探偵のための事件★　「ミステリマガジン」二〇一〇年三月〜二〇一一年七月に原則隔月連載／早川書房・二〇一一年十月
45　七人の探偵には向かない事件　「ミステリマガジン」二〇一一年十二月　※掌編
46　告げ口時計　「つんどく！」文藝春秋・二〇一三年四月　※電書
47　大公女《プリンセス》殿下に捧げる密室★　祥伝社・二〇一二年三月　※41の長編化
48　時の審廷★　講談社・二〇一三年九月
49　うぬぼれた物真似鳥　「つんどく！」Vol.2・二〇一三年十一月　※電書
50　異次元の館の殺人★　「ジャーロ」No.48〜51・二〇一三年六月〜二〇一四年六月／光文社・二〇一四年八月
51　瞳の中の女異聞――森江春策からのオマージュ　『金田一耕助VS明智小五郎ふたたび』角川文庫・二〇一四年九月
52　ダブル・ミステリ★　月琴亭の殺人／ノンシリアル・キラー　東京創元社・二〇一六年十二月

53　鶴屋南北の殺人★　原書房・二〇二〇年六月
54　解凍された密室――ポール・アルテ氏に捧ぐ　『殺人七不思議』行舟文化・二〇二〇年九月

番外1　堕天使昇天――森江春策の推理　『堕天使殺人事件』角川書店・一九九九年九月　※リレー長編の最終話
番外2　殺人喜劇の前夜祭　「KADOKAWAミステリ」一九九九年十一月　※リレー長編『前夜祭』（角川書店・二〇〇〇年六月）の発端篇
戯曲　黄金夢幻城殺人事件　劇団あぁルナティックシアターにより二〇〇九年六月二十三日～二十八日、「小劇場　楽園」にて上演／『黄金夢幻城殺人事件』原書房・二〇一一年九月に収録

《自治警特捜・支倉チーム》

1　死体の冷めないうちに＊　「野性時代」一九九五年八月
2　存在しない殺人鬼　「小説推理」一九九七年二月
3　忘れられた誘拐　「小説推理」一九九七年六月

4　不完全な処刑台　「小説推理」一九九七年八月
5　世にも切実な動機　「小説推理」一九九七年十月
6　最もアンフェアな密室　「小説推理」一九九八年三月
7　仮想現実の暗殺者　「小説推理」一九九八年五月
8　メトロポリスに死の罠を★　「小説推理」二〇〇一年四～十二月

《モダン・シティシリーズ／平田鶴子&宇留木昌介》

1　殺人喜劇のモダン・シティ★　東京創元社・一九九四年二月
2　路地裏のフルコース　「創元推理16」一九九七年五月
3　名探偵エノケン氏　「問題小説」二〇〇二年十二月
4　78回転の密室　「問題小説」二〇〇三年六月
5　テレヴィジョンは見た　「問題小説」二〇〇三年十月
6　消えた円団治＊　「問題小説」二〇〇四年二月
7　ヒーロー虚空に死す　「問題小説」二〇〇四年八月
8　少女探偵は帝都を駆ける　「メフィスト」二〇〇九 VOL.1
9　雨の午後の殺人喜劇　「小説宝石」二〇〇九年十二月　※鶴子単独出演、現代編

《曇斎先生事件帳／橋本宗吉》

1　殺しはエレキテル　「小説宝石」二〇〇一年四月
2　幻はドンクルカームル　「小説宝石」二〇〇一年八月
3　闇夜のゼオガラヒー　「小説宝石」二〇〇一年十一月
4　木乃伊とウニコール＊　「小説宝石」二〇〇二年三月
5　星空にリュクトシキップ　「小説宝石」二〇〇二年八月
6　恋はトーフルランターレン　「小説宝石」二〇〇三年二月

《名探偵Z／乙名探偵》

1　一番風呂殺人事件
2　呪いの北枕
3　ご当地の殺人＊
4　おしゃべりな指
5　左右田氏の悲劇
6　史上最凶の暗号
7　鰓井教授の情熱

8　26人消失す
9　カムバック女優失踪
10　怪物質オバハニウム
11　殺意は鉄路を駆ける
12　天邪鬼な墜落
13　とても社会派な犯罪
14　少女怪盗Ψ登場
15　メタ×2な白昼夢
16　ごく個人的な動機
17　人にして獣なるものの殺戮
18　黄金宮殿の大密室

※1～6は「名探偵Zの不可能推理」として「創元推理11」に、7～9は「名探偵Zの超絶推理」として「小説現代1998年5月号増刊メフィスト」に、10～13は「名探偵Zの暴走推理」として「別冊シャレード」57号（甲影会）に掲載され、14～18は『名探偵Z　不可能推理』（ハルキノベルス、二〇〇二年四月）に書き下ろされた。

《**レジナルド・ナイジェルソープ**》

1　レジナルド・ナイジェルソープの冒険＊　創元推理文庫『グラン・ギニョール城』二〇〇六年四月

《**滝儀一警部補**》

1　アリバイの盗聴＊　習作・一九七五年作品
2　抛物線殺人事件　習作・一九七五年作品
3　彷徨座事件　習作・一九七五年作品／芦辺拓華甲記念文集・二〇一九年二月に収録
4　三角公園事件　習作・一九七七年作品

《**幻想探偵・花筐城太郎**》

1　探偵と怪人のいるホテル＊　『異形コレクショングランドホテル』廣済堂文庫・一九九九年二月
2　仮面と幻夢の躍る街角　『異形コレクション マスカレード』光文社文庫・二〇〇二年一月
3　少年と怪魔の駆ける遊園　『異形コレクション 黒い遊園地』光文社文庫・二〇〇四年四月

《少年探偵・七星スバル》

1　黄金夢幻城　『黄金夢幻城殺人事件』原書房・二〇一一年九月

2　怪人対少年探偵＊　同右

《愛知県警・坪井警部》

1　アリバイのある毒＊　一九九六年十月十二日・CBC中部日本放送にて放送

2　少なすぎた容疑者　一九九七年四月二十九日・同右／『迷宮パノラマ館』有楽出版社・二〇〇七年六月に収録

《歌舞伎作者・並木五瓶》

1　戯場国邪神封陣《かぶきのくにクトゥルーたいじ》　『秘神界　歴史編』創元推理文庫・二〇〇二年九月

2　けいせい伝奇城　『伝奇城』光文社文庫・二〇〇五年二月

3　五瓶力謎緘《ごへいのちからなぞのふうじめ》　『からくり灯籠 五瓶劇場』原書房・二〇〇七年三月

4　花都写楽貌《はなのみやこしゃらくのすがお》　同右

5　並木謎浪華からくり＊　※2を原作とした未発表台本・二〇一六年作品

《ネオ少年探偵》

1　電送怪人★　「5年の学習」二〇〇二年十一号〜二〇〇三年三号
2　妖奇城の秘密★　「6年の学習」二〇〇三年四〜九号
3　謎のジオラマ王国★　「6年の学習」二〇〇三年十号〜二〇〇四年三号
4　からくり島の秘宝＊　書き下ろし

※1〜3は中編の長さだが、ジュヴナイルであり一冊をなしていることから今回は長編扱いとした。

芦辺拓（あしべ・たく）

一九五八年大阪市生まれ。同志社大学法学部卒業。

一九八六年、「異類五種」が第2回幻想文学新人賞に佳作入選。

一九九〇年、『殺人喜劇の13人』で第1回鮎川哲也賞受賞。

代表的探偵「森江春策」シリーズを中心に、その作風はＳＦ、歴史、法廷もの、冒険、幻想、パスティーシュなど非常に多岐にわたる。主な作品に『十三番目の陪審員』、『グラン・ギニョール城』、『紅楼夢の殺人』、『綺想宮殺人事件』など多数。近著に『鶴屋南北の殺人』。

名探偵総登場　芦辺拓と13の謎
2020年12月10日初版第一刷発行

著者　芦辺拓
装画　影山徹
挿絵　えのころ工房
企画・編集　菊池篤、秋好亮平、荒岸来穂

発行所　(株)行舟文化
発行者　シュウ　ヨウ
福岡県福岡市東区土井2-7-5
HP：http://www.gyoshu.co.jp
E-mail：info@gyoshu.co.jp
TEL：092-982-8463　FAX：092-982-3372
印刷・製本　株式会社シナノ印刷
落丁乱丁のある場合は送料小社負担でお取替え致します。

ISBN 978-4-909735-04-1　C0093
Printed and bound in Japan